掟ポルシェのくだらないやつ

掟ポルシェ

まえがき

（全裸＋金玉袋の根元に鉄とコンクリで出来たバス停をビニール紐で結んで泣きながら引っ張って）ヒィヒィフゥ！　ヒィヒィフゥ！　もうダメ、ちぎれるッ！　ハァッ、ハァッ！　自〜分にっ、負けないで〜〜〜！　アガッ！　オゥフッ！　フゥエッ、フゥエッ、フ〜ッ！　ハァッ、ハァッ、ハァッ！　んんんんんんんん〜〜〜〜〜！！！　ふぅ〜〜〜……よし、今日の記録、27ミリ、と（メモ）。（周りの視線に気付いてハッと我に返って振り向いて）何してんだって？　自主トレに決まってんだろ！　見りゃわかんでしょ！　陰嚢で無機物の集合体であるバス停を引っ張って体力つけて、このままの姿で九州&沖縄の荒れる成人式に出席予定！　荒れようと思って準備万端の悪い新成人たちに先立ち、ラマーズ法の呼吸で目を白黒させた金玉袋バス停引っ張り男性が成人式をまた違ったベクトルに荒らしてやります！　ま、最終的にはバス停を軸にくるくる回る金玉袋ポールダンスなんかも披露して、縁もゆかりもない地方の成人式を恐怖のどん底に突き落としてやりますよ！

あ、申し遅れました、私、掟ポルシェと申します！　趣味は近所の女子校通学路パトロール！　不審者が現れたら撃退しようと錆びたでっかいノコギリ持って路地に潜んでハァハァ言っているのですが、これだと多分自分のほうが不審者に見えてしまうという自覚がありますので、錆びたでっかいノコギリを持っていても違和感がないよう、白目と黒目が反転したカラコンを眼に入れて白衣に着替え、頭から豚の血を浴びておきます！　これならどっから見てもＶ系バンドのＰＶゲリラ撮影にしか見えないはず！　不審も度を越すと非現実なので安心！

（聞かれてもいないのに改まった表情で）職業ですか？　酔っ払ってゲロ吐いてる人の応援とか！　ゲーゲー言って苦しんでる奴の背後でエールを送るとなんとも言えない達成感があるんですよね！　金銭は一切発生しないんであれなんですけど！　あとはあれですね、適当に脳に浮かんだ言葉を羅列して書く人！　そうそう、田辺聖子とかと同じジャンルです！　本も出してます！　これが一番新しい著書、『掟ポルシェのくだらないやつ』！　内容ですか？　内容、ないです！　無です、「無」！　〆切が来るたび思いついた言葉を端から書いて文字数埋めてっただけのが一冊の本になるなんてねえ!?　そんなんで成り立つなんて、なんか前世で余程徳を積んだんじゃないでしょうか!?　というわけで無のコラム22年分まとめたやつなんですけど、こっから先読んでも読まなくてもまぁどっちでもいいっす！

掟ポルシェ

掟ポルシェの
いつもの勢いまかせのやつ

小さな無礼

友人に連れられて何気なく入った、いわゆる「店内全体が漆塗りでハイクラスな佇まいの、全国津々浦々の日本酒が飲める」居酒屋。こういう店のカウンターの中には作務衣＋バンダナで気持ち悪くまとめたこぶ平激似ゲイビデオの主演男優みたいな店員が絶対条件としていて、注文した日本酒に関する蘊蓄をタラタラ聞かせるわけである。そんなクッサイ店だと十分理解した上で入ったので、「こぶ平がお送りするＳＡＫＥちょっとイイ話ベスト10」ぐらいは甘んじて許そうと思っていた。とりあえず居酒屋の定石として最初の一杯はビールを注文。そしてあまり腹が減っていないということでつまみはイカの沖漬を適当にセレクトした。ビールを飲みつつ談笑していると、ほどなくして20代で閉経したマラソン選手みたいなしなびたツラの女店員が先ほど注文したつまみを持ってきた。そして、ありったけの死相を浮かべてこう言った。

「イカの沖漬です……ビールには合わないと思いますけど」って、なんだとこの野郎！一瞬、何を言われたのかわからず固まったが、時間が経つに連れて腐った態度で言い放たれた無礼な一言がボディブローのようにジワジワ効いてくる。料理と酒の相性が悪いっつうなら注文する段階で言えよ！　日本酒に合う酒肴を勧めるよう社員教育されてんだとしても、なんで客の意向そっちのけで主張してんだ！　しかも川田利明みたいなボヤキ口調で言い逃げで！　どう考えても一言余計！　と、当たり前のことを思えば思うほど……笑いが止まらなくて仕方がないんだよ!!　あんた、面白いよ！

　俺は娯楽飽食の時代に生きる現代人である。故に、ありきたりのアミューズメントに心のチ●コを屹立させることは、まずない。但し、人権教育などがこれだけ発達した時代において、野蛮人っぽい不躾な言動をされると、とてつもなくビンビン来ちゃってタマランチンなんです！　高等なボケのテクニック……そう、俺は小さな無礼が大好きなんである！

　カンボジア料理屋で店員に「ソコ、スワッテ」とアゴで座席指定されてビンビン！　北海道出身の友人が入社早々「シャケかマリモかどっちがいい？　お前のあだ名なんだけど」と言われたと聞いてビンビン！　自分とこのホームページの掲示板に「ロマンポルシェ。の最新ＣＤを中古で入手！　￥６３０もしちゃったよ〜。あなたはいくらで買いましたか？」と嬉々として書き込まれてビンビン！　なにか日に日に己の内なるマゾ心が発達していってる気がしてふと恐ろしくなる今日この頃であった。

（２００３年）

ナメられていると感じる瞬間

ナメられがちである。ロマンポルシェ。というバンドをもう10年もやっているんだが、極端に低音の欠如した無迫力ピコピコパコパコスコスコキンキン音楽に、「ん～、ビニール本！」などといった心の叫びを乗せて、つるセコな表情100％で歌っているためバンドとしてまったく評価されず、人としてもとにかくナメられ、小学校高学年くらいのわんぱく坊主から指が第二関節ぐらいまで肛門にめり込む本気のカンチョーを食らったりすることも多々あり、気がつけば挑戦的な態度をとられることとしきりで日々グッタリしている。

先日、某CS放送局でのこと。スタジオ収録を控えて楽屋に入ると、テーブルの上にペットボトルが6本あった、俺の分、ロマン優光の分、マネージャーの分と考えれば1人2本ずつのドリンクがあることになり、紙コップのコーヒーを一杯だけ「ほらよっ」と出されるより全然気が利いているかのように見える。

が、6本全部、ぬるぬるにヌルい。完ッ全に人肌。……な、ナメられてる!!

まぁ、声のために常温の水分だけを摂取する歌手の方もいると聞くし、そういう配慮かなと無理矢理気を取り直し、6本のドリンクの内訳を確認。

6本中3本がポカリ……。直訳して「汗」という商品名に英語圏の人間がしばしばドン引きするというそれが、見事に人肌で人数分である。ヌルいと即座に汗を連想させる色と味……。あの、これはドッキリ？　もしかしてどっかでカメラ回ってる？　ブチギレて手刀でペットボトル斬った方がいい!?　い、いや、まだ3本あるじゃないか。世の中、悪意丸出しの人間などそうはいないもの。人を信じる心を胸に、残り3本のラベルを確認。

1本目、爽●美茶……。麦茶ベースの飲料はヌルいと特に気持ち悪くて飲めない。絶妙なセレクトに歯軋りする。

2本目、午●の紅茶（ストレート）……。俺の場合これを飲むと何故か不思議と口が臭くなるので飲めない。意思表示のため、テーブルの上に脱糞してやろうかと本気で悩む。いや待て、1本ぐらいはヌルくてもなんか飲めそうなのがあるはずだ！　一縷の望みを託し、最後のドリンクを手に取った。

……無添加無農薬、野菜ジュース。しかもご丁寧に1リットル・お徳用ボトル……清涼感、ゼロ。これはドリンクというより、ほぼミネストローネ？　水物で腹膨らまそうというほど僕たちが貧乏人に見える、ってそういうことか!?　ふざけるなあああ（怒）！　こんなもん飲めるかあああ（激怒）!!

予定していた番組中のトーク内容を全部変え、楽屋のドリンクがヌルかったことについてひたすら呪いの言葉をぶちまけた。「そんなことぐらいで怒らなくても……」とでもいいたげなスタッフたちの表情が俺の怒りに火を注ぐ。番組作りの姿勢がヌルいのがドリンクの温度にまで影響しとるんと違うかコラ‼　おまえら、ぶ・ち・殺・す・ぞ・〜！

収録が終わり冷静になってみると、ドリンクがヌルいぐらいでブチギレて番組を台無しにしたのはさすがに了見が狭いなと反省。スタッフに謝って帰ろう。うん、それがいい。

そう思った矢先、他の出演者のフロアにあったファンタ1．5リットルがキンキンに冷えていたのを発見……。迷うことなく某CS局社屋前にドッツリ脱糞し、地味に復讐してやったのは言うまでもない。


（2008年）

ロッテリアの絶妙ハンバーガーは本当に絶妙なのか

おい！　ロッテリアの新商品が、『絶妙ハンバーガー』ってどういうことだ、この野郎〜。俺ぁな！　ただでさえ、ウソ・大袈裟・紛らわしい表現が、人一倍大好きなんだ！テメェで「絶妙」とか「絶品」とか堂々と自称するロッテリアの図太い態度には、も〜うビンビン来ちゃってたまらんちんですポ！

去年『絶品チーズバーガー』を出した時点で、既にロッテリアの中の人の瞳孔がバッチリ開いてきてる感じはあった。だって、アレでしょ？　「暖簾に『うまい』とか『味自慢』とか書いてあるラーメン屋は100％マズいから入っちゃいけない」って法則をみんな知ってるわけでしょ？　それと同じことをやってんのよ？　絶品と名乗れば名乗るほどあやしさ倍！　しかも絶品じゃない、従来通りの普通のチーズバーガーも並行販売中。同じラーメン屋のメニューに「とっても！うまい☆ラーメン」と「ラーメン（凡庸なヤツ）」ってのが同時にあっていいのかよと思ったが、実はそこもロッテリアらしくて素敵！　数年前、名古屋にあるおかまのKEN with スーパーホモンキーズのKENちゃんのお店に伺ったとき、KENちゃん自らマンツーマン接客していただいたが、「うち、普通のビールと、すっごおおおくおいっしいッビールがあるんですけどぉ〜、どっちを飲みます？」と聞かれて、有無を言わせず凄くおいしいビールを半強制的に選択。すると、ハイ！　すごぉおくおいしいッビールですね！　と注文を復唱するやいなや、グラスの縁を舌でレッロ〜〜と一周舐めズリ回し、唾液でドロドロにしてからビールを汗いでくださるという、目の前が真っ暗になるサービスをしてくれたことがあった。飲み口がベットベトの方がおいしいでしょ？　というサービスする側発信の「絶品と言い張る姿勢」がたまらなく好きな俺は、すっごくおいしいビールを半泣きになりながら2杯目以降も注文してしまうのだった。ハイ、これ絶品！　と無闇に言い張るロッテリアにも、おかまのKENちゃん同様の力強く歪んだサービス精神を感じて、好きにならずにはいられない。

そしてロッテリアが満を持して先月リリースしたのが『絶妙ハンバーガー』なる薄ボンヤリとした一品。「絶品」と名乗っておいて消費者の口に合わなかった場合「フカシ」になるが、「絶妙」にしておけば価値尺度の根幹が見えないのでセーフ！　「絶妙に●●なハンバーガー」の●●部分を明示していないため、如何様にも解釈できるのが小狡い。お前ら「なんに対して薄味なのか未だにハッキリしないカールうすあじ」と同じか！　なんだこの色々逃げ道のある呼称は！　男らしくない！　と、思っていたら、「半分以上残したら全額返金」というおもいきり無骨なキャンペーンを差し挟んできた！　ともすれば面白半分で一口食って返品するバカが大量に出そうな今の世の中で、全額返金キャンペーンは自殺行為にも成りかねない！　そこをあえて通すロッテリアってやっぱり素敵！　かあちゃん！　ボク死んで生まれ変わったら今度はロッテリアになるよ！

　ロッテリアが打ち出した侠気を体感するべく、先程絶妙ハンバーガーを購入。早速食ってみた。んっ？　…………ぜ、絶妙です、よね、これ。あー、なんか食い足りないんで、これからちょっくらモスバーガー行ってきま～す。

（２００９年）

こんな時代だから、真面目なことを言わせてもらいます

どうしても、言いたいことがある。俺は今まで、このコラムにはくだらねぇ話だけを書いてきた……真面目な話なんかして、みんなをしんみりさせたくはねえと思っていたからだ。でもな、人間には我慢の限界ってもんがある！　俺ぁ人間だ！　こんな時に黙っちゃいられねぇんだ！　どうか、これだけは言わせてくれ！

……おいこら～！　牛丼屋のなか卯～！　お前等最近、牛丼をリニューアルして和風牛丼とかいう訳の分かんねえメニューに変えただろ!!　ふざけんなコラ～！　何が和風牛丼だ！　いいか、なか卯！　牛丼は元々、和風だ！　新メニューっぽく見せかけるために屁理屈ゴネてんじゃねえ！　俺だってたまには真面目なこというぜ！

それにお前んとこの紅しょうが、ナニ一丁前に塩分控えめにしてんだ!?　あまりに甘酸っぱすぎて俺ぁサービスでフルーチェが出てきたのかと思ったぜ……。これは何？　健康に気ィ使ってんの？　あのな、健康に気を使ったら、そもそも牛丼食いにいくかっつの！　牛丼屋には塩分摂取しにいくんだから、付け合せにデカイ岩塩丸ごと用意されてるぐらいで丁度いいんだっつの！　もっと浮腫《むく》ませろ俺を！

正直に言え。お前らなか卯は、俺が掟ポルシェだと思ってバカにしてんだろ。「あ〜ぁ、今日はふんどし一丁じゃないんだぁ、じゃ、お前が食う牛丼の紅しょうがに塩分は入れらんねぇな」ってことだろうが！　どうせお前等、レディー・ガガが来たときはちゃんと塩分の入ってる紅しょうが出すんだろ！　そう、レディー・ガガが来たらなんでもやる、普段はやってねぇマグロの解体ショーとかやるやる絶対やるに決まってる!!　お前等日本人はな！　レディー・ガガに甘すぎるんだよ！　これ読んでるお前らもだ！　じゃあどうするよ、お前んちのアパートの部屋の前に「コンバン泊メテクダサイ〜」ってレディー・ガガがやってきたら!?　ふたつ返事で家に泊めて、舟盛りかなんか食わすつもりだろ!?　それがお前、掟ポルシェが「今晩泊めて！」っつったら、面白半分で家に泊めて、フナムシをドブの水で煮込んだ料理食わして、リアクション見て笑うつもりだろ！　この差は一体なんだ!?

……そんなに外国人が好きか。そうだよな、お前トレイシー・ローズ好きだったもんな。その流れだろ、レディー・ガガに好意的なのも。外国人だからガガも乳輪デカイに決まってる！と思い込んでるんだろ。いいか、いっとくぞ。ジンジャー・リンの乳輪は小さい！同じく、ガガの乳輪もそんなに大きくない！　フライデーで見たから俺は知ってる！　夢を壊すようで申し訳ねぇな……。でもな、世の中そんなに甘くねぇってことだ。そう、世夢の中も牛丼に付け合わせる紅しょうがも、甘すぎちゃいけねえってことだよな！　俺だってたまには真面目なことというぜ！
しかし、俺は今猛烈に後悔している。紅しょうがに真剣になりすぎることによって、別に嫌いでもないレディー・ガガのことをけなしてしまったからだ……。ガガさん、すまなかった。悪気はなかったんだ、許してくれ。本当は俺、アンタのこと、大好きだ！　ガガさん、俺のこと許してくれるかい？　許してくれる？　あっそう。じゃあガガさんに一生のお願い！　現在滞納中の今月の俺んちの家賃10万5千円、明日必ず俺の銀行口座に振りこんでください！　親日家だとお聞きしています！

（2011年）

補足　なか卯、親子丼とうどんは本当に美味しいです！

当方、マニュアル世代です

もう、立ち直れないかもしれない……。母ちゃん、俺もうダメだ。「人を信しなさい」と教えてくれたけど、何度も信用しようとして、結局は嘲笑うかのような仕打ちをされるの繰り返し……。もう我慢の限界！　怒ってもいいよね、母ちゃん！　よし、俺ブチギレるわ！

おいコラ、エースコック～!!　スーパーカップのかやくとかスープとかの袋の開け方、全部違うのなんでだ!?

お前らよ、スーパーカップのかやくの袋の横に〈切り口はこちら側〉って書いたよな？　こっちは全部の袋がマジックカット（＝どこからでも切れる）だと思って表示読まず適当なところからゴニョゴニョやってただろうが！　おかげで全然ラーメンできねえし！　お湯沸かしたのに袋切れなくてマゴマゴしてるうちに全部白湯になったから、近所の病院行って大部屋の人たちに配って回んなきゃならなくなったじゃねぇかこの野郎！　なんだ俺いい人かこの野郎！　しかもよ、今度は粉末スープの袋見たらそっちは開け方すら書いてねえの！　ホホ～ゥ、挑戦的！　で、かやくと同じく横方向に切り口探すわな、そりゃ当然だ、さっきようやく左サイドやや上方に切り口みつけて切ったばかりだ、なぁ、俺も人間だ、学習能力ってのが備わってっからな、まぁそうするわな、そしたら……どこにも切り口がねえええ!!　なんだこれ!?　慌てて袋何度も見返したわ、でも書いてあるのは「粉末スープに充分熱湯をかけてよく溶かしてください」って、そんな当たり前のこと言われなくてもわかっとるわタワケが!!　「粉末スープを全身に塗りたくり乳首中心に熱湯をかけて『アッー！』とかよくリアクションをとると酔狂です」とかポケットジョークが書いてあるならまだしも、普通のことが偉そうに書いてあるだけじゃねぇか!!　しかも袋の開け方という重要事項の記載をほったらかしてエースコックの住所が書いてある！　「大阪府吹田市江坂町1－12－40」って、そんな情報いらねえわ！　なにお前、俺を雑学王にしたいの!?　「エースコックは本社大阪なんだよね」とか、そんなムダ知識、キャバクラで嬢にひけらかしても「へー」しか感想返ってこねえわ！　つまんねえ客だと思われて短時間に横についてる嬢入れ替わるわ！　俺が知りたいのはこの袋を、どっ・か・ら・開・け・る・か!!　その一点のみ！　「あの～、もしかして、こんなものにも説明が必要ですかね(笑)？　袋の上と下がギザギザになってるでしょ。普通、言わなくても、ねぇ(笑)？」とか思ってんだろうがあああ！！！！　こうなったら意地でも左サイドのギザギザねえところから開封してやる!!　もう俺としても引っ込みがつかねぇ！　よし、ここはひとつ軽やかに犬歯でブッチ切ってや……なんかムニッってなって破れねえーッ！！！　そうこうするうちに粉末スープの袋バーンとぶちまけて部屋中とんこつ風味にーッ!!　……残った後入れ調味油の袋の「こちら側のどこからでも切れます」というマジックカット表示が追い打ちをかけるように俺を嘲笑っていた……。

麺だけになったスーパーカップをボリボリかじりながら、すべてのカップラーメンの袋が全部マジックカットになるよりよい社会を目指して、俺はこれから生きていこうと思う。エースコック本社前で座り込みデモをする俺を見かけたら応援よろしくお願いします!!

（２０１２年）

農業の未来

誰しも腹の立つポイントというものがある。俺の場合、感動の本質を一元化されると無条件にインネンを付けたくなり、事の責任者の家の玄関ドアをホカホカ野糞でコーティングしてやりたくてしょうがなくなる。

つい先日も、家の近所のスーパーでこんなものを発見してしまった。

〝クラシック苺〟

これは、確実に……俺に対してケンカを売っている！

説明書きにはこうある。

「人のストレス緩和に効果があるクラシック音楽は、農業分野でもストレスを取り除き、野菜や果物が甘く、美味しく育つといわれています。〇〇農場では、クラシック音楽を

ＢＧＭとして採用し、ストレスフリーのおいしいオリジナルいちご『クラシック苺』を育てています」。

いや、ちょっと待て！　「クラシック音楽を聴くと人のストレスが緩和される」の「人」って誰だ⁉　俺はクラシック聴くよりＣＡＲＣＡＳＳのデスメタルの方が全然ストレス緩和されるんですけども⁉　マリア観音のトゥーマッチな張り裂け声と緊張感フルテンの刺々しい演奏の方が全然落ち着くんですが⁉　え、「そんなの少数派だろ」って？　じゃあ俺はお前らが言うところの「人」じゃねえっつうことでよろしいでしょうか⁉　クラシックを聴いて退屈で死にそうになってる者は人にあらず、とでも⁉　ていうか苺がストレス感じてるってお前苺になったことあんのかよ⁉　等々脳内に様々なインネンが去来し、スーパーの青果コーナーで苺に向かっておもいきりガンを飛ばし気がつけば閉店時間になっている始末。目が血走りすぎてもうとちおとめみたいになっています。

ていうかね、考えてみてくださいよ？　元々農作物って、美味しくするために生育中う●こをかけていた有機栽培の歴史があるんですよ？　最近じゃほとんど使いませんけども、我が国では人糞を肥料にしていた歴史があるわけで。食材になるものに対してウ●コとションベン混ぜていい具合になるまで寝かせた液体を「こうした方が旨くなんでないべか？」とぶっかけたわけですから。最初に実行した奴すごい。多分４日ぐらい寝てなくておかしくなっていたんだと思う。とはいえ、農業の歴史が証明していることであるだけに、

「そんなもん聴かせたらどんな苺が出来るかわからない凶暴な音楽」もクラシック同様、平等に流して試してみるべきじゃないでしょうか！　メイヘムとバーズムを交互に聴かせたブラック苺！　多分血の味がする！　ビニールハウスの中でホワイトハウスを聴かせたパワーエレクトロニクス苺！　渋味が凄いことになってそう！　米良美一先生のカウンターテナーをバリバリの大音量で聴いて育ったもののけ苺！　……これはなんとなくマヨネーズみたいな味がしそうです。

いや、よく考えたらクラシック苺は悪くない（今までの話いきなり反故）。きっとこの生産者はクラシック狂なのだ。クラシックが音楽の王様であることを、クラシックに興味のない層にまで知らしめるために、「苺に聴かせると甘くなる＝やっぱクラシックってスゴい！」という手法でわかりやすく価値化し上位化することに成功したと言える。みんな自分の好きな音楽を聴かせて、一際旨い農作物を作って、己の音楽趣味を肯定すればいい。よし、俺も苺農家になって苺にＣＡＲＣＡＳＳ聴かせるぞ！

（２０１４年）

補足　この論法でいくと、有機栽培を最初に考案した人物はう●こを猛烈に愛していたのではないでしょうか（完全に気のせい）。

カレーはおいしい

コニャニャチワ！　バイトテロ志望の者です（100均で買ったありったけのパーティーグッズを下半身にぶら下げて）！　テロされたい企業はいねが～！　当方バイトテロ志望歴40年、どんな無理めの会社でも初日からやらかすことを標榜、その模様をビデオに撮影&加トちゃんケンちゃんごきげんテレビに投稿することを夢見たまま齢五十を優に超え、気付けば志村は死去、残るカトちゃんもごきげんテレビはとっくに卒業&ご当地カトちゃんマスコットのなにやら黒いにおいのする収益が主な収入源という状態に。いやはや、バイトテロ予備軍には厳しい世の中になったものです。

ていうかさ、まず、バイトをしてないんだよね～（齧歯類みたいなチューという表情を作って落ち込んで）。テロどころじゃないの！　ほら、俺、働いていないのだから！　平日昼間家でじっとしているという独自のポジション獲得により、試験期間で半ドンで帰宅した息子（中1）から（うちの父親ってなんの仕事してるんだろう？）と不思議な顔をされる始末。そうなの！　TVブロスに月イチくっっっだらない原稿を無理矢理寄稿する他は取り立てて収入源もなく、キャッキャ言いながら野原を駆け巡ったり、図書館の涼しいところで拾ったアイスの棒ナメて糖分を吸収したり（今の御時世的にはちょいアウト）、透明なペニスケースにカナヘビを数匹入れておもむろに挿入&ペロペロヌルヌルザラザラの波状攻撃に身をよじり、呼吸を乱し&整えを200ターンくらいして飽きたら何食わぬ顔で本チャンのペニス以外の部分を路上販売したり等、優雅な自由人としてこれまで過ごして来てしまったのでしょう！　いや、自覚はあります！　もう、でも、遅い！　まっとうなバイトをするのはね、もう無理！　俺がコンビニの店長なら絶対俺のこと雇いませんもん！　もう、顔に書いてあるわけ、（このバイトに入ったら確実に海パンはいてアイスボックスに勢いよく飛び込みます！　そんで動画に収めてインスタのストーリーにUP&拡散！）って。なんなら面接受けに行った時点で水中メガネとシュノーケル装備して上半身裸で行きますもん。自分に嘘はつけないの。バイトテロ志望の血が騒ぐ！　結果どんなバイトも不採用、仕方なく知らない人に頼まれて海外旅行の帰りに冷凍された何かをパンツに入れて運ぶ業務を数万円でやって、警察犬に陰部を激しく噛まれる等の酔狂に興じております。家族を食わせていくのって本当に大変！

先日も某カレーチェーン店において醜悪なバイトテロが行われたとネットニュースで知り、本当に腹立たしい思いです。お前みたいな新参バイトテロが、バイトテロ志望歴の長い俺を差し置いて……この野郎！　いや、怒りの矛先はそんなことじゃない！　俺の大好きなあの店のカレーに、よくもチン毛ふりかけやがったな！　いいかテメエ！　カレーってのは魔法の料理なんだよ！　嫌いな野菜だってカレーに入れちゃえば食べられる！　ニンジンもそう！　タマネギもそう！　だったら、陰毛くらいねえ!?　入ってたってなんてことないよねえ!?　俺は構わんよ!?　多くのまっとうな心の持ち主の皆々様が「もうカレー食えねえわ」とか言ってますけどね、ふざけるなと。あの店のおいしいカレーは！　チン毛入ったくらいじゃあ、二度と行かないなんて気持ちに絶対なれねえんだからな！　あのバイトテロのバカ学生と、もうあの店行けねえとか言ってるあの店のにわかファンの両方に激しくファ●クの気持ちを抱く今日この頃です。カレー最高。

（２０２１年）

あの水の正体

今の日本……間違ってる！　お前等もそう思うだろ？　相変わらず、ハッキリしねえことだらけだよ……。いい加減、白黒つけなきゃいけないこと、あるよな？　いつまでもグレーでいいわけがねぇ！　特に今話題のあの団体！　日本国民を欺き、誤魔化し続けるのもいい加減にしたらどうだ！　そう、みんなも気になってるあのこと！　俺ァ怒りっぽい方じゃねぇがも～う限界！　今日という今日は、ハッキリ言わせてもらう！

……おいコラ、ＪＲ（旧・国鉄）～！　お前んとこの新幹線の洗面所の水、アレどうなってんだ⁉　テメェいつまで手ぇ洗う水の出てくる蛇口の上のところに、『この水は飲み水ではありません』とかハッキリしないこと書いてんだコラ⁉　今時飲めもしない謎の水で手を洗わされるこっちの身にもなってみろっての！　なんだ、あの水は⁉　俺が山口美江（潔癖症で有名）なら『この水は飲み水ではありません』なんておぞましい表示見ただけでブクブク泡吹いて倒れるっつの！　「飲み水じゃない水⁉　飲めない水って一体何のエキスが混入されてんの⁉　ウ、ウギャー」とか叫んだかと思うと、着てる洋服自分でビリビリに破いて突如チェンマイ踊り（どおくまん先生の名作マンガ『黄金探偵』でおなじみ、下品過ぎて見た人間が全員死ぬほど汚い踊り）を踊りだし、ウ●コをブワーッと漏らし死してしまうに違いない！　いいか、ＪＲ！　俺はいま山口美江さんに成り代わってお前等の不正を正す！　山口美江さん本人から特に頼まれたわけではないが、えー、とりあえず正す！　いい加減、あの水の正体をハッキリ言ったらどうなんだ⁉

わかった……風呂の残り湯、だな⁉　ＪＲグループ7社の会長宅の！　……これは図星だろ。な。「バレましたァ～？」って頭掻いて誤魔化そうとしている姿が目に浮かぶ！　風呂の残り湯を再利用して手洗水へ……確かに今時の企業らしい経営努力じゃねぇかこの野郎。でもな、リサイクル精神だとかエコロジーだとか美談にして乗り切ろうったってそうはいかねぇ！　ＪＲ会長んちの風呂の残り湯、イコール！　所詮は初老の紳士の死んだ細胞が大量に溶け込んだ水！　そんなもん飲めないどころか素手で触んのすらヤダっつの！　不潔！　そんなことがわかった時点で俺が山口美江さんなら武器屋で鎖鎌を購入して、ホームに入ってくる新幹線めがけて分銅を振り回しながらチェストー！　とかいって体当たりするに決まってるっつの！　あーもう、とにかく許せない！

……いや、正味な話をさせてもらうとね、最悪風呂の残り湯でもいいのよ、こっちは。問題は「飲めない水の正体が、誰が入った風呂の残り湯かハッキリしないから気持ち悪い」ってことでしょ？　場合によっちゃ普通の飲料水よりいい風呂の残り湯がある……。そう、篠崎愛の入った風呂の残り湯ならむしろ大歓迎!!　あっ、いいんじゃない、アイドルが入った風呂の残り湯搭載新幹線！　ファンが殺到して、お座敷列車以来のＪＲ観光新目玉商品になること間違いなし！　そんな残り湯なら飲むなと言われても貯水タンクごと全部飲み干す！　止めても無駄だぞ！　本当に風呂の残り湯かどうなのかはわからず仕舞いだが、むしろハッキリと「篠崎愛の風呂の残り湯手洗水使用」と明言した新幹線の登場を期待するばかりであります。あっ、高岡早紀の残り湯新幹線もいいかも!?

（２０１０年）

補足　一応あの水の正体は「飲用には適さないが手を洗うには問題ない程度に処理されたリサイクル水」であって、誰の家の風呂の残り湯でもないそうです。でも、新幹線の手洗い場で飲める水出すのってそんなに難しいの？

お下がり・イズ・マイライフ

こう見えても生粋の次男ッコ、お下がりをもらうのに慣れ親しんだ半生であった。6歳年上の兄がいた関係で、ガムといえば噛み尽くして味がなくなったお下がりを噛むのが常であったので、未だに味のする食品が苦手で3度の飯をプロテインで済ませ、33歳年上の母がいた関係で、下着といえばゴムが切れてダルダルになった女性ものパンティのお下がりを穿くのが常だったので女装に一切抵抗がない。アップル通信の懸賞で当たった使用済みランジェリーを身にまとい、漫画喫茶のパソコンからTVブロスの原稿を書く優雅な日曜の昼下がり（締め切りを過ぎること3日以上）……こうしている今も、お下がり品だけが持つ芳醇なる魅惑に酔いしれている。明日への活力、お下がり・イズ・ビューティフル……。

そんなアンチ新品派の俺なので、必要にかられて切羽詰まっている時も、なんとかどこからかお下がりがもらえないだろうかと待ってしまう。最近ではネット限定で原稿執筆依頼も増えてきたので、オリジナル画像撮影用にデジタルカメラ購入を迫られていた。だからといって新品を買うのはお下がり一徹主義の我が信条に反する。だが。そのうち噂を聞きつけた某社の方から「うちの社長が今度デジカメを買い換えるそうなので、お下がりで良ければそれを差し上げましょう」といって願ってもないオススメが！　デジタルなのにお下がりって太っ腹！　送ってくれるまでバカ面下げて待ってますよ、永・遠・に！

……そして口約束から半年が経過。一向にデジカメらしきものは送られてこない。待ち続けすぎてバカ面が度を越えて悪化し、俺の顔はウルトラ怪獣ヤメタランス並みに誰がみてもパーフェクトにバカな顔つきに変貌。街に出れば「バーカ！　バーカ！」と95年頃の剛竜馬かと思うほど道行くガキどもに罵声を浴びせられ、小石をぶつけられ、肛門に食い終わったアイスの棒を挿入されてコークスクリュー回転させられるなどの虐待を受けた。コンビニでおでんを購入する際には「おめぇバカだから汁はやれねぇな」と店員に素手でギュギュッと汁を絞り取ったがんもどきを売りつけられ、食感がフガフガで、口の中で汁気を戻すのが一苦労。そのうちバカ面をこじらせて下顎がハウーンと飛び出したままになり涎が溜まってくるし、それを脱脂綿でふき取るのに大忙しで、仕事どころじゃなくなってきた。これ以上バカ面になると失職する……これはヤバイと決心してついに先日、新品のデジカメを購入したのである。

それでわかったことがある。……新商品て機能が充実していてイイネ！　今後は絶対新品主義！　お下がりなんて他人の手垢がベッタベタに付いてて最悪！　セックスも処女としかしませんよ、もう！

（2005年）

OH! ギャル

これでも38歳である。丸の内のオフィス街を素っ裸&ネクタイ+チョビ髭の半チャップリン姿で闊歩、前からやってくるサラリーマン全員に威圧感たっぷりに手作り弁当を売るのが趣味の面白人間とはいえ、面と向かってタメ口をきかれる機会も少なくなってきた。イチビればイチビるほど逆に気の毒に思われ、周りから大事にされる年齢になったということだろう、認知症に向かってイーシャンテン、気分も軽くノッキンオンヘブンズドアなのである。

だが、ある種の層からだけは、いくつになってもビッシビシにタメ口をきかれている。彼奴等は『ギャル』という生き物だ。至って明るいのはいいが、人の話はろくに聞かない&生体反応レベルの受け答えだけで会話を構成するしで、かなり志村けんのコントに出てくる「デシッ！」の人に近い。

普段は出ないTVに半年ほど出続けた結果、自分の人生にはまず交わることがないだろうと思っていたあの黒くていやらしい皮をかぶった女志村たちが、ロマンポルシェ。のライブに大挙して押し寄せてきた。先日も地方都市のクラブに出演した際、フロアに無理やり作ったステージに出て行くと、最前列がアガリまくったギャルだらけ。しかも極端に距離が近いせいか、ライブ中なのに話しかけてくる。タメ口で。

「ポルシェ、マジきもいんだけど！」

言われなくてもわかってるよ！　キモいのが売りなんだよ、こっちは！

「ポルシェ、動くたび汗飛んでくるんだけど！」

だからステージ寄りすぎなんだよお前ら！　さっきから言おうと思ってたけどな、ダルいからっつってステージに足のっけて休むな！　あっコラ、ライブ中に小道具で使う灰皿に勝手にタバコ置くのやめろ！

……やってられん。その日は客に一方的に説教するという通常のライブスタイルを反故にし、結局ギャル客たちと一問一答形式でやり取りしてるうちに終わった。手強い相手だった……。

ライブ終了後、バーカウンターで飲んでいると、最前列で思いっきりリラックスしながらライブを見ていたギャルたちがイエーイ！　と言いながら寄って来た。おっ、なんかモテるのか俺⁉

「ポルシェ、酒おごって！」

そういうことかよ！　ていうか、なんでだよ！

「ゲーノー人でしょ！　お金持ってんでしょ！」

オマエはカステラか⁉　ビデオ買ってよ！　ＯＬなんでしょ！か⁉　持ってたとしても

お前におごる義理はねぇだろ！

……だが、結局酒をおごった。だってギャル、可愛いんだもん!! 清々しいほどの傍若無人さは、実はそんなに嫌いではない。タメ口だろうが無茶なこと言われようが、可愛げさえあれば大体の事は笑って許せる。俺も大人になったものだ。ギャルたちのマイペースぶりが、大好きだ。

「ポルシェ、2杯目もおごって！」

知るか！


（2006年）

ベニスに萌え死す

夜中にテレビを点けると『ベニスに死す』をやっていた。高校生の頃に見て大好きだった映画だ。思えばあの頃は耽美な表現が好きだった……。登校前には入念に白塗りをし、満員の通学バスの中でひとり暗黒舞踏の朝練をしていて毎日地元のヤンキーに長渕キックを食らっていたあの頃。嘔吐パフォーマンス用の血糊とおでかけ用の包帯やギプスを買っておこづかいが全部なくなったりしたこともあった。カラオケボックスで予約を入れるときも「寺山」か「ワルプルギス」でどっちかの苗字で偽名を使い悦に入っていたための頃、この映画と出会った。白塗りする時ポスターカラーを使っていた影響で顔面の皮膚がヤンキースの松井秀喜さんっぽくなった30代後半の今、再び見てみた。

舞台は1911年のベニス。ドイツの著名な指揮者アシェンバッハは、避暑のためにやって来たこの地で絶世の美少年・タジオ（南原企画の雑誌だけでは毎月のように名前を見ていたビョルン・アンドレセン）と出会う。「出会う」とはいっても、アシェンバッハの滞在先のホテルに同じく避暑に来ていたポーランド人一家の子供があんまりにもキレイで心奪われてしまったという程度。ナニをナニするわけでもなく、食事中の様子やビーチではしゃいでいるタジオの姿をジーっと眺めているだけで、別に話しかける訳でもなかった。アシェンバッハは友人にこの奇跡的な自然美を持つ少年の魅力をあーでもないこーでもないと身悶えながら訴える……なにか、あの、めちゃめちゃ既視感のある光景だなぁ……。

こんな映画だったたっけ？

『ベニスに死す』は、実は非常にマヌケ美に溢れた映画である。ビョルン・アンドレセンの容姿が神がかり的に美しいので、ダーク・ボガード演ずるところのアシェンバッハのはじらい行動の数々をあまり滑稽に思わないこともあるだろう。手を伸ばしても獲得できないからこそ保持される甘酸っぱさ、そして叶わぬ恋心のバカバカしくも美しい様。成熟されることを望まない一方的な情熱の暴発。

よく見りゃ……この映画はアイドルとファンの関係そのものではないか？　そうだ！　これは杉作J太郎先生が加護ちゃんがいかに可愛いかについて熱く語るときの姿と一緒だ！　「ごちゃごちゃ言うより三人祭のPV見ましょう！　うわっ、あいぼんは可愛いなぁ～」と目を細めて萌える敬虔なる醜態と、『ベニスに死す』のテーマは、実はなーんにも変わらないのである。30過ぎて起きてる時間の半分ぐらいBerryz工房の菅谷梨沙子（小5）のことを考える俺、はたまた性欲と分離した複雑なハロプロキッズおっかけ欲を持つ数多くのボンクラな大人たちのことを30年あまり先回りして描いていたとは……ヴィスコンティって偉大（なんか間違えてる可能性大）！


（2005年）

私は今、生きている。

生きる実感。人はそのために生きている。

だが、一口に生きる実感と言っても、それを何に感じるかは人それぞれ、人生いろいろ、男もいろいろ、女だ〜ってい〜ろいろさきみだれ〜るの〜、という話。

私は思い出す。「私は今、生きている」、そう思えた瞬間を。

単行本の表紙撮影で、全裸＋山高帽＋チョビヒゲ＋ネクタイのインディーズ系ジャップリン姿で正装し、カメラに向かって凄んだあの時……。

同じく単行本の表紙撮影で、素肌にホタテ貝の水着を一枚だけ纏い、武田久美子写真集をモロパクリ、いや、オマージュを演じたあの時……。

全裸で某駅の改札をスルーし、そのまま電車に乗って帰宅したあの時（いや、これはあの、酔った勢いで。日本は酔っ払いにやさしいイイ国だったなぁ）……。

なんのことはない、露出度が高い出で立ちで、自分でも呆れるほどバカなことをやって、お金までもらえるなんて……。なにかに謝らなくてはいけない気さえする。よし、とりあえず謝っておこう。手塚先生ゴメンなさい！（おっぴろげジャンプのスタイルで）

先日撮影したVシネマ『やる気まんまん』の撮影現場でも私は最大限に生きていた。監督は杉作J太郎先生。キャストは杉作さんの映画製作集団・男の墓場プロが大勢。私に用意されたのは由緒あるセックス道場の最高師範役。70歳。『楢山節考』の坂本スミ子のような気合の入った即席白髪、山本リンダ『どうにもとまらない』の衣装のようにヘソの上でセクシャルホットに結んだ甚平の上だけ、そして下半身はピッチピチの女物パンティ2枚重ね穿き……考えうる限りの下品な出で立ちでコニャニャチワ。時は来た。監督からの指示は「好きにやっちゃってください」、一言だけ。演技は全て1本勝負。そこには信頼があった。「下品なことはおまかせします！」という無限の信頼……。幼少の頃より親しんだ、どおくまん先生の数々の名著を思い起こし、全力でオ●コのことだけ考えたスペシャル下品演技で臨む。出番前に鏡の前で考えた『つるピカハゲ丸』のつるセコな表情も加えた。結果、自分でもこれ以上ありえないほどガックリくる下品な芝居に成功。NGは、金玉がハミ出すぎていたワンカットのみだった……。

たった2シーンだったが、死ぬときに棺桶に入れたいほど、素晴らしく下品な映像が撮れた。監督のカット！　の声が聞こえた瞬間、私の脳内にあの歌が流れる。

私は今、生きている。

私は今、生きている。

女物のパンティの真横をぐいいっと持ち上げて……金玉の輪郭をこれでもかとクッキリさせながら……つるセコな顔で腰をガクガク振って。私は今、生きている。

私は、こんなことをやるために生まれてきた。生まれてすみません！

（2007年）

にわかポッタリアン

先日、新宿駅の東口を出た辺りで、ある映画のポスターが目に入った。

『ハリー・ポッターと死の秘宝』。

キャッチコピーにはこう書かれていた。

「史上最強のファンタジー、ついに完結！」と。

通常、映画は学ランを着た竹内力が大量に痰を吐きながら無差別に人をぶん殴るのしか見ないと心に決めているロードショー公開映画音痴の俺ですら、ハリー・ポッターのことぐらいは知っている。そんなに興味はないが、そうか～、終わるのか～と思うと、なんとなく物悲しい気持ちになってきた。まぁ、ハリー（ストリート・スライダーズと関係ない方の）のことだから、シリーズが終わっても復活の魔法を己にかけて、いつでも新シリーズを始めることが出来るはずだ、あまり悲しんではいけない。しかし、自分の意志とは裏腹に涙が止まらなくなり、ハリー（ＣＶ：山田康雄じゃない方の）のドデカイポスターの前で声を上げてオイオイ泣く俺。明らかに昨日の酒が残っていておかしなテンションになっているだけだったんだが、一度火がついた俺の感涙は止まりはしない。

その時だった。目の前で散歩中の大型犬２頭が突如交尾を開始。

「アイリッシュ・ウルフハウンドのチ●ポ、でっか！」

久々に見た犬の交尾効果かすぐに涙は止まったが、一度に大量の水分を失ったため体がバランスを取ったのか、スゴイ量のスカシっ屁を放出。「スー」という巨大なヒスノイズ音とともに、新宿の路上に放たれた見えない恐怖。俺のケツの位置から下半分にあたるところで寝ていたホームレスが突如「ギャー」という悲鳴とともに飛び起き、一目散に職安のある方角へ走っていった。すわ、社会復帰！　期せずしていいことをしたようだ。

思いがけぬ己の善行にフレッシュな気持ちとなり、改めてポスターを眺める。

ついに完結！、か……『ハリー・ポッターと死の秘宝　ＰＡＲＴ１』……、ん？　ついに完結？　ＰＡＲＴ１？　これって……


終・わ・っ・て・ね－・じゃん!!


あの、これはなに!?　ツッコミ待ち!?　どういうこと、これは……ハッ！　て、そうか！　ハリー・ポッターは、遂に新しい魔法を体得したということか！

『ボケる』、という新魔法を!!

「完結編」と銘打っといていきなり前後編に分けるというさりげないボケテク。これはエクスペクト・パトローナム以上に使い勝手のいい魔法なのだろう。きっと『ハリー・ポッ

ターと死の秘宝　ＰＡＲＴ１』は『下落合焼とりムービー』以来のボケ倒し映画になっているに違いない。魔法で銭湯の女湯のドアをあけて、「間違えた～」と言いつつ脱衣所をじっくりガン見するハリー。ハーマイオニー役のあき竹城（全裸）に風呂桶をぶつけられ、椿三十郎にぶった切られた室戸半兵衛ぐらい豪快に鼻血を出すハリー。魔法界にいる由利徹先生の依頼により、たこ八郎を召喚すべく魔法陣を描いたところ、いらない描線が2本くらいあったため、間違えていか八朗を西新宿から呼び出してしまうハリー。ハリーつながりで、たまに背後にハリー・リームス（通行人役。でも全裸）を映り込ませろハリー。と、こんな感じで全編くだらないことになってるはずだと信じて疑いません。スポンサーには亀田製菓。ハリー・ポッターが全編にわたっておばあちゃんのポッタポッタ焼きを頬張るシーンも見所の一つです。以上、適当。

（２０１０年）

♪家を作るなら〜♪家をつくるならぁ〜あぁ〜ぁあ〜

気になるあの子の留守中に住居侵入して深呼吸、こっそり建もの探訪して部屋の二酸化炭素濃度だけを悪戯に上げ、何もせず帰るのが趣味のインディーズ系渡辺篤史こと私・掟ポルシェだが、人のお宅を拝見するのがとても好きだ。いやはや、他人の家ほど落ち着く場所はない。しかし、住人の許可なく家に忍び込むのは時にリスクを生む。将来的に宮崎県知事になるときに不法侵入の前科がネックになるかもしれないし……。俺の性癖、どげんかせんといかん！（実際堀田祐美子程度の政治知識しかないので県知事の道はありなしで言えば全然なし）。

そんな俺が大好きなテレビ番組と言えば『完成！ドリームハウス』（テレビ東京系）！人んちの中、合法的にジロジロ見放題！ ヒャッホーッ！ 人んち最高〜！ しかも数千万円かけて出来上がった家が、タチの悪い現代美術みたいな、ものっ凄い落ち着かない状態になってることが多く、家出来上がり後の施主の顔の引きつり具合がヤコペッティ並みに残酷なことになっており見逃せない。

今回の新春スペシャルには満を持して戦慄の物件が登場。小さな子供3人と妻を持つ競艇選手の施主が、「プライバシーを守りながら、開放的な家にしたい」という比較的軽度の無理を言ってみたところ、独創性には思い切り定評のある夫婦建築家・手塚夫婦の手によって、思ってもみない方向に辣腕を振るわれてしまう。結果、「柱が1本もなく、居住面積と同等の広さの中庭がある平屋建て住宅」という超独創的かつ猛烈に落ち着かないデザインが完成。外側にはほとんど窓がないためプライバシー保護は万全（多分）！　南側は全面窓だが通常は内側の格子戸で隠されている。そのかわり中庭の周囲が全面窓。しかも平屋なので実際には隣の家の3階から中庭を通して家の中丸見えじゃないかと思うんだが……そんなことを細かく言い出したら開放感は得られないし日中陽もささないから気にしないとして、最も驚くべきは、家の中に一切の壁がない（！）こと。外からみたプライバシー保護は万全（多分）だが、家庭内のプライバシーはまるでなしという潔すぎな設計。4人目の子供を作らないための抑止力としてはパンチ効きすぎである。

さすがにトイレや風呂には壁があるが、天井までちゃんとあるわけでなく、上の方が40cmぐらいスポーンと開いている。あの、そこは開放感いらない部分だと思うんですけど……。この家に客として来たら怖くて便意も引っ込むことだろう。ちなみに風呂のすぐ隣には夫婦のベッドが置かれていた。「この家のお父さんとお母さんはシッポリ出来ない代わりにいつもシットリしている」というギャグなのかもしれない。

建築家の考えが「子供用の個室なんかない方が家族関係が密になる」「○LDKという

のは戦後上から押しつけられた虚像」だということなので、そのアバンギャルドな思想に賛同できなければ断ればいいだけだろう。なんにせよ人んちマニアの自分としては、作りたてで生活感がまるでないとはいえ他人の家の内部をジロジロ見られただけでも満足！　土地代含まず総工費6391万円分大いにドッキリさせてもらいました！　手塚夫婦の建築物ってテレビ向きだよね！

え？　俺？　もちろん絶対住みたくありませんが。

（2008年）

お家が火事だよ！　掟ポルシェ（マジ話）

焼けたんだよ！　すっげぇ真っ黒けになっててビビったよ！　え？　『ごきげんよう』で久々にみたピーターが？　フローレンス・ジョイナーと見間違えるぐらい日焼けしてた話かって？　違うよバーロー！　確かに最近のピーターは、サイパン帰りの長州力かってぐらい季節を問わず日焼けしてるけど違うよ！　しかもジョイナー、10年前に死んでるよ！　死人は、『ごきげんよう』にはでられねぇ！　死んでる以上、小堺一機の吹き矢も受けられねぇ！　小堺の吹き矢にリアクションを強要されるのは生者の特権！　てか、そうじゃねえよ！　カジだよ、カジ！　ナニ？　昔、白塗りしてポジパンバンド・ニューロティック・ドールでベース弾いてたあの人の話かって？　メイク取ったら意外に地黒だったって……違うよバーロー！　誰がカジヒデキの話しろっつったよ！　じゃなくて、火事だよ、火・事！　俺んちが焼けたんだよ！

え〜、悲しいくらいホントの話で恐縮ですが、自分が住んでるマンションの一室が火事で丸焼けになりました（いつもなら100％与太だが今回は本当）。5月某日、昼1時半に犬の散歩に出かけたわけだ。嫁と一緒に。そしたら2時ぐらいに不動産屋から俺の携帯に電話がかかってきて「■■マンションの▲×●号室の掟さんですよね？　えー、おたくが今火事になっております」と言われたと。一瞬訳がわからず動揺のあまりヤヤヤヤヤヤとか、トトトトトとか、稲川淳二が憑依したかと思うぐらい擬音が口から出たですよ。で、こりゃヤバイってんで、すぐに犬抱えてタクシーに飛び乗って、火事現場に急行。だが、こういう時に限って、道路が渋滞していてタクシーが全然前に進まない。誰だ！　こんな一大事のときに事故なんか起こして道路止めてるバカは！　ブチ殺すぞ！　もう気が気じゃなくてアッタマ来ちゃって、最高にイライラしてすごい近い距離をタクシーで15分もかけて俺んちの近くまで辿り着いたら、えー、俺んちの消火活動で消防車が3台きてて、俺んちの前の道路片側車線全部塞いじゃってた、と。道路止めてたバカは、実は俺だったという……。自分で自分はブチ殺せません！　すいません！　結局自分の住んでるマンションの一室を焼いただけで、他の部屋への延焼もなく、怪我人もなく、愛犬も無事だったので、こうしてＴＶブロスでネタに出来てるわけです。ああ、よかった。

しかし、この度の火事、非常に不思議なことが多々ありました。まず予言めいてたのが、前回のアルバムタイトルが『おうちが火事だよ！　ロマンポルシェ。』だということで……。基本、ふざけたバンドのＣＤとはいえ、面白半分で不吉なタイトルつけるもんじゃないですね！　で、最近40歳になった記念にブログで張った画像が、俺がボーボー燃えてるガスコンロ持ってる写真……。基本、真面目なことを一切書かない金玉ブログであるとはいえ、禍々しい写真のっけんの今後やめます！　どうも予言癖があるみたいなので、自作のタイトルは『携帯電話でゴハンがほかほかに温められる発明が成功してあぶく銭が入り、毎日毎晩寿司かステーキだ！　ロマンポルシェ。』とか、『紅白歌合戦出場（パラダイステレビの企画モノＡＶ紅白とかじゃなくてＮＨＫの）！　ロマンポルシェ。』とかにしておきたいと思います。言霊の力ってあるよね！

（２００８年）

コント赤青黄信号

こう見えても全然短気ではない。だがアレだけは別だ！　信・号・待・ち!!　もうガマン出来ねぇ！　テメェこの野郎〜、信号だか信子（落合のかみさん）だかしんないけどよ〜、よくも今まで何万回となく俺の貴重な時間を数分単位で毎度奪いやがったなこの野郎！　今日こそは今まで人には言わないようにしていた（１００％頭がおかしいと思われるから）信号の野郎へ怒りをぶちまけてやる（他に何も書くことがないから）！

まず根本的なことからいくわ。あの、お前なんで、赤&青&黄なわけ？　ナメてんの、俺を？　アアン？　ナメてないっちゅうなら、交通法規の番人たる厳格な職務内容のクセによ、なんでお前、反対色でキメた派手なセンスで職務遂行しとるわけ？　これ人間に例えれば、最高裁判所裁判長が'96年ぐらいのシノラー・ファッションで出廷してきてアヒャー！　くるくるくるくる〜、ピポポ！　お前は死刑ですぅ〜、とか陽気に判決出してんのと同じだろうが！　いいのかそれで！　いーや、よくない！　もっと地味にやれ！　これからの信号は茶色&ネズミ色&黄土色にチェンジ！　どれのときに横断歩道渡っていいのか悪いのか俺にもいまいちわかんねぇけどそれでよし！　なんとなく勘で決めればいーんじゃね？　あとは自己責任で！　轢かれたらそんときはそんとき！

で、そう！　信号待ちよ、信号待ち！　俺ぁな！　アレが何より大ッ嫌いだ！　どんくらい嫌いかというと、女子プロレスラーの体当たりヘアヌード写真集の乳首が必ず下を向いてひしゃげているのを見るのより嫌いだ！　しかも皆一様に乳頭がゴーンとデカい！あれは怖い！　夜思い出してよく泣いてるほど！　いや、しかしだ、女子プロレスラーのヘアヌードはヤフオクで結構な高額で落札しなければそれだけで済む話。だが、信号はそんなわけにいかない！　生きていく上で出会わないようにするのが難しい！　だって道路挟んで俺んちの目の前にあるファミマへ行くにはどうしても信号渡んないとなんないじゃん！　信号待ちしている間にそこのファミマにしか置いてない『ロシアン新鮮組ＤＸ』が売り切れたらどうしてくれるんだ！　わざわざアマゾンで注文しなきゃなんなくなるじゃねえか！　たった1分半ほどの信号待ちかもしれんが、『ロシアン新鮮組ＤＸ』が届くまでの日数約2日間ほどコクのを待たなきゃならんのだぞ！　その間、やっぱタメておかなきゃ損じゃねぇか！　用もないのに金属バット素振り千本やったりして性欲を散らさないといけないから無駄に疲れる！　その結果俺が野球に目覚め、欽ちゃん球団に入りたくなったらどうする！　俺ももう41歳、妻子ある身で今から野球選手として身を立てていくのは難しい……。あのとき信号待ちさえしなければ、才能のないジャンルに再起をかけて飛び込んでいくこともなかっただろうに！　俺の人生をいたずらに変えた場合、責任とれんのかこの野郎!!　もし俺がゴールデンゴールズの選手になったら、国土交通省に生活費を請求してやる！　なんの話か俺にもよくわかんないけど！
え？　欽ちゃん球団は試合のない時茨城で農業やってんの？　それじゃ今の俺の職業より食いっぱぐれないじゃん！　平成大不況の昨今、コラム書くより畑耕す方が将来性あるかも！　じゃあそっちで！　いやはや、信号待ちも意外と悪くないみたいで〜す！

（２００９年）

おかげで以前のカードのままです

グギョッ！　銀行のキャッシュカードがそろそろ折れそう！　角がクタッとなってボロボロで、毎度これで最後ではないかとヒヤヒヤしながらＡＴＭに入れております！　このまま行くといつかこのカードではお金を下ろせなくなり、銀行営業時間外に現金が入用になる度、しょうがなく人気ない国道沿いとかのＡＴＭをショベルカーで根こそぎヨイショッ！　と持ち上げて、キャタピラをキュラキュラ言わせて逃げるように現金を持ち帰るとか、泥棒まがいの真似をしなければならなくなる！　現場には担保代わりにドングリとかを山盛り置いておき、あとでちゃんと返すとはいえこれは心が痛む！　……え？　作り直せばいい、ですと？　ウホッ、あったまい〜い！

というわけで、カード再発行のため某銀行へ。で、現在のカードのデザインを見せてもらって、その場で2秒ほど死んだ。①ベタッと赤黒い真ん中に「キャッシュカード」と書かれたナメたデザインのやつ、②ネズミーランドのマンガがウェ〜ッとか付いたやつ、以上この2つのみ。……ふざけてんのかッ!!　ぶち殺すぞッッ！！！　まず①！　こんなマグロの刺身みたいなのが一番オーソドックスなデザインってどうなってんだお前んとこの銀行!?　しかも真ん中に「キャッシュカード」って書いてあるし！　見りゃわかんだろうが！　これがドングリに見えるか!?　大の大人がこんな頭悪そうなカード持てるかっつの！　それで②！　消去法でもう一方ので妥協しようとしたらネズミのやつだと!?　バカ野郎、こんなファンシーなカード使えるか！　いいか！　俺はな！　みつはしちかこ以外のファンシーは一切認めねえ！　『小さな恋のものがたり』で別れたチッチとサリーが、チッチのお母さんの郷里の信州の川辺で感動の再会！　あのシーンは日本人なら全員知っている！　ウルトラI！　季刊ポエム誌『いつかどこかで』定期購読当たり前！　その『小恋』を差し置いて銀行カードのデザインにおさまるなんざふてえネズミだ！　ありえねえ！

この国には自由がない。キャッシュカードを好きな柄にする自由もないなんて……！

というわけで、今回は「こんなキャッシュカードがあったらすぐメインバンクにしちゃう！」というデザインを考えてみました！

●ミッキー安川カード↓同じミッキーでもこっちのミッキーなら大歓迎。銀行のキャッシュカードとして使える他、このカードを持っていればミッキーラーメン食い放題（※現在閉店なので無理）の他、主要な米軍基地とラジオ日本に勝手に入っていっても多分怒られない。

●三条友美・少女菜美カード↓青木様の命令で菜美がお尻でキュウリを漬けている図柄か、トムが仁王立ちしている図柄の二択。ランクが上がるとアフリカに行って巨大中を出産する菜美のゴールドカードになる。ちょっと饐えた臭いがする。

●その他、どうしても浦安の方のネズミのアレでないと納得行かないというわがままなお客様のために、著名な画伯が描いたネズミーランドのアレのもご用意。うのせけんいち画伯の肛門に花が一輪挿しになってドジャーーン！　とか言っているネズミのようなもの、宮谷一彦画伯によるやたら生命の躍動感に溢れた写実的なネズミ人間、ずうとるびの江藤画伯が描いたなんだかよくわからない生き物のデザイン等。

キャッシングするのが楽しくなっちゃう！

（２０１２年）

カード社会に物申す！

ヤバい！　〆切の時間を過ぎたが、まったく何も書けていない！　よし、こういう時は慌てず騒がず、素っ裸になってみよう（※思いつめすぎてちょっとおかしくなっています）。何も書くことがないときは自分から事件を作ればいいんだよね！　じゃ、全裸のままキックボードで首都高突っ走ってきま〜す！　でも、このままじゃマズイか？　ほら、俺ＥＴＣカード持ってないし（そういう問題じゃない）。誰か〜！　ＥＴＣカード貸して〜！　ＥＴＣカードがない場合、１００歩譲ってローソンのポンタカードでもいいからこの際〜！　欲を言えばＥＴＣ（正統派）の方で〜！　んっ、待てよ……万が一やさしい人からＥＴＣカード貸してもらえたところで、俺裸だからカードをしまっておくところがないんだな！　こんなときどうすればいいの？　慌てず騒がず全裸のまま水魚のポーズで精神統一しチャクラ全開で思い巡らせると、ある答えにたどり着く。人間には2つの大きな収納穴があるはず。そう、口&肛門。その2択でいくとですよ、口にくわえておくのが現実的かと一瞬思うんですけども、やっぱりドライブ中って開放的な気分になるから歌（ガスタンク『黙示録』の口ベースコピー等）とか口ずさみたくなるわけじゃないですか。するってえとやはり、ガンバって肛門にＥＴＣカードをねじ込んでおくしかない、と（ウンウンうなずきながら)。とはいえ、5.4×8.5㎝ってね、いくらコンパクトになったとはいえ、カードの規格は肛門のシワの伸びの限界をはるかに超えている！　私はカード社会に物申したい！　カードのサイズってデカすぎるでしょ⁉　誰がこの5.4㎝って（比較的エイナスに入りやすい方の）縦幅決めたの⁉　カードだから……やっぱ、アメックスとか？　困るんですよ！　全裸でカード持ち歩くためにやむをえず肛門に収めとくしかなくなった我々マイノリティのことまでちゃんと想定して最終的にカード幅決めてんのアンタら⁉　もっとさぁ、お尻の穴にスッポリしまっておける大きさと形状にしといてくんないと！　シャチハタとか見習って！　シャチハタなら鼻の穴にも入るでしょ。つまり基本裸で生活してる俺やアフリカの裸族のことまでも考えてると思うのね、シャチハタの人たちは。あれが「理に適っている」ってことよ。それに比べてカードの無闇な平べったい形と来たら……ホント、何考えてんだっていうね（全裸で腕組みして説教して溜息ついて)、ハァ〜。

で、誰があのカードの縦横に平べったいISO基準の元を作ったの？　……レオナルド・ダ・ヴィンチ⁉　縦1：横1.618の長方形の比率がもっとも見た目に美しいことを発見……？　おい、ちょっと待て！　見た目に美しい、確かにそれはいい。だからといって肛門に収納しづらいという点については見逃していいのか⁉　え、なに？　あのカードサイズの縦横比のことを「黄金比」というだと？　そ、そうか！　ああ見えて、「黄金が出てくる穴にもガンバればなんとか入るサイズ」だとダ・ヴィンチは言ってるってことか〜ッ!!　……俺自身、やってみもしないでETCカードがお尻に収納できないものだと決めつけてしまってすいませんでした！　ダ・ヴィンチさん、手前どもの愚かな思い込みを許してください！　これから黄金比のカードを黄金が出てくる穴に全力でしまっておきたいと思います！　せーの、アッー！（肛門に挿入した瞬間、筋力でカードがパキッと割れて）。

（2015年）

近所付き合い

とある平日の朝9時、コンビニに立ち寄った際、俺の前の酔客がレジのお姉さんを困った笑顔にさせていた。

「たまにはさあぁ〜、まけてくれてもい〜んじゃないのおぉ〜?」

３５０㎖の缶チューハイを朝から購入、朝は品出しなどで超忙しいレジのお姉さん相手に小粋な酔っ払いジョークを、ドゥームメタルのテンポでたたみかけている。振り返った顔を見れば、先日もパーフェクトに酒に飲まれ、転んで車道にはみ出し、歩行不能になったところを仕方なく抱き起こして家まで送ってやった近所のオヤジ（60歳）だった。またあんたか！

「1円とか、２円ぐらいだったらさぁ～、いつも来てるんだからぁ、安くしてくれてもいいよねぇぇ～？」

ウッ、酒くせえ！　こ、この時間からまたしても完璧に仕上がっている！　実家でお母さん（85歳）と二人暮らしで止める人がいないとはいえ、毎度毎度自由だなあんた！　でもこの可愛げのあるダメ加減、俺は嫌いじゃないぜ！　ということで、オヤジに「まぁね～コンビニは１円２円で勝負してますからね～しょうがないですよね～」と笑顔で答えてあげた。するとどうだろう、

「冗談だよ～」

と返され、逆に野暮な人的立場に追いやられる。わかってるよ!! レジのお姉さんを酔っ払いの相手から解放して仕事に戻してやろうとしてんだよこっちは！ でも、朝から面白いからオッケーだオヤジ！ この後更にダメな反応してくれるのを期待！

「いつもね、こうやって冗談言ってんの(笑)。あ、次バス来るまでここで待たせてもらっていい～？」

今度は明らかに本気でバス待ちする顔……いいわけねーだろ！ お姉さんの笑いがどんどん力なくなってるよ！ しかも実家はこの辺だからして、その酔えば酔うほどダルくなる酔拳の老師みたいな状態で外出かよ！ 世間は皆働いてんだからお手柔らかにお願いしますよ！

その後、オヤジはコンビニ前のバス停に時速50mぐらいのドローンな速度で歩いて行き、時刻表をチェック。このバス停からは、普通に歩けば徒歩10分程度で着く最寄り駅までのバスしか運行していない。オヤジの千鳥足だと多分駅まで徒歩2日はかかるのでバス移動は正解だと思うが、あんたこの時間これだけ酔ってどこまで行くんだよ……。

以前、オヤジが潰れていたのは数カ月前の夜10時頃。ガタイのいい初老の男（＝オヤジ）が俺の前を歩いていて突然倒れ、車道にはみ出し、ピクリとも動かない。これはほっといたら死ぬ予感。脳内出血でもしているのかと心配になり、俺含む通行人2名で抱き起こし声をかけたら、単に歩けないほど酔っ払っているだけだった。しかも、泣いていた。

「俺の彼女がぁ～、台湾に帰っちゃうんだよぉ～」

行きつけの台湾人パブで気に入っていた女の子が店を辞めるので、つい飲み過ぎたという。心配して損した。が、この感じだと車道で大の字で寝たりとかしかねないので、家まで送っていくことにした。

「ありがとお……あなたたち、やさしいな……日本はいい国だぁ。よぉし！　おまえら気に入った～！　これから飲みに行くぞ！」

自分で歩けない状態で言うんじゃねぇ！　オヤジいま自分の立場100％わかってねーだろ！　しかも助けたこちらがなんで舎弟みたいな口調で話しかけられてんだよ！

「ねぇ～、お礼させてよ～、連絡先おしえてよ～」

嫌です！　後日飲みに行ってもまた潰れるまで飲むでしょあんた！　この程度の付き合いで勘弁して下さい！

85歳だというお母さんを夜遅く起こしては悪いので、家の前にオヤジを置いて帰ってきた。この後飲みに行こうと誘うぐらいだから、流石に家の中に入る元気くらいはあるだろう。それからしばらくして、今日またあのオヤジと出くわしたというわけだ。ちなみにこのオヤジにはこれまで何度か会っているが、毎度ドロドロに泥酔してるので未だに顔も覚えられていない。まぁ、それでいい。

（2010年）

補足　オヤジのルックスは香港映画で雀卓座っておかゆ食ってそうな感じです。

誰もが気にしているが答えの出ないままになっているあの問題について考える。

困ってる人を、救いたい。今日もあちこちから飛び込んでくるＳＯＳの悲鳴……。なのに、人類はすぐそこにある脅威を放置したままにしてきた。このままだといつか大変なことになるぞ！　結論を先伸ばしせず、いまここで真剣に考えなきゃダメだ！　さぁみんな、答えてくれ！

……本屋に行くと必ずウ●コしたくなるのは、何故なんですか!?

漏らしてるんだよ、こっちは！　年に何度も！　怖くて書店に白いズボンをはいていけない状態がどんだけ続いてると思ってるんだ!!　……エッ、困ってる人を救いたいんじゃねぇのかって？　俺が一番困ってんだからまず俺の便意をみんなでなんとかすること考えんのが筋ってもんだろうが！　レッツお前等シンキング、俺の腸内メカニズム!!

「本のインクの匂いに嗅ぐともよおす何かがある」とか「本屋は静かだから、リラックスしすぎてつい便意が」とか俗説は山ほどあるが、未だに真の原因は解明されていない。でも、理由なんかどうだっていーの！　俺がクソを漏らしさえしなければそれでいーの！

いいですか皆さん、本屋に行ったら決まって必ず猛烈な便意に襲われるわけですよね。

やれ出版不況だ、書店が危ないとかいってますけども、それみーんな、「本屋に行ったらウ●コしたくなるから書店離れしてるだけ」っつう話ですからね。これはね、100％書店の問題。これだけ本屋に行くとウ●コがしたくなると誰もが言ってんのに、なんか〜ら対策打ってこなかったわけでしょ、アイツら。中には便所が一個もないとか、ウ●コしたい気にさせるだけさせておいて排便我慢を強要するSMプレイみたいな書店まである現状……どうかしてる！　店内に！　ちゃんと！　客の数だけ便器があることが書店の大前提ってもんだろうが⁉　最低でも売り場スペースの半分は便所化しないと！　そんな当たり前のことが出来ないからアマゾン（便意を気にせず本を買えるシステムを構築した便意ビジネスの最先端）に負けるんだ！　だから書店の皆さんね、アマゾンを見習ってだね……、ハッ！

そういえば、うちの嫁の実家、福岡で書店経営してるんだった（※俺の話にしては珍しく実話）！

おい、嫁！　やっぱり本屋に入ると、ウ●コしたくなるよね……？

嫁（CV：今野宏美辺りで）「一回もしたくなったことないけど」。

な、なんですとー！　そうか……本に一日中囲まれている書店員が本の匂いでいちいちもよおしていては商売上がったり！　トイレに行くのに忙しくて、売り場に誰もいないようであればそこは万引無法地帯となることを意味する……。死活問題である万引を絶対に許さないという心が、自由自在に排泄タイミングをコントロールできる【排便エリート】へと、長年かけて書店員を進化させて行くのだろう。それは書店の娘として生を受け、排便コントロールの優秀な遺伝子を持つうちの嫁とて同様！　そう、私達夫婦は、種の保存の法則によって導かれている！　自分は無理でも、次世代である自分の息子が将来書店に行ってもウ●コを漏らさない人になれることを切に望んだ結果なのだこれは！　よし、自分のことは諦めた！　今後はアテントはいてから本屋行く！　泣きながら全漏らしですばい！

息子よ。書店内でウ●コを漏らす屈辱を、お前にだけは味わわせやしないからな……。

（２００９年）

敵は遠くに

散歩中、猛烈な便意。生来我慢の利かない性格＆括約筋なため、近くにあったコンビニに慌てて駆け込む。が、便所に入ろうとした矢先、一枚の注意書きが目に入る。

「トイレを使用されるお客様は、店員に一声かけてくださいますようお願いします」

……なんだとこの野郎！　なんで見ず知らずの親でも兄弟でもない赤の他人に対し、「エッヘへ、これからここのトイレでウ●コしますよ、エッヘへ」とへりくだった告知をせねばならんのか！　いやいや、親兄弟にも普通そんなこと言わないわよく考えたら！　普通の感覚ならば言われても返答に困る脱糞宣言だが、このコンビニエンス（便利）という冠を業種の肩書にのっけた失礼な彼奴等は、便利の名の下に便意の宣言を強要するという、一体何の趣味なのかわからないことを俺に突きつけてくる……！　俺の腸内環境把握して一体どうしようっつうんだ!?

わかりやすく考えれば、興奮材料にしようということだろう。人が便意をフルに表情に湛えて「お、お願い……もうダメ肛門が爆発しそう」と震える声で恥ずかしさに死にそうになりながら店員の目を見て告げるのを防犯カメラで録画しておき、あとで総集編にしてふかふかのソファーに座って鑑賞し刺身を食いながらほくそ笑むのが大好物だというコンビニ上層部の黒幕的な人物（本宮ひろ志『俺の空』で言うところの東北の御老人みたいな密かに国を牛耳ってるジジイ）がいると見て間違いない。見目麗しき女性だけでなく、俺のような平野勝美みたいなインディーレスラー体型の中年男性の便意宣言までも欲しがるということは、余程様々な娯楽を味わい尽くしエンタメ感覚が麻痺&絶望的に退屈している人物であろう。コンビニチェーン各店とてこの「便意の御老人」の意向には逆らえず、言われるがまま便所のドアに不条理な文言を貼り出しているのかもしれないと思うと、彼等も俺たち自宅外便所利用者と同じ犠牲者だ。真っ当な神経のダンプカー運転手等から「なぁ、なんで俺がこれからここでウ●コしますってことを、あんたらに言わなきゃなんないの？　いくらこちらがトイレを貸してもらう立場だからといって、これじゃ立派な羞恥プレイだよ」と理詰めでなじられたりもしているはず。トイレを借りるのにお願いがいることを尊大と受け取られ、不買運動のリスクを時限爆弾的に抱えているにもかかわらず、依然としてコンビニチェーン各店は便意の御老人の顔色だけを窺い、「便所を借りる宣言からの便所使用」の姿勢を崩さない……。これ以上金持ちジジイの享楽のために利用されてたまるか！　……とは言え寄せては返す便意の波！　ああああ俺はどうすれば!?

便意の御老人に一矢報いるために、一介の便意保持者である俺にも出来ることがある……そう、何も告げなければいいだけ！　コンビニ店内で無言のまま、顔色一つ変えず、立ち読みするふりをしてパンツの中で全部漏らす！　そうすれば情けない便意懇願の表情を食い物にしようと待ち構えるあの変態老人の鼻をあかすことが出来る……！　勝った！俺は便意宣言収集爺に勝ったぞ！

……いや待てよ。だったらコンビニに入る前に漏らしてしまっても一緒だったんじゃねぇかこれ？　あ〜、パンツの中気持ち悪い！　便意の御老人、恐るべし！（２０１４年）

声出して行こう！　アッー！

ひょ〜〜〜〜！！！　ヒマでやることないから肛門にぷっちょグミのボトル入れたらなんかカン高い声出ちゃった！　やっぱり人間、大声を出すことって大事だね！　よく言いますよね、鬱病や性病の予防には声出すことが重要だって！　おい、そこのお前！　そんな声小っちぇえから「あっ、クラミジアが服着て歩いてるぞ！」とか陰で言われんだよ！　よし！　精神衛生のためにTVブロス読者のみんなも声出していくぞ！　お手元に肛門に入れる用のぷっちょグミのボトル、もしくは泥を落とした衣かつぎ（ヌルヌルしててアヌスに入りやすく初心者向け）のご用意はよろしいかな⁉　では行きますよ！

え？　「大声でどんな言葉を叫べばいいかわからない」？　そんなことからマニュアル必要⁉　思いの丈なんだからなんだっていいんだよ〜。素朴な疑問とか、誰でもあんでしょ？　例を挙げれば、「安達祐実のかあちゃん、占い師になった後どうしてっかな？」とか。な？　気になんだろ？　腹から声出せば、それも誰かが教えてくれる。「こないだ長渕剛のそっくりさんとツーショット撮ってうれしそうにブログに乗っけてましたよ！」とか、「ヘアヌード写真集2冊出した後、SODからAV出したと思われてるけど、実際は挿入なしのイメージDVD！」とか。大声一つ出しただけで、君はもう立派な安達有里博士！　イイネ！

え？　「急に言われても疑問に思うことが浮かばない」だと？　いまの世の中　普通に生きてて疑問に思うことだらけだろうがよ！　なんかあんだろ！　「柴犬はあんなに肛門がドス黒いのになんでカワイイの？」とか！　ね！　なんでなのかね！　ホント〜〜に わからないのこれは!!　やっぱり……遊んでるわけじゃないですか。一般的に性器周辺が黒ずんでるというのは（澄んだ瞳&凛とした面持ちで）。俺の知らないところで、不特定多数の柴犬間でのア●ル舐め合いクラブが結成されているのかも？　そんな犬いプバーみたいないかがわしいところに通いつめてんのかあいつら!?　なのに、カワイイ！　少しぐらい性に奔放だってあんだけカワイイなら、う〜〜ん、許しちゃう!!

いや、待てよ……ボクサーやドーベルマンの耳切りのように、伝統的な飼い方による処置という線も濃厚。柴犬の飼い主による肛門吸引が、「良い飼い方」として定着しているってこと？　柴犬の品評会でも「ほほぅ、これはよく吸いつきましたなぁ。これだけ黒ずむには週20時間は吸引しないと無理でしょう、いやはや、頭が下がる思いです」という歓談が柴犬愛好家の間でなされているのかも？　口で吸うのが正統派な中、ズルい飼い主が柴犬の肛門に虫眼鏡で太陽光線集めて簡易日サロ的に焼いて即席で黒ずませたのがバレて、JSC（ジャパン柴犬くらぶ）除名騒動があったりなかったり!?　ホント深いよね、柴犬の世界は！　しかし！　他の犬の肛門がどピンクなのは、それを考えるとどうなんだ！

飼い犬の肛門を黒ずむまで吸ってもやらない他犬種の飼い主諸君！　恥ずかしくないのかーッ（メガホンを持って渋谷のスクランブル交差点のど真ん中で絶叫）!!
え？　「柴犬の肛門が黒ずんでるのは生まれつき」!?　う〜ん、大声出したおかげでそんな真実も知ることが出来た！　声出すのって大事だね（柴犬の肛門に顔を近づけ笑顔で）！

（2015年）

ちょっと来ちゃったアメリカよ！（安達祐実）

（テンガロンハットの上に交尾中のアメリカオオナナフシを乗せてサムズアップ）性の王国、アメリカ！　行ってきましたよ、帽子だと言い張って使用済みパンティの足出すところを縫い合わせたものをオシャレに着用して！　いや〜、マジいい国ですよね！　至る所で男女がバンバンアオカンしてますし（30年前に金曜スペシャルで見て刷り込まれた歪んだアメリカ観）！　祭りだ祭りだ！　セックス！　暴力！　警官隊出動！　射精と同時に銃乱射！　ツヒョォ〜〜ッ!!　これがアメリカ名物ＰＫＯ（パンパン・コイコイ・オ◯

ンチョ）か〜〜！　物見遊山でやってきていいもの見られた〜〜〜！！！

　アメリカといえば人肉以外の肉は全部食うという完全肉食社会（主食はサルの脳みそ）につき、野菜食うと逮捕ですから気をつけないといけません。ニンジン一本で禁固5年！　カボチャ丸ごと食ったらアルカトラズに島流し！　ミックスベジタブルなんか密造した日には工場ごとダイナマイトで爆破！　肉食だからやることが派手！　ブロッコリーとかもアメリカでは栽培してますが、あれはあくまでも「見て見て！　湯がくとこんなに汁ミドリ色！　マジウケるんですけど！」という感じで見てゲラゲラ笑うためのジョークグッズですから。テキサス辺りはサボテンとチェーン店化したファンク道場ばかりで娯楽がありませんので、朝から晩までブロッコリー湯がいて爆笑ですよ。どうかしてますよね。いやはや何とも。

　そんなアシッド国家アメリカに行って何をしてきたかというと、DJなんですね！　とはいえ、狂気のふるさとアメリカでただ普通に曲を繋げてかけるなど以ての外！　確実にナメられるので、セオリー無視で威圧感を醸し出さねばならない！　まず、全身にハチミツを塗り、アリをおびき寄せてビッシリたからせ簡易蟻塚になっておき、携えたオオアリクイにガンガン舐めとられ「アッー！」と悲鳴を上げながら登場します。そしてステージの上に灯油を撒いて、チャッカマンを取り出し涼しい顔で着火。メラメラ燃えさかる炎の中で泣きながら『トイレの神様』を10分まるまる熱唱し、トランス状態に陥っておく。その後手近なバーにしがみつきキダムのように猛烈な速度でくるくる回って、回りすぎてゼエゼエ言ってちょっと吐いて倒れます。一応ＤＪだから、その間ずっと米良美一のベストアルバムを丸がけで（ステージ上で燃える炎とメラつながりで）。そしたらもう、バカうけでしたね！　嬉しくなってこちらもカウンターテナーで「もののけもののけアソコの毛〜！」とコール＆レスポンス！　全米に響き渡る甲高いヒョロヒョロの声！　かぁちゃん見てくれこの姿〜（ビッシリアリにたかられながら青春の握り拳）！　最後はＤＪブースにユンボで突っ込んでメチャメチャに破壊！　やんやの喝采！

自由の国、アメリカ……。さぁ、君たちもどんどんアメリカへ出かけて行って、こんな感じでさんざん自由を謳歌し、大和魂の間違った誇示に励んでほしい（以上、初めて行くアメリカ行きの飛行機の中で想像で適当に書き殴って）。

（２０１５年）

この原稿は読んでも読まなくても今後のあなたの人生になんら影響を与えません

最近、自撮りにハマっちゃってます（自分のア●ルを合わせ鏡で巧みに映し出して）！　自撮り棒を（ア●ルに入らないように慎重に）セットして、と……ゥオゲッ！　やっぱ入っちゃった、ア●ルに自撮り棒が～っ！　ハグッ！　ハグッ！　誰かとって～！　いや、この場合の「とって」は、「こんな加トちゃんケンちゃんごきげんテレビに投稿しないと損な状態になってるのに自撮り出来ないの悔しいから誰か俺の代わりにこの状況ムービー撮っておいて！」の「とって」じゃなくて！　お尻に刺さった自撮り棒を物理的に取る方の「とって」のお願いなんですけど！　やさしくて他人のア●ルから鉄製の棒を引き抜くことになんら抵抗のない方急募！　早く～！　早く～！　ヒィ～～～！！

（3時間経過）

……うん、みんなヒマじゃないようですね。じゃあ、いいですこのままで（達観）。矢ガモみたいな感じでパンチきいてていいですし。メリットもあるでしょ？　この格好で保険の飛び込み営業とか行ったら一発で顔覚えてもらえるもんね。顔というより見えられるのはア●ルに自撮り棒が入ってるという、ちょっとユニークの度が過ぎるアクセントのみでしょうけども。初回は難しいかもしれんが、次行ったら「ああ～、自撮り棒の！　アンタぁ、忘れようとしても忘れらんないねえ～……よし！　保険入ったる！」的な感じで歓待受けて、契約取りやすくなるのでは（カッと目を見開いて）!?

しかしこれ（ア●ルに自撮り棒がＩＮ。もちろんスマホ本体が付いてる方の先端が）、どうしたもんかな……。この際、セルフ健康診断の方向にシフトするべき？　やっちゃう、腸カメラ？　幸か不幸かア●ル内部にカメラ機能付きスマホが入っちゃってるわけですから、これを利用しない手はないというか。直腸ぐらいまではがんばれば撮れるっしょ？

ただ問題は、シャッターも肛門内に入っちゃってるってことで……。押せないんだよねえ（下唇を可愛らしく突き出して人差し指でプルンプルンして）。ああ、こんなことになるなら、肛門内でシャッターが押せるアプリ入れとくんだった～！　そんなアプリ絶対ないですが～！

腸壁、キレイに撮れてたらインスタグラムでどんだけ「いいね！」付くと思ってんの？「すわ、これ膣じゃない!?」と色めき立ってフォロワーさんが昼飯に「ランチビール、行っちゃうか～!?」とか祝杯上げちゃうやつじゃない!?　んで、酔いが回って午後の仕事に軽く支障が出てきたタイミングを見計らって、「ざ～んねん！　正解はア●ルの中身でしたっ（つるセコな顔で）」と俺が種明かしすれば、フォロワーの方々がＰＣのモニターの角にガンガン頭打ちつけて漫画みたいに血だるまになるはずだったのに！

でも、ご心配なく！　こんなときは慌てず騒がず、念写一択！　こんなこともあろうかと、日頃から女性のパンティの中身を散々想像&デッサンするなどしてイメージトレーニング積んできましたんでね！　念写した上にメールにその画像添付して送信ぐらいやれば出来んことはない！　じゃあいくぞ！　ム〜〜〜ッ（念写しすぎて泡を吹いてひっくり返る。３分後蘇生。そしてＰＣ立ち上げてメールを確認して）……え〜……ウ●コが写ってるだけですね！　あはは〜、ガック死。

（２０１６年）

洟《すずばな》をそろっとかまなければいけない理由

こんにちは、脳科学者の茂木ポル一郎です（その辺で捕まえたサルをヘッドロックして片手にスプーン持って）。知ってました？　脳細胞って鼻水をブーッ！　と勢い良くかんだだけで5万とか死ぬの。脳が軽い酸欠状態になって細胞がそんだけ死ぬってことらしいんですが、俺なんか鼻の肉が雌河馬の大陰唇ぐらい肉厚ですから（ものの例えに意味なく女性器ワードを盛り込む悪い癖は２０１７年も治りませんでした来年もよろし〜くお願いします）、脳細胞の死に具合も人一倍。鼻をかんだときの出音もマン肉の層の厚い女性のマン屁並にラウドで、鼻をかむ度大堀香奈さんのことを思い出しています。大堀さん、お元気ですか（面識なし）⁉

で、脳細胞が死ぬとどうなるかってえと、記憶の欠落という形で現れるんですね。かつて記憶していたことが、全〜然思い出せなくなる。

恐ろしいのがですね、その昔札幌でライブやった際に何故か「スーパーでバナナの叩き売りの仕事まで同時にブッキングされている」という、バンドやミュージシャンに来るには明らかに異常なオファーがあったそうで。で、そんな特殊な仕事をやったのに、それについての記憶が現在、一切ない。しかも東京に帰ってきてからしばらくはそれをネタにしていたんだとかで。……もうね、まっっっったく、覚えてない。なにそれ？　前世の記憶？　ってぐらい。鼻のかみすぎで死んでいった脳細胞の中に含まれていた情報なんでしょうね、多分。

いや、気づいていないだけで、もっと色々な記憶が抜け落ちてしまっているのかもしれません。そう考えると人生は無限な可能性に満ちています。例えば、俺、本当はアイドルだったのかもしれません。現在記憶がないだけで。Mステとかかつては毎週のように出ていて、B'zの稲葉さんのように乳首をシャツから半分ポロリさせながらシャウト！　していたのかもしれません。日本国民を俺の乳首が見える／見えないでハラハラさせてマインド乳首コントロールしていたかもしれないし、なんならテレビのリモコンのdボタンを連打するとスタジオの中にいる俺の乳首に連動してデータ的に愛撫されて感じすぎて歌どころではなくなり、白目をむき泡を吹いてガクガクと膝から崩れ落ちるオカルトな様子が全国ネットで放送されていたのかもしれないなぁと。いや、もしかしたら俺自身がB'zの稲葉浩志としてかつて活動していた男だという確率もゼロではない!?　……そういわれてみるとそんな気がしてきました。確かに『ｕｌｔｒａ　ｓｏｕｌ』のイントロが鳴るといてもたってもいられなくなり、稲葉浩志であった記憶がないいま現在でもどの角度から乳首見せるとファンの皆さんの脳からアドレナリン出ちゃうかな？　とチクチラシミュレーションを鏡に向かって毎日10時間ほど。♪そして～か～がや～くウルトラソウッ！　（シャツのボタンを一斉にハジキ飛ばして乳首全開で）ハーイッッ（永源遥のようにツバを飛ばして）！見てる見てる見てるみんなが俺の乳首を煙が出るほど凝視しているーッ！！！！　ハウッ！（ガクッと失神↓3分後自力蘇生して）

……いや～人間の脳って本当に不思議ですね！　以上、かつて稲葉浩志として活動していた記憶のない掟ポルシェが数十分で書き殴りました！　きっとこのコラムのことも明日には忘れてます！

（２０１７年）

オッケー、Google！　鵺の鳴く夜は恐ろしいって本当⁉

（コンビニ袋を耳に引っ掛けて）ウエエエエ〜〜〜ぎぼぢわりぃ〜〜！　昨夜いいちこの豚の生き血割り（以下、桃色豚隊ハイ）飲みすぎてマジゲロ吐きそうなんだけど〜。でも、これから俺、仕事でフェスのＤＪやんなきゃいけねえんだよな〜。よし、ここはひとつ、レッド・ツェッペリンのアルバム丸がけしとっか……いや、以前サワサキヨシヒロさんがライジング・サンでワイン飲みすぎてＤＪ中ずっとブースの横に置いたバケツにゲロ吐いててＤＪ出来ないからそれやって、４０００人いた客20人に減らしたことあるからダメか〜（※実話です）。主催者に脳天唐竹割りぶち込まれない程度になんとかＤＪやらないと……ウオップ！　やっぱダメ！　いまＤＪなんかしたら絶対ゲロ吐く！　俺ゲロ嫌いなんだよ、フルーチェも嫌いなんだから！　昔ばあちゃんがフルーチェを「あの赤ん坊のゲロみたいなやつ」と表現していたショックが抜けなくて未だにフルーチェ食えないの！　だからゲロもポンプ宇野も苦手（※ＴＶブロスの連載でポンプ宇野の名前を出すのは今回で6度目ですが、バクシーシ山下作品はみんな全作観ていて登場人物をすべて病的なまでに把握しているものとして書いてます。知らない人は絶対に調べないで）！

あー、どうすっかな……やっぱあれだ、こういうときは科学の力に全力で頼るに限るのな！（その場にあった誰のかわかんないｉＰｈｏｎｅに向かって）オッケー、Ｇｏｏｇｌｅ！なんかアガる曲適当に羅列してかけといて！　これでよし、と。大体ＤＪなんてよォ、人の曲をただ並べてかけるだけのラクな仕事なんだからよ〜、そんなもん機械にでもやらせときゃいいんだよ………ていうか、さっきからなんだこの美容師専門学校上がりで亀頭みてえなヘアスタイルの奴が好みそうなギターキラキラ系さわやかロックは。アガる曲かけろつっただろクソが！　アガる曲つったら女の断末魔をふんだんに盛り込んだハーシュノイズだとか、死体ジャケ＋下水道ボイス＋音質モコモコのグチャドロゴアグラインドだとか、バソリーの１ｓｔとかだろうが！　全然アガんねえしこんなん聴いてたらチ●ポ勃たなくなるわボケ！　メンソールのタバコじゃねえんだぞコラ！

オッケー、Ｇｏｏｇｌｅ！　ってｉＰｈｏｎｅに話しかけるとなんでも出来るんじゃねーのかよ!?　というわけで今回は「こんなことはＧｏｏｇｌｅにお願いしてもダメ」というものを３つ列挙！

【①オッケー、Ｇｏｏｇｌｅ！　バイト先にウソの理由適当につけて休みメール入れといて！】親類縁者を殺すのはもう無理があるとＧｏｏｇｌｅが判断＆「玄関の前で興奮したアフリカゾウが暴れていてドアを開けられなかったから」等更に無理があるバイト休み理由をつけた結果、即クビに！

【②オッケー、Google！　うっかり人殺しちゃった！　死体の処理よろしく！】現実には人間の血は簡単に落ちない！　『殺し屋1』に出てくる酵素クリーナーはフィクションなので気をつけて！

【③オッケー、Google！　すぐヤらせてくれる病んでない女紹介して！】要求が矛盾しているためこの後iPhoneが爆発。そんなものは現実にはいない。

やっぱり人間が自分でやらなきゃいけないことってあるんだよね。DJもそう！　アガる曲を選ぶのって機械任せじゃ出来ない立派な仕事！　というわけで、この後のDJはバソリーの1st丸がけすることでなんとかします！　客が200分の1に減んの上等だコラ！

（2018年）

SUNDAY MORNING

どうも！　バッハです（どのバッハかは不明だがとにかく自称バッハ。白髪で角刈り）！　バッハ最近、近所に出来たパチンコ屋に朝から並んでたんだ。そうしたらどこからともなく痴女のバレーボールチームがやってきて、駅前でセクシートレーニングを始めているのを目撃！

「真のおっぱいバレーの完成を目指して、今日も激しく扇情的にイクわよ！　痴女～～～～～～ッッッ、ファイッ！（右乳を持ち上げブルンッ！）　ファイッ！（左乳を持ち上げブルン！）　ファイッ！（右乳を持ち上げブルンッ！）　ファイッ！（左乳を持ち上げブルン！）　ファイッ！（右乳を持ち上げブルンッ！）　ファイッ！（左乳を持ち上げブルン！）」と、その時パチンコ屋のドアが開いた！　クソッ、こんな時に開店時間！　確実に玉が出るパチンコのモーニングは大事！　でも痴女のバレーボールチームの公開練習薄手のゆるいタンクトップに尖って擦れるノーブラポッチに目が釘付け！　うおおおおおバッハ一体どっちを優先するべきなんだ～!?　ハァッ、ハァッ……迷ってまごまごしているうちにパチ屋のいい席全部満杯！　あ～んもういい！　とりあえず一旦店に入って適当な台にライターだけ置いてキープしとこう！　それさえやっとけば一応冷静な気持ちで痴女バレーをガン見出来る！　よし、この台（たぬ吉君）でいいわ、で、ライターライター、っと……ゲッ、ポケットにライターねえ！　そうだった、先週からバッハ禁煙し始めたんだった！　あああ〜〜〜もうなんでもいいから置かねえと！　そうだ、今かけてるメガネ置くか！　もうなんも持ってねえし、バッハ愛用の遠近両用ＨＯＹＡバリラックスⅡを台んとこの上皿んとこに置いとけばとりあえずは「ここ俺の台」ってことになるっしょ？　よし、台取っぴ！　待ってろ真・おっぱいバレー痴女集団よ！

それでバッハ、慌てて駅前の痴女集団の朝練を見ようと店の外に戻ったわけ。そしたら、な〜んも見えねえ！　し、しまった！　バッハ、裸眼だと０．０２しかない＆乱視まで入ってっから誰が誰だかわからねえ！　その時ふと思い出したのはやっさんこと横山やすし。【メガネと言えば頭の上にのっけて忘れがちなもの】！　そうだよ、そうそう、己のゴマ塩頭の上に手をやって確認！　ない！　メガネがない！　どこだメガネー！　アレだ、ここはひとつ、まずは落ち着こう。タバコ１本吸って冷静になろう。ってことでバッハ、自分のスーツの胸ポケに手え突っ込んだんだけど、タバコがない！　あっれ、なんで⁉　軽いパニック！　メガネがない、タバコもない、痴女の気配もわからない！　なんなのこの不毛な３ない状態は⁉　ダメだ〜、最近ＤＨＡサプリ飲むのサボってたからバッハ完全にボケてるわ……。いざという時何を優先すればいいのかわからなくなるのは、もうこれ病気レベルだわ。そう、昔からそう。母ちゃんからも「お前は勉強は出来るけど、緊急時になるとヒャー！　って声上げるだけになっちゃうのだけは治らんかねえ」と言われてたっけ……。もういいわ、色々ケチついたから今日はもう家帰ってアマプラで相席食堂傑作選見るわ……その前に、パチ屋でウ●コしてこ。（たぬ吉君の台に置かれた自分のメガネを発見）おわー！　バッハのメガネあるやん!?　良かった～！　これ結構高かったんよ！　俺のＨＯＹＡバリラックスⅡ～！（シャキーンと装着）あ、まだ10時じゃん！　朝じゃん！　１日有意義に使えるぞおい！　結局得したというお話、だよね～！　♪ハイッ、ちっちゃいことは気にすんな～、ワカチコワカチコ～！　以上、バッハ（どのバッハかは不明。白髪＆角刈り）でした！

（２０２１年）

補足　これはパチンコ屋のモーニングが現存するパラレルワールドの話です（まだあると思ってた）。

本当に無駄なものなどこの世に存在しない。

（３００m前ぐらいから何かに取り憑かれた顔でギャーギャー言いながら全力疾走でやっ

てきて。もちろん全裸で）１００円ショップのダイソーでもらえるあのシール、あれ集めてもなんももらえないからね⁉　店員、お会計時に「××円のお釣りと、キャンペーンシール●枚です」って何気ないトーンで渡してくっから、ああ、１００円ショップってただでさえ安いのにこれ以上まだなんかサービスしてくれんのかぁ……正気の沙汰じゃないね！　もうこれはサービス狂、だな！　サービスしまくらないと死ぬ病気の会社の人たち、だと思う！　マジリスペクト！　と思って、家帰ってからこれなんのキャンペーンだろうつって検索してみたら……「シール35枚＋４４０円でちょっといいブランドの包丁が安く買えます！」だって。別の意味の方の狂気！　なんか買うのにまず１００均行くような奴が商品にワンランク上のクオリティとか求めるかっつうの！　ていうか普通に１００円で売ってる包丁で全然使えるっちゅうの！　安かろう悪かろうじゃない立派な商品を安価で売ってる一方で、その商品の存在理由を崩すようなものをサービスの一環で販売しようというその根性……何考えてっかわかんなくて逆に面白くなってきました！　このキャンペーン考えた人、ダイソーという企業に巨大な「？」を与えたことでただの安売り土じゃない不思議な魅力をプラスしたとも言えるわけで。そう己の価値観をパラダイムシフトさせた後にダイソーでシールもらうと、もう変な笑いが止まんなくなって。お前らが高等テクを使ってこちらをゾワゾワした不可思議な気持ちにさせようってんなら、こっちもダイソーが意図しなかった使用法でシール使ったるわい！　文化レベルの高い行いには文化レベルの高い行いで返す！
　ってことで、アレの正しい使い方、説明します！　何枚か集めて乳首に貼る！　なんか酔狂でしょ？　下手に乳首が黒いよりも、遊んでる感じがするもんね！　この場合、「遊んでる」の意味はちょっとニュアンス違うかもですけど！　女性の方なんかはブラジャーの代わりにダイソーのシールのみってのも攻めたファッションとしてアリなんじゃないでしょうか？　「まさか私が厚手のセーターの下にダイソーのシールだけ貼ってるなんて知られたら……」と思うと、ジュン！　としちゃいますよね！　いざ脱いだら乳首にボディピアスあけてるより変態としての度合いは強いです。ベッド・インした瞬間、相手の男性を引かせたら大したもの。
　俺もね、男性ですがよくやってますよ。乳首ダイソー。むしろ男性なんで上半身裸で乳首ダイソーのシール直見せスタイルですね。それで娘の小学校の参観日に出席とか。もう、生徒も親も先生も、授業どころじゃなくなるからね？　（以下、父兄たちのささやく声）
「ざわざわ……乳首、ダイソー、あれ、ダイソーの、何ももらえないシール、何故、乳首……ざわざわ、ざわざわ」……何ももらえないはずのダイソーのシールが、こうなって初めて立派な役割が与えられる。豊かな暮らしってこういうことだと思いますし、それを（まぁそんなつもりは絶対ないだろうが）サポートしてくれるダイソーって本当に素晴らしい会社だと思います。あのダイソーの何ももらえないシールには、ワンランク上の意識高め生活を応援しようという意図がビンビンに込められている、そんな気がしてならないのです。

（2021年）

祭りだ！　祭りだ！　フューネラルだ！

ねえ、知ってる？　チ●ポの勃ちが甘くなってからの方が人生って長いんだって！　ヤダヤダそんなの〜（地団駄）！　真実さいあく〜！　最大チ●ポ勃ってもフェレット握ったみたいな感触にしかなんないって！　そんならもう死んでもいっかぁって気になっちゃう！　そうだ！　じゃあ、考えてみよっか！　自分の葬式！　やっぱ湿っぽくなりがち（なりがちどころではない）じゃん、葬式って？　いかんですね〜。パッといきましょう！　最期くらい華やかに！　生前にセルフで色々くだらない仕込みしといたら悔いなく死ねるはず！　じゃあ行ってみましょう、葬式。をプロデュース（野ブタ。をプロデュース&童貞。をプロデュースと同じラインで）！

まず葬儀会場として川口オート横駐車場、または鶴見の青果市場を押さえます。東京都では条例によりビッグファイヤーを使った景気のいい火葬の演出が出来なくて、それだとまぁ盛り上がりに欠けますんで！　かつてW★INGやIWA湘南がプロレスやんのに貸してもらってた埼玉や神奈川にある常識&モラルが全てガバガバの屋外会場で開催。入場時には「当該葬式の開演中にいかなる事故が発生し危害が加わろうと喪主側に何ら責任がないことを誓約いたします」と、ハナタラシと同じく参列者に誓約書を書いてもらうし。俺の死を悼みにやってきた方々にちょっとしたドキドキ感をお裾分け。サービス精神旺盛！

葬儀会場の中に入ると露店があって、テキ屋がカールのチーズ味とレモンサワーをちょっと乗っけた値段で販売。後楽園ホールの売店のメニューを完全再現している時点でまずプチアガリます（俺なら）。もちろんカップヌードルの自販機もご用意。うまいことミドルキックを入れるとお金も入れてないのに釣り銭が出てくるドツキ自販機あらしレクリエーションも楽しめる寸法。葬式初、まさかの軽犯罪OKルール導入で平成初期の雑な感じもお楽しみいただけます。

葬儀の前に前座としてうちの親戚全員参加による泥レスのバトルロイヤルがあります。もちろん勝者が遺産総取りで。BGMは美輪明宏『ヨイトマケの唄』のハイエナジーリミックスで。♪バンッ！　ト・ト・ト・と～ちゃんのためな～ら～、エンヤッ（ドヒュッ！というスクラッチ音）、エンヤッ（ドヒュッ！というスクラッチ音）、コココｫオ～ラアッ!! C'mon身内! 本物の骨肉の争いに手に汗握っちゃう! 勝者はうちの息子(中1)、フィニッシュホールドは井上貴子がLLPW時代使ってたスタンガンで全員感電というブックです。事前に闘道館行ってあのスタンガン買っとかないと!

そんでメインイベント。スーパーユーロビートのVOL.34とかなんか適当に安い音楽を丸がけしてもらい、ミラーボールがガンガン回る中、マジックミラー号を改造したスケスケのデコトラに棺桶のっけてもらって故人(俺)入場。運転手はすごい利口なチンパンジーとかで。普通にお坊さん頼むのもなんなので、さかなクンに般若心経の「ゴ」のところ全部「ギョ」にアレンジしてやってもらいます。ボコーダー使ってロボットボイスにしても可。御焼香の回ってくるやつは粉チーズになっておりますので、有馬さん(お腹を空かせたヲタの友人)とかガンガン食べてくれるといいな! 最後は華々しく電流爆破で棺桶ごと木っ端微塵! 潔し!

なお、遺骨は参列者に全プレで。それかソフト・オン・デマンドの社屋の前に散骨でも可。骨になってまでAV女優に踏まれるなんて素敵じゃないか(同意得られず)。

(2021年)

ただの実話です

ハローニューパンクス（手のひらにパンくずを並べて）！　最近、年々酒癖が悪くなってることを実感中！　酔えば必ず隣りにいた見知らぬおじさんとキッスしてしまうの！　別にゲイでもないのに！　う～ん実に不思議！　お酒が入るととても開放的な気持ちになるってことだね！　そのやり場のない開放感の矛先としてたまたま最適だったのが見知らぬおじさんたちってだけなんだけど！　ていうかね、たまたま酒場で居合わせた見知らぬ若い女性に酒の勢いでキッス要求した場合、悪くすりゃ逮捕！　これが勃起力の低下した同性だというだけでノーカウントになるっていうんだから日本の法律って不思議！　調子がいい時はディープキッスまで許してくれるのだから、俺、おじさんのこと好きだな！　ま、こっちは酒が入ってるからおじさんだろうがおばさんだろうが細木数子だろうが野犬だろうがなんでもいいっちゃいーんだけどね！　酒っていいよな！

まぁ、酔うと若い子の意見とか頭ごなしに潰しに行くよね！　聞かない聞かない、人の話なんて、ねえ!?　あいつら若いの、つまんないもんねえ!?　お笑いスター誕生のオブスキュア出演者（ギャグどんぶりとか）の話題出してもさっぱり食いつかねえし！　挙げ句、「掟さん、もう帰った方がいいよ」とまっとうに帰宅を促される始末（※最近そういうことがありました）！　本当にごめんなさい〜！　その節は本気ですいませんでした〜！　で、悲しく帰路につくかと思いきや、そのまま帰るのも寂しいしっつうんでフラフラとした足取りでおじさんしかいない盛り場を発見&突入&初対面のおじさん客全員と熱烈キッス&気付いた時にはツブレ寝してて客全員帰ってて朝5時！　な〜んてこともよくある話！　あ〜死にてえ！　もう死なないと治らないね！　ダメだな俺！　まいっか！　勝負は来世！　今生での更生は諦めた！　というわけで、来世何やったらいいでしょうか俺は⁉　誰か〜！　頭のいい人ちょっと来て〜！　アディーレで金にだらしない人の無料相談受けてる側の人たちとか〜！　債務整理のついでにチャチャッと決めちゃって俺の来世〜！　俺自分の将来についてちゃんと向き合うとかそういうの無理なんで、お前らがなんか良さげな来世、適当に見繕ってもらえます⁉

【①当たり屋】　未来では、ほとんどの仕事が機械に取って代わられている。そんな中、人間でなければ出来ない仕事、そう、それは捨て身の悪行！　自動運転で事故が最小限になった22世紀の世の中に、車の死角からエイヤッと体当たり！　未来社会なので損害補償も充実！　財、成したるで！

【②賽銭泥棒】　未来の世界でも変わらないもの、それは信心する清らかな心。俺も自分ちのアパートの横に自作の賽銭箱置いてインディーズ神社を開設&お賽銭で毎日うなぎ弁当食べたりする夢のような暮らしに！　宗教法人なのでばってん税金もかからんとです！

【③春を鬻《ひさ》ぐ業務】もうね、大体の仕事は機械がやるんで、体売るぐらいしかやることないと思うのね未来では。人間が機械より優れている点、それはア●ルの質感！　これだけはマシーンで再現できますまい!?　来世でのア●ル処女喪失に備えて今生からぷりっちょのボトル突っ込んで鍛えておきます！

……何だ、未来だっつうのに全然夢のない仕事目白押しじゃない!?　来世やってられんな〜……よし、今夜も飲むぞ（裸族が涎で作った密造酒等を）！

（2019年）

補足　若い子たち、本当にごめん。反省するからまた一緒に飲もうね！（多分断られる）。

今を生きる

「バカは死ななきゃ治らない」と申します（マオカラーのTシャツ＋背中にウミガメの死骸&下半身はパンパースというバカの正装で）！　あれ、本当なんでしょうか!?　困るんですよ!?　初対面の人から「バーカ！」って言われると、結構ビックリするんですよ（&

微量の射精）⁉　生きてる間に治りたいんですけども⁉　どうにかなりませんでしょうか⁉　あの、味の素だったら毎日丼一杯食べてます！　そう、自分で編み出した頭が良くなる民間療法！　根拠は一切なし！　効果もまったく感じられませんけども⁉　いや、丼2杯に増量したらイケるんじゃないかな⁉　そんな気がビンビンします！　じゃあ、ここはひとつTVブロス誌上をお借りしまして、ヴァーチャル味の素丼2杯イッキ食い、行かせていただきます！　ヴァーチャル竜童組の皆さん、応援の和太鼓乱れ打ちの準備よろしいでしょうか⁉　いくぞ〜、せーのッ！　イッキッ（太鼓がドドン）！　イッキッ（太鼓がドドン）！　イッキッ（太鼓がドドン）！　イッキッ（太鼓がドドン）！　イッキッ（太鼓がドドン）！　イッキッ（太鼓がドドン）！　イッキッ（太鼓がドドン）！　ハァッ、ハァッ、味の素も流石に丼単位で摂取するとなると、なかなか体に入っていかねえな、ハァッ、ハァッ……あっそうだ！　アクエリアスに溶かして飲めばいいんじゃね⁉　オイオイ、あったまいいな俺！　ガッツリ顆粒《かりゅう》で行こうとするから口の中の水分が間に合わずモハモハするばかりだが、味の素の水溶性の性質を利用して飲みやすくなった上にアクエリアスのアイソトニックなんちゃらの効果で栄養もマシマシ！　味の素大量摂取で頭良くなってその上アクエリアスで異常な健康までも獲得、いいことずくめ！　もう俺、来年の今頃は東大卒のボディビルダーみたいになってんじゃね⁉　自分の未来図見えすぎてゾゾ毛立ってきたわ！　こうなりゃ赤マムシも混ぜとこう！　いたずらに勃起力もアップして東大卒ボディビルダーAV男優として豊彦企画からデビューも夢じゃない！　天国のお母さん！　息子はいろんな意味で立派になりました！　いや、今後弥が上にも立派になってしまう予定（体の一部が特に）です！　取り急ぎ来年東大卒ボディビルダーAV男優になったときのために日サロの予約取りました！「あの、ボク来年の今頃東大卒ボディビルダーAV男優になる予定がある者なんですけど、2022年の4月以降こちらの日サロの年間パスポートをください！」と言ったら、電話口で先方が「フアッ!?」って言ってました！　ちょっと意味が理解できなかったかな!?　AV男優である以上、チ●ポの色に全身の色味を合わせておきたいってことなんだけど！　志高すぎちゃった!?　ああ、でもチ●ポ付近の色素沈着カラーとそれ以外の雪国生まれの色白部分、全裸になって同時に焼いてしまうと、チ●ポ部分が黒くなりすぎて威圧感が生まれてしまうのでは!?　俺が目指すのは誰からも愛される東大卒ボディビルダーAV男優なのに、流石にブラペニ過ぎると怖さが先行してしまい、風評被害により一部の女優さんから共演NGを出されてしまうかも！「チ●ポが多少黒いのはいいんだけど……漆黒はちょっと。黒檀みたいでなんだか仏具思い出しちゃって」と、信心深い女優さんからも不評を買いそうだし……いや、ていうかまだ俺の目の前には飲み残しの丼2杯味の素＋アクエリアスwith赤マムシがあるんだけど!?　このままでは日サロでブラペニ化も全然絵に描いた餅！　よし！　残り全部飲むぞ～！　そ～れッ、イッキッ、ボゥウウエエエエ～～～

（全嘔吐）！！！！　マズくて死ぬ！　飲めるかこんなもん！　あーもうバカのまま死にますそれでいいです！

（２０２１年）

掟ポルシェの
アノ人について
かいたやつ

せんせい、せんせい、それはせ・ん・せ・い……

［山崎拓×山田かな子］

「せんせい」って呼ばれたい（全身をブロンズ色に塗りたくって新春スターかくし芸大会のハナ肇ばりの銅像を装い、さりげなく近所の女子大の校庭に自分を設置）！

先生……嗚呼、なんと豪奢にして甘美な響き！　物心ついたころから「せんせい」と呼ばれることに憬れ、大学で教育原理を専攻するも「教師の体罰に関するレポート」で「言ってもわかんねぇ奴はブン殴るしかねぇ！」と思わずホンネを書いてしまったために教員免許取得に失敗（実話）。その後もベレー帽とルパシカに身を固め、マツダファミリアに乗って「あのー、ボク、画家なんですが、セックスしませんか？」と芸術家先生ならではの性急なナンパに励んだり、鼻の頭にかぶらペンで黒いブツブツを描き、自分の住んでるアパートの壁に『トキワ荘』と書きなぐったりして、とにかくガムシャラに先生修業してきた。しかし世間の風は冷たく、いつまでたってもパッと見で「バイト君」だとか「アンちゃん」とか「おい！」とか気安く呼ばれ続けるばかり。一体どうしたら先生と呼ばれる人間になれるのか……。

そんな俺の素朴な疑問にドドンと答えてくれる参考書を発見。自民党幹事長・山崎拓の元愛人、山田かな子が、かつて愛した「せんせい」の人物像を微に入り細に入り書き綴った『せんせい』（飛鳥新書刊）は、全国百万先生予備群必携の書である。で、本に書かれた山崎先生の行動を全く同じになぞれば僕も一気に先生様へ昇格間違いなしってことでしょ？　違うか？　違わねぇだろ！

「先生は、アダルト雑誌の特に卑猥でいやらしい部分を切り抜いてスクラップ本を作るようわたくしにいいました」だと⁉　エロスクラップぐらい俺だってやってるよ！　なにがどう違うんだ？　やっぱり先生が素材に使うエロ本ってブックオフとかに置いてるゾッキ本じゃなくて、千円以上する高級エロ本（辺見マリがアリス・クーパーみたいに大蛇を全身に巻いてるヌード写真集等）なんだろうなぁ……よし！　これからは俺もエロ本、定価で買う！　本気で決意！

「先生は、よくご自身の尿をわたくしに飲ませました」……自分で自分のをセルフ飲尿なら食後の日課で毎朝昼晩やってたんだけどなぁ。誰かに飲ませなければ先生にはなれないという訳か……実家の母ちゃんにでも送ってみっか。飲みやすいようにひんやりクール宅急便で。うん、それしかねぇ。

このようにして俺は『せんせい』に書かれてある内容を次々にクリアしていった。結果、だれもが俺を「人でなし」と呼ぶようになったのは言うまでもない。

（２００３年）

補足　章のタイトルも『「政治」よりも「性事」がお好き』などとにかく下品で最高！　必読！

小堺一機特講・一時限目

小堺一機を正確に理解するのは実に大変な作業だ。いや、そんなもん理解したところで良いことは別にないんだが、小堺が何故か昔から打ち出している「カワユイ小堺くん」というタレントイメージと、実際の表層の「ズレ」が生み出す巨大なグルーヴに気付いてしまえば、だれもが小堺に釘付けにならざるを得ないと断言する。

全ての始まりは『アクロン』のCMからだった。♪アクロンなら毛〜糸洗いに自・信・が・もてますっ♪という、かつてはおそらく坂口良子あたりの「男がちょっとぐらいダメであっても許してくれそうな女優」が担っていた役どころに、いつの間にかファンシーなピンク色のセーターを着用した小堺がスライドし、アクロン片手にその一節を過剰なまでに可愛らしく唄いあげ、終いにゃおちょぼ口で小首を傾げてカメラ目線で微笑むのである。おそらくそのCMは10年程前のものだったと思うが、既に鬼ゾリ風にハゲた小堺がギラギラした皮膚感ではにかむ様に完全にノックアウトされた。その時点で完全に風貌はズルムケなんだが、本人が全く気付いていないのか、自分が本上まなみであるかのような癒しをフツーに笑顔に湛えていてスゴかった。浅井企画の公式小堺プロフィールでは今もって「彼の笑顔にヒーリング効果の噂？」などと煽っており、もうこれは事務所サイドがこの壮大なる「ズレ」までも小堺のキャラクターとして確信犯的に商品化している節もあり、侮れない。

確かに小堺は、デビュー当時から「可愛がられる」ことを望まれたタレントだった。『紅白歌のベストテン』では司会の堺正章に対してレポーターの小堺という「リトル堺」な印象で親しまれ、『いただきます』では司会でありながらおばさん達のマスコット的立場で可愛がられた。上を向いた鼻と4等身半のSD体型も相まって小堺はいつの間にか「カワイイ」というジャンルに定義されることで、自らのタレントとしての居場所を得た。しかしそこで小堺のタレントイメージと実像に誤差が生ずる。小堺が可愛いのはあくまで共演者に可愛がられる「立場として要求された可愛げ」だったのだが、あまりにカワイイカワイイ言われ続けて本人までが単体としての小堺一機を可愛いものだと思い込んでしまったのである。そうでなければ『アクロン』での本気で間違った微笑は出てこない。

「可愛げ」と「可愛さ」の混同が生んだ悲劇のヒーロー・小堺。日本人特有の「カワイイのインフレ」感覚は、小堺一機の生態を通じてつまびらかになるだろう。以下、次々号(続くのかよ)。

（2003年）

小堺一機特講・二時限目（まだやんのかよ）

小堺一機が何故カワイイことになるのか？　前回に引き続き誰も望まない形で延々掘り下げてみる（迷惑）。

以前、美術評論家の椹木野衣《さわらぎのい》氏が「ある文化が日本に入ってくると、何故かファンシーにされてしまうことが多い」と指摘していたことがあった。例えば暴走族一つとっても彼の国ではヘルズ・エンジェルスのような、レザー・ファッション＋タトゥーのオヤジがハーレーに跨る汗臭くモノトーンなものであるのに対し、我が国ではヤンキーのバイクのカウルがまるでガンプラのようにシャチホコ型に改造されてペパーミントグリーンに塗装され、パステルピンクの特攻服を着たヤンキーがそれに跨ったりと、本来カッコ良くあるべきモノがカワイイに取って代わられている事例は枚挙にいとまがない。

これは恐らく、近代日本の美的感覚が開国と敗戦によって西洋のそれにすり替わったものの、それをストレートに再現できるつくりを日本人の肉体が持ち合わせていなかったことに起因するのではないだろうか。上を向いた低い鼻&蒙古膜が頑丈な一重瞼&胴長短足が主体の日本人の肉体に、西洋人の美男美女の基準が適用されてしまったら、誉める言葉がないのだ。そこで落ちこぼれた美意識を満足させるべく編み出されたのが「カッコイイ」に準じる「カワイイ」という感覚である。「可愛い＝美しくはないが愛嬌がある様」ならば日本人の得意ジャンルであり、自分のフィールドで勝負するかのように日本人にとってのプリティは磨きをかけられ、やがてはカッコイイの上位概念として君臨してしまった。

しかしこのあいまいな定義は愛嬌さえあればなんでも可愛いことになる危険性を孕んでおり、結果として「カワイイのインフレ」が発生する。案の定、きんさんぎんさんもジャイアント馬場もカワイイことになり、その流れで必然的に小堺一機もアルタに集まったカワイイボケした客から「小堺くん、キャワイ〜イ！」と黄色い声援を受けることになったのである。もちろん小堺本人には罪はない。俺だって月〜金で大勢の女性に可愛い可愛い言われ続けたらそうかぁ俺ってカワイイんかぁ〜と誤解してしまうだろう。

悪いのはカワイイの水増し行為を無意識に行ったアルタの女性客だ。

そこで提言したい、どうせ言葉狩りをするならこの「カワイイ」こそ狩られるべきだと。というわけで今後「カワイイ」は差別用語に認定！　ダメ、絶対！　カワイイの安売りをほったらかしておいて、ＹＡＷＡＲ（以下略＆自粛）まで「かわいい」ことになってしまった後では遅いのである。

（２００３年）

はるちゃんIS NOT DEAD！

［中原果南ほか］

た、たいへんだ〜〜〜〜（浴衣の前をはだけて全身ズブ濡れ、慌てて野グソをワシ掴みにしながら駆け込んできて）ハァハァ……なにがそんなに大変だって？　トボケんのもいい加減にしろ！　『はるちゃん5』に決まってんだろ！

信州屋が一大事だって時に、お前らよく平気な顔して仕事してられんな！　平日の昼間、『はるちゃん』が放送されていることを気にもとめずにデスクワーク（エロアニメのOVAとかのセル画の彩色等）していられるお前らのその根性が気に入らねぇ！　お前ら国際人としての意識が低いよ！　日本人が諸外国から働きアリ扱いされてバカにされてんの知ってんのか？　お前らそんなことでは欧米では生きていけない。もう明日から昼休み最低5時間はとれ！　そして国際社会の一員として恥ずかしくないように、ウィークデーは『はるちゃん』を観ろ！　全くジャパニーズってヤツはゆとりがなくて困るよ（浴衣から十二単に着替え、コップをバリバリと噛み砕き口の中を血だらけにしながら憤慨）！

ゆとりだらけの平均13時間睡眠ジャパニーズな俺は今、『はるちゃん5』に夢中だ。山田辰夫をキャスティングからはずした時点で「はるちゃんの終わり」を告げたかと思われていたシリーズ第5弾だが、とんでもない伏兵が現れたことで現在イッキにヒートアップ中！　それは信州屋乗っ取りを密かに狙う若女将の義弟・宮川一朗太……！　信州屋制覇の野望に邪魔な京本政樹を陥れるため、自分からガラス戸にダイブして血まみれになって京本にやられたと言い張ってみたり、中居として信州屋に入り込んだ白石まるみと共犯してはるちゃんを●●●●扱いしてみたりと、やりたい放題！　『青い瞳の聖ライフ』などで見せた、「凡庸だけどいい人」なイメージのあった一朗太が『ダークサイド一朗太』に大変身してしまった。好きだった清純派アイドルがスカトロマニアだと判明した時のような衝撃が、『はるちゃん』の牧歌的な世界を駆け抜けているんである。そして信州屋を守るためにたったひとり立ち上がるはるちゃん……。自らの職場に対する過剰なまでの愛情と忠誠心、これを「男気」といわずしてなんといおうか！

　それにしても、他の信州屋の従業員たちはなんであんなに単純なのか。「バカだけど気はいい人たち」という田舎者の長所を厳守しているわけでもなく、義理堅さがまるでないじゃねぇか！　「お帰りなさいの心」はどこへ行ったんだ！　……と、本気丸出しで怒ってる俺が一番単純なのは、言うまでもないのだった。

（２００１年）

少年法改正？ねむたいこと言ってんじゃねえ！

［渡哲也ほか］

男とは何か？　男はどう生きるべきか？　そんなことばかり考え続けているうちに、ガス料金払い忘れて水風呂入ったり、『ハロモニ。』の予約録画に失敗して絶望のあまり一週間で5キロ激やせしたりしているちぢれっ毛の小男2人組、それがロマンポルシェ。だ。本連載『二福星』は、人生の兄貴分の名をほしいままにする我々が、HOTな凶悪犯罪等を男性物理学的見地から思いっきりナデ切りにしていく有難迷惑なコーナーである。男になりたいカ●ーセル以上リ●アン未満の男性予備軍諸氏は、弓手にTVブロス、馬手にローションを持ち、全身ヌルヌルになりながら常に全裸で毎号朗読して頂きたい。今回はちぢれの少ない方こと掟ポルシェが、諸君等の男をテカテカに磨き、マリモ羊羹の如く輝かせるレクチャーをしてやる所存である。

多発する少年犯罪、目に余るインターネット詐欺、国民的女子柔道家の熱愛発覚など、右を見ても左を見ても暗い事件ばっかりの平成日本。そんな世相を反映してか、ヒットチャートの上位は常に三上寛と灰野敬二が独占中。女子高生たちの間で「キャベツひと玉盗むのに涙はいらないぜ！」と叫びながら近所の畑から農作物をパクってくるのが大流行し、野菜の高騰から肉だらけのおせち料理を食べるハメになった現状は、明らかに病んでいる。若者による犯罪報道が更に別の若者の犯罪を喚起し、増改築された少年院には十七歳がひしめき合う結果となっている。少年法の改正だとかヌルイ議論をしている場合ではない。森政権も気づかなかった少年犯罪防止の抜本的対策とは何か？

それは、大門軍団の復活である!! 『西部警察』さえTV放送されてりゃ少年犯罪なんて起きるハズがない！ 「警察ナメてるとおまえん家に戦車でツッこむぞ」という無言の抑止力が日曜夜8時のブラウン管の中からビンビン伝わってきたからこそ、少年たちは本気でビビったのであり、ギリギリのところで凶悪化を踏みとどまらせていたのは間違いない。なんせ相手は飛んでるヘリの中からショットガンを発射してくるんである。話せばわかるとか、そんなレベルではない。無法な振る舞いに対しては無法をもって現場処理していいという『西部署の法則』が失われてからというもの、少年たちが図に乗り出したのは明白である。

イヤ、もうこの際すべての警察署を実際に西部警察にしてしまっていい、と俺は思う！角刈りタレサン、トレンチコートにショットガンの団長を日本全国津々浦々の西部署に配置するなら今しかない。

（2001年）

芦屋雁之助は電気毛布で夢を見るか？

裸の大将って実は裸じゃねぇだろう！　よく考えてみりゃランニングシャツにバミューダパンツ……よくも今の今までわしらをダマしてくれたの〜清！　気付いたよ、やっと。これまでバイトの履歴書には必ず『尊敬する人・山下清』と書き、休日には無賃乗車でＳＬを乗り継いで田舎町に降り立ち、両の眼をうすら半開き下唇を過剰に突き出しどもりながら見ず知らずのおふくろさんたちからもらったおにぎりをうまそうにパクつくのが趣味な俺だったが、そんな己の清フリークぶりも今となっては腹が立つ……Ｆ●ＣＫ・ザ・大将！　雪印食品はオージービーフを国産牛だと偽り、国から多額の狂牛病対策補助金をだまし取っていたが、清の野郎は実に二十有余年にわたって『裸』を装い、我々お茶の間のＹＡＭＡＳＨＩＴＡ清ポッセ（またの名を八幡学園ステディクルー）から感動を搾取していたのである。

「渡辺美奈代がついに脱いだ！　今度こそオールヌードだ！」という週刊ポストの煽り文句を毎度毎度真に受けて、どれだけ透視能力を駆使して凝視しても確認可能なのはケツのワレメだけのスケ乳さえ拝めない極悪非ヌード美奈代写真集を買う度泣いていたものだが、またやられた。「みなよのみのじはみんなのみ」じゃねえのかよ！

せめてキューティー鈴木見習って10冊目の写真集ぐらいでは乳輪ポロリしてくださいよ、2人とも（美奈代&清）！　憤りの握り拳を禁じ得ない、一応素っ裸な分だけ美奈代の方がマシだ！　オイ、やる気あんのか清？　貼り絵したいかしたくないか聞いてるわけじゃねぇよ、男らしく潔く全裸になる気があんのかどうかって聞いてんだよ、俺は！

雪印が断罪されてもＪＡＲＯの誇大広告として処罰されることなく、今なおキャプテン・ヌード（直訳）の看板を掲げて商売しようなんざムシがいいにも程がある！　あ〜〜〜もうぃぃ！　清、お前『裸の大将』名義取り消し！　今日からお前は『着衣の大将』だ！　同じくドッカーズなんかのゴルフブランド服着た大将（萩本欽一）の下で、座付きの構成作家（パジャマ党）からやり直してもらうからそのつもりで。

そして『真・裸の大将』はこの俺が務める！　ＴＶの放送コードをアッサリ無視して脱ぎまくり。自由奔放にフリチン全国貼り絵行脚&完全実況生中継する二代目裸の大将だ！いや、もうこの際初代『裸の大将』を張らせてもらうのでドゾ、ヨロシク！（そして全裸で新幹線に乗り込むべく上野駅構内でスッポンポンで駅弁を買っていたところを鉄道公安官により身柄拘束）

（２００２年）

えなりかずきは電気羊の夢を見るか？

なんの雑誌だったかはこの際どうでもいいが、えなりかずきが自分の部屋にあるオヤジ趣味グッズを自慢げに見せびらかすグラビア記事を見た。往年のテイタム・オニールを思わせる単に歯並びを見せているだけに近いこわばったえなりスマイル全開でゴルフクラブを磨いたり、巷のＩＴ革命を敢えて見て見ぬフリしたかのようにＣＱＣＱとえなりボイスでアマ無線してみたりと、とにかくえなり放題えなり倒している凶悪企画。老成した趣味だらけなのは、その過剰にアットホームな老け顔を逆説的に際立たせるための戦略であるに違いなく、そこにえなりのえなりたる所以がある訳だが、俺はえなりルームの一角に全くえなっていないブツがあるのを発見してしまった。

……シ、シンセサイザー!? 90年代のテクノブーム全盛時、ローランドがダンス・ミュージック制作に主眼を置いて発表したシンセＸＰ－３０が何故ここに!? ゴルフコンペの賞品でもらったか？ テクノとえなりという、コミケと的場浩司ぐらいなんの関係性も見出せない不気味な組み合わせ。しかしさりげなく部屋の結構いいポジションにシンセを置き、それについてあえて言及しなかったのは、実はえなりのたったひとりのレジスタンスだったのではないか？

えなり父がえなりのマネージメント一本で食っていることからもわかるように、えなり家の家計は現在えなりの双肩にかかっている。えなりが「若いのに趣味嗜好は重役クラス」という〝えなりズム〟を喪失してただの老け顔の若者に堕してしまえば、えなりファミリー（当然ピン子とかじゃなくて）が即路頭に迷うことを意味するのだ。そこをイヤというほど理解しているとはいえ、えなりもまだまだ18歳。色気づきたい年頃である。長野の山奥とかでやってるゴア・パーティーの情報を『BURST』かなんかでたまたま読んで鼻血が出るほど興奮し「トランス状態、乱れた空間……きっとフリーセックスだろう。てゆーか、テクノミュージシャンになれば入れ食いも夢じゃない！」と誤解してテクノ開眼したのかもしれない、いやきっとそうだろう（決めつけ）。本当は写ってないところにコクピット状にアープのオデッセイとかプロフェット5なんかが並んでいたり、押し入れの中にパッチコードが死ぬほど付いたムーグの箪笥が隠されてたりしてるに違いない。第2の岡本信人の道を捨て、えなりがベルギーのレーベルから12インチをリリースしてケン・イシイの正統なる後継者にシフトチェンジする日もそう遠くはない、と勝手に思っている。

（2003年）

秘密（広末の体の中に岸本加世子の魂が、とかそういうのじゃなくて）

［クレアおばさん］

（深夜、バアちゃんの形見の鳴子のこけしを持ち出して近所の半鐘を無許可でガンガン乱打）んあぁ〜っっっ!!　腹が立って眠れやしねぇ！　女というヤツはまったくもって信用出来ん！　企業秘密だとあれだけ言ってあるのにもかかわらず公の場で調子に乗ってネタばらししやがって！　いい歳してパカパカパカパカ口開いて、テメェは焼きハマグリかこの野郎！　しかも悪びれもせずTV向けにメロディまでつけて暴露しちゃってて、んもぉぉぉ〜許せん！　お前だよお前！　クレア!!　『クレアおばさんのクリームシチュー』のCM、見たぞコラ！

♪クレアおばさんの〜シチューの、ひ・み・つ！　それはね、ブイヨン！　野菜と丸鳥をじっくりじ〜っくり……

だーかーらー……「秘密」だって言ってんだろ？　「それはね、」じゃねえっつうの。秘密だって宣言しといてコンマ2秒でアッサリネタばらしかよ。台無しだよ台無し。マギー司郎か、お前は。

確かによ、お前（クレア）の言い分もわかるよ。「秘密っつったってせいぜいブイヨンが入ってる程度だから皆の衆に教えてやってもよかんべか」ってことだろ？　でもな、そういうのは世間じゃ「秘密」とは言わず、「レシピ」っつうんだよ。全然一般的。大仰に秘密秘密いえば商品価値上がるだろうなんてのはテキ屋のやり口だっての。消費者ナメんなよ。秘密っていうからには「それはね、ボソボソボソ……（何言ってるのかよく聞き取れないが多分呪文）」ぐらいのことでないとJAROに訴えられ……

ハッ！　もしや「シチューの秘密＝ブイヨン」というのは実は隠れ蓑で、クレアはもっと重大な秘密を隠しているのではないか!?　人は重大な秘事が発覚しそうになると動揺のあまりどうでもいいことを口走ってしまう性質がある。男性コーラス隊に高らかにその「本当のひみつ」をバラされそうになり、咄嗟に「そ、それはね……ブ、ブイヨン！」と凡庸な台詞で覆い隠そうとしたというのが真相…いや、そうに違いない！　本当は野菜と丸鳥ではなくてペンペン草とヤクザの指をじっくり煮込んだダシが入っていたり、たま出版とかのオカルト書籍にモロに影響を受けたクレアがシチューに宇宙意識と自分ん家の風呂の残り湯とかをブチ込んだりしているから旨いのかも！

……でももしそんなのが真相なら食う気しねぇよな。やっぱ、秘密はブイヨン程度のライトなヤツにしといた方が無難なのだった。

（２００３年）

かわったかたちのいし

［松居直美］

現在、「どうぃたしまチゲ」と言ってみたくてしょうがない。が、なかなかそんなくだらないチャンスも無く、苦悶する日々である（悩み無さすぎ）。

『エバラみそチゲの素』のCMで、奉行姿でいそいそと他人の家のナベを勝手に仕切るも「ありがとう、鍋奉行！」となんか知らんが感謝される松居直美。そして15秒のCMは最大のクライマックスを迎える……ちょんまげ＋直美という欽ドンかフジのモノマネ番組でしか成立し得ないデタラメな絵柄が急にどアップになり、弥が上にも「さぁ〜面白いこと言うぞ〜」的期待感が高まる。初期原田伸郎テイストの半開きの目でニコリともせず一心不乱にキャメラを見据える直美、直美、直美……（この間約0．02秒）そしてついに飛び出した歌舞伎で言うところの『見得』にあたる決めゼリフ！「どぅいたしまチゲ」！……「して」と「チゲ」って、ただ母音揃えただけじゃねぇか！個人的にこの手のズサンなギャグには滅法弱いため、CMが終わってからしばらくテレビの前で真っ白に燃え尽きた。ディスチャージ以来の衝撃だった。感激のあまり小便のキレが悪くなったりした。

それからというもの、他人との会話の最中どうやったら俺が「どういたしまチゲ」と言うことが出来るか、隙をうかがう日々が始まった。しかし「松居直美を完コピする手段としての会話」は想像を絶する空虚さがある。相手の話の内容など当然聞かなくなるため応答はすべて生返事。会話の途中で相手から頭突きされても決して文句は言えない。実際かなりの量の鼻血も流した。己の欲望（マツイズム継承）のために人の心を弄ぶのは良くないことだと反省した。

やはり感謝の意に対しての謙遜がどういたしまチゲの本分であるのだからして、感謝されたいのならまず善行を尽くすべきである。それからというもの、俺のいたしまチゲはビッシビシ決まりだした。横断歩道の前でヨタつくおばあさんの手を引いてどういたしまチゲ！　石原軍団のように被災地でガンガン炊き出し作ってどういたしまチゲ！　雨の日に捨てられたずぶ濡れの子犬を拾い、ク〜ンと鼻を鳴らす犬に頬ずりしながら独り言でどういたしまチゲ！　清々しい、実に清々しいことである。そうなのだ！　師・松居直美が提案した「どういたしまチゲ」の心とは、アガペーにも似た無償の愛情なのだ。みそチゲのCM一作で、聖・松居直美はキリストと並び称される存在になったといっても過言ではないのである（絶対言い過ぎ）。さぁ、みんなでLet's DO いたしまチゲ！

（２００３年）

遊星より愛を込めて（第十二話）

［堂本剛］

テレビというのは大体「ながら」見るもんである。ホットプレートの上に陰茎を乗せてどの温度まで耐えられるか実験しながら見たり、ロブスターをパンツの中に入れていつその巨大な爪で陰茎をマッカチンされるかもしれないという恐怖と闘いながら見たり、思い切って陰茎にストローを差し込み尿道からジンジャーエールを飲む逆花電車炭酸特訓をしながら見たりするのが正統派なのである。作り手側だって暖房の効いたスタジオの中で陰茎をブランブランさせて制作しているような番組ばかりの昨今、そのぐらいナメた態度で視聴しなければこちらとしても気が済まない。だが時々テレビ画面の向こう側からものスゴイ殺気を放って出演している方もいらっしゃるので、そういう強者の出演時だけはこちらもながら見などせず襟を正し、ついでに陰茎に蝶ネクタイをハメて一心不乱に視聴させていただいている。

俺をテレビに釘付けにしてしまう凄玉野郎……そいつの名前は堂本剛。ついこの間まで山田敏代に似てんなぐらいの俺的にどうでもいい印象だった剛だが、いつの間にかオシャレの限界を超えすぎた殺気満々のハードコアな髪型に！　しかもそんな死ね死ね団のボーカル（中卒）みたいな身なりでミスチル丸出しな曲を堂々と熱唱！　トップアイドルであるにもかかわらずやってることがパンクすぎである。剛、最ッ高！　しかし何故今頃になって堂本剛が中途半端なエクスプロイテッドみたいなセミモヒカンにしているのだろうか？　やはり罰ゲームなのか？　男闘呼組の高橋一也とかにベースでぶん殴られて「お前、この写真（塩沢とき）とこの写真（烏骨鶏）、どっちの髪型にするか選べや」とビビらされて床屋の親父に後者を差し出した結果なのか？　それともベッカムの影響か？　そう考えれば納得しないでもないが、最近ベッカムもベッカムヘアやめてなんか菅野美穂みたいな髪型にイメチェンしたので、「ベッカムっぽい」という免罪符を失ったら剛がただのド変態に見えてしまわないか非常に心配（かなり余計なお世話）。

だが、そんなものは杞憂であった。テレビ画面を構成する光の三原色（ＲＧＢ）が分裂するほど凝視してみたら、剛ヘアの数カ所に長方形のソリ込みが……。つまり剛ヘアは罰ゲームでもベッカムでもなんでもなく、『ウルトラセブン』になりたかっただけなのだと。ひとえに地球を守りたい一心でヘンな髪型になった堂本剛。テレビに出てたら是非皆さん陰茎ををいじるのを一旦止めて彼の地球防衛芸能活動に注目していただきたい。ダーッ！

（２００３年）

だからダンシング

［コロッケ］

たいがいのことは俺も「面白い顔」ひとつで乗り切ってきた。アコムのむじんくんで審査が通らなかった時もカメラに向かって必殺のコマネチポーズ＋面白い顔をし続けることで「じゃあ、面白いので審査オッケーです」とカード作成に成功したり、ヤクザに拉致られて「金払わねぇとオマエ埋めちゃうよ、マジで」と秩父山中に人間一人がスッポリ入るサイズの穴掘られた時も面白い顔＆命乞いの強力コンボでなんとか爆笑を誘うことに成功して許してもらったりと、あらゆる修羅場を面白い顔だけでなんとかクリアしてきた男だ。しかし、国際面白顔連盟（ＩＷＡ：インターナショナル・笑える顔・アソシエーション）の公式チャートでも上位にグイグイッと食い込むこの俺でも、只唯一、絶対に勝てないと思う顔ギャグの天才がいる。その男の名は……「コロッケ」!!

先日新宿コマ劇場で行われたコロッケ座長公演の千秋楽を観覧、顔の面白さだけで銭が取れる男の真剣勝負を久々に見てきたわけだが……おまえらはコロッケが本当にＩＬＬな存在であることを知らない、知らな過ぎる!!　ヤバいんだよ、コロッケの顔は！　わかってないようだからコロッケの面白さについて説明させてもらいますよ、もう！

コロッケの芸の本質が単なる「モノマネ」だと思ったら大間違いだ。『お笑いスター誕生』でデビューした時からモノマネという狭いカテゴリに押し込められてしまっているが、デビュー当時は野口五郎やちあきなおみのレコードにあわせてひたすら顔マネする異形のスタイルだったことからもわかるように、マネる対象の基本性質を分析した上で、そこに嘘と誇張と面白い顔を大量に混在させることによって笑わせる究極の顔ギャグ芸なのである。言ってみれば、コロッケのモノマネはすべて面白い顔のオプションとして存在するのであり、面白い顔をするだけでは芸としてなかなか成立しないところをモノマネという理由付けを与えることによって、昇華せしめているものなのである。所謂モノマネの雅語表現である「形態模写」の範疇になど収まりようもない。コロッケの岩崎宏美のモノマネを見ればわかるが、岩崎宏美の要素なんてどこにも入ってねぇんだよ！　ただ似ているだけでは笑ってもらえないのだから、その選択は断じて正しいのだ。

2部構成の後半戦では、これらコロッケの顔ギャグ芸が2時間以上にわたってほとんど全部見られる特別豪華版！　コロッケ顔ギャグの真骨頂・ロボ美川憲一のマイナーチェンジ版であるロボ五木ひろしのデタラメさ（五木ひろしがワンアクション動くたびに百面相的に面白い顔が紛れ込む！）には本当に笑い死にしました！　アレ見なかった奴は全員負け組（俺の中で）！　みんなもっとコロッケのこと考えた方がいい！

（2004年）

森山直太朗にはダマされないぞ！

押ーッ忍！　自分は、ロマンポルシェ。改め『男子二楽坊』の一・八楽坊担当・楽坊政であります！　現代社会に蔓延る不正をほっとけないよ～正義感の強い楠瀬誠志郎2人組であります！　以後、ヨロシクお見知りおきをお願いします！　う～ん、ニガクボー！（尻を突き上げクロスチョップするかのような得体の知れない二楽坊必殺ポーズ）

では早速、男子二楽坊の楽坊政（ボンタン＋数珠）が腐敗した芸能界にちょっと一言物申ーす！　最近、森山直太朗とかいう2世タレント（ザ・モッズの森山達也の息子？）がやたら幅を利かせておりますが自分は気に食いません！　大ヒットソング「さくら（独唱）」のサビ部分を喉を裏返しながら切々と歌う様を「澄み切った癒しのファルセット」だとか言って必要以上にドップリ酔いしれているド変態女子部の皆さん！

ハッキリ言ってあなた方はダマされている！　森山直太朗……アレの正体は「三沢あけみのモノマネをしている時の角川博」に他ならないのであります！　女装＆斜め45度を辛そうに指さすあけみアクション付きでやってる分、角川博の方が芸として格は上であるという事実に何故気づかない！　「角川博のモノマネなんてここ5～6年観てないし、それ以前に三沢あけみが誰だかわからない」などという自分の不勉強を棚に上げた理屈で森山直太朗に固執するのは不当であります！　ビデオ貸してやっから見ろ！　で、あります！

「モノマネがオリコントップ10に入るかボケ！」と、あくまでオリジナルであることにこだわる融通の利かない御仁もおられるでしょう。それならば自分は声を大にして言いたい！　だったら米良でいーじゃん、米良で！　ひっくり返りっぱなしの裏声の魅力なら米良美一の独壇場！　かつてはあれだけ米良のことを「もののけのお兄ちゃん」と呼んで親しんできたのに、裏声ニューカマー・直太朗が登場した途端あっさり忘れてしまうなんてあんまりであります！　直太朗と米良の間になんの差があるというのですか？　え？　見た目が違いすぎる!?　顔で音楽を判断するなんて最低！　音楽は耳で聴くものであります！　今後森山直太朗のＣＤ１枚買うときには米良のＣＤ２枚を抱き合わせて買うこと！　これは義務！

さて次回は、男子二楽坊の○・二楽坊担当・ロマン優光がマグマのようにアッツアッツの恨み言を書き殴る所存であります！　では失礼します、押忍！


（２００４年）

「男」＋「おばさん」＝？

［フジテレビの男性局アナ］

問題：「男」であると同時に「おばさん」でもある生き物ってな〜に？

スフィンクスの謎かけみたいだが、なんか違う気持ちの悪い問題……なんだ答えは？

ばってん荒川とか？　いや、あれは営業用にババァの姿形をしているだけのオッサンだし……キャンディ・ミルキィさんかな？　小学生女子みたいな女装&ランドセル姿でよく原宿をブラブラしているけど、さすがにド迫力すぎておばさんってカテゴリには入んねぇか……じゃあいったい何？

平日の昼間にじゃがりこ齧って寝転がってテレビを見たいがために会社を辞めた潔い大人たちはみんなわかったよね！　答えはもちろん、『フジテレビの男性局アナ』である。

『男おばさん特盛』（フジテレビ系）は、深夜の缶詰工場でベルトコンベアの前に一晩中座り続けたかのような冷静な眼差しの男・軽部真一アナと、夜勤明けの藤原カムイみたいなルックスの笠井信輔アナによる情報バラエティ番組。40を超えた男性局アナふたりが、最新のエンタメ情報をキャーキャー言いながらせわしなく伝える様がおばさんぽいってことなのだろう。「男おばさん」とはよくぞいったものだ。だが、このふたりだけが特殊に「男おばさん」なのではなく。俺から言わせりゃあフジの男性局アナ全員「男おばさん」、なのである！　かつて格闘技番組『ＳＲＳ』で、ジェラルド・ゴルドーの空手道場「ドージョー・カマクラ」に取材した長坂哲夫アナは、道場生のオランダボディビル王者が上半身裸で稽古する姿に遭遇。「ウッヒョ〜〜〜ッ！　ハッ、ハッ、ハッ、ハッ!!」と奇声をあげてそのビルドアップされた胸板にズバーンと飛び込み、こともあろうにコリコリとビルダーの乳首を愛撫しだしたことがあった。興奮のあまりレポートを忘れて大胸筋に顔面を擦りつける長坂アナ……忘我の境地をそのまま伝える姿勢もまたおばさん的であり、局アナとして仕事を超えて楽しそうだった。男おばさん！

槇原敬之と同じ「マッキー」という愛称でおなじみの牧原俊幸アナが、その昔『美味しんぼ倶楽部』の番組の企画で占いの館に行って恋愛運を見てもらったとき、「……男の影が見えます」と言われていたのも見た。その瞬間スタジオの永麻理も視聴者も一斉に凍り付いたが、もっとも凍り付いたのはマッキー本人で、「（ひょ〜！）」という顔のまま固まって、その後ずっと無言であった。素のリアクションを隠さない報道姿勢というのも多分におばさん的と言えるだろう。男おばさん！

「男」＋「おばさん」というと率直に「オネエ？」と連想する、発想の汚れた方々に言っておきたい。「男おばさん」はあくまで「男おばさん」である。それ以上のことは聞かないで！

（２００４年）

人類は何故松野明美を恐れるのか？

人間、素早い動きのものにはえも言われぬ恐怖感を覚えるように出来ている。例えば昆虫。ヒラヒラと優雅に浮遊する蝶や蜉蝣《かげろう》に風情を感じる者は多くても、ミック・ハリスがバスドラを踏むが如く太い足をブワーッと動かして瞬間移動するゴキブリを見かければ叩き殺したくなるというもの。捕食する／されるという細胞レベルの二元論から解放される生き物としての安心感と、人類が殲滅することの出来ないジャンルへの恐怖心ってものは表裏一体で、人間外のスピード生物は太古と未来の記憶を同時に揺さぶる。人類は人類以外を許さない傲慢な生き物だ。人類の安心感を規定する者は、速度に他ならない。

そこで、松野明美である。あの速さはどうだ。口の中で生きたウズラかなにかを細かく嚙み砕いているかのように顎関節をＢＰＭ３００強で上下させるあの動き……。マシンガントークというにはあまりに死と殺戮の匂いがする歯の高速回転ギロチン運動。松野明美のしゃべりの内容を誰も認識できないのは、言語反射の回転数が人間の知覚速度を大幅に上回っているからというだけでなく、前述のような人類が捕食関係を感じる速度（見た瞬間「うわっ、食われる！」と判断し、今までの自分の人生が走馬灯のように駆り巡る速度）に松野明美の歯と歯の上下運動が達しているからに他ならない。小動物なら軽くビビり死させることが可能なあの顎関節の速さを観るたびに、人類&意外に小動物である俺は毎度ビビり死にそうなんである。

それにしても松野明美の顎骨が、人知を超越したスピードで動き続けるのは何故なのか。実はつねにウ●コを我慢していて、猛烈な便意を庇うあまり全ての仕事を素早く済ませようとしているとか？　確かにあのスピードなら30分番組収録分のトークを2分に凝縮して話すことも可能な気がする。が、『ごきげんよう』のゲストに出ても、2分に凝縮した30分の話を30分話し続けているようにしか見えない。つまり松野明美が1回ゲストに出ると、30×15＝450分の話を聞かされるのと同様で、どうりで観ているこちらの体力が消耗するわけだ。そりゃシンドイ。

しかし、女性に向かって臆測とはいえ「いつもウ●コ我慢しているからしゃべんの早いんでしょ？」とは失礼過ぎて言うべきではない。なんか適当な理由はないものか、と今無理矢理考えてみたところ、家で初期NAPALM DEATHやMEAT SHITS等のやりすぎグラインドコアばかり愛聴していて、生活の信条にまでそれが影響しているのではないかという結論に達した。ブラストビートの言語シャワー製造機・松野明美……。そう考えると同じグラインド好きとして親近感が湧き、応援したくなるから不思議である。これからもがんばって上顎と下顎ガクガク動かして下さい！

（2006年）

「ケツ以下」として生きる

［トミーズ健］

トミーズ健。常にトミーズ雅とワンセットだった男。雅が横にいない健などサヤだけの枝豆、木根尚登だけのＴＭＮみたいなもの（まぁ、雅が小室かというと全然違うが）。

そんなおしゃれでないおしゃれ小鉢ことトミーズ健が遂にやった！　ＴＶの収録で中国の寺院内でケツを出し、中国警察当局から事情聴取を受けたことがトップニュースに！私は感涙を隠し切れない。あの男が雅の力を借りること無く、遂に自分の力で日本中の話題を独り占めしたのだから。ケツを出し走り回るという超鉄板かつ超古典的な手法で、日本国民の心を鷲掴みに！　着せられてる感満載のダブルのスーツにブロッコリーのようなヘアスタイル、そしてあの'83年ぐらいの鳥山明の漫画の中から借りてきたようなコミカルメガネ……それら面白いことは一言も言いそうにないアイテムのこれでもかという集積がここに来て大きな意味を成す。普段おもんないことしか言わん奴のケツ露出は、ギリギリガールズのギリギリ感よりも本当にギリギリないっぱいいっぱい感を創出する。「ケツ出す以外おもろいことボクできないんですわ！」という切迫したキャパシティが、ケツを出すことにこの上なく重みを加える。一世一代のケツ。それも仏教の聖地で。状況は揃った。それがたとえ雅に「自分、ここでケツ出したら日本中大笑いやで」と促された上のものであってもいい。むき出しのケツ以上の価値を持たない男のケツには、人生丸ごとさらしたのと同等の価値がある。己の存在とケツを天秤にかけてケツの方が価値が高いことなどそうあり得る話ではない。だがトミーズ健ならそれがある。「ケツ以下」という存在の存在感たるや！　刮目してみよ（トミーズ健のケツを）!!

　ケツ以下の存在価値しか持たない男の人生は敗北と同意かもしれない。だが、実際にケツを出して己の人生を笑い飛ばした瞬間、人々は彼の「ケツ以下」で生きる覚悟の真似出来なさに畏怖を覚える。本来「ケツ以下という概念」でしかなかったトミーズ健に「ケツとしての実像」が加わることにより、誰もが思っていて言わなかった「チンケといえば健」が記号化するに至る。リアクションといえば上島竜兵、魚といえばさかなクン、ユタ州といえばケント・デリカット……。トミーズ健は雅ですら成し得なかった「といえば」の地平に辿り着いたのだ。チンケの独占は、それだけで価値がある。今後ことあるごとにトミーズ健がチンケの代表として語られるだろう。気がつけば俺もすっかりトミーズ健に夢中。ことあるごとにケツを出しておる次第。２代目トミーズ健襲名というこれ以上ないチンケな冠を夢見る今日この頃である。

（２００７年）

※このコラムは妄想であり、7／10の放送内容とは一切関係がありません！

［ジョン・ボン・ジョヴィ］

7月10日放送予定の『ズバリ言うわよ！』（TBS系）のゲストが……ボ、ボン・ジョヴィ⁉　細木先生の六星占術によりコアラ↓ハッピハッピー。のような血も凍る改名を余儀なくされるのかと思うと、己の顔面をセルフタコ殴りにして流した鼻血文字でカレンダーにバッテンをつけてまで心待ちにせずにはいられない。♪もういくつ寝ると〜　ボン・ジョヴィが細木数子から頭ごなしに怒鳴りつけられる日〜、と創作ソング（＆当選の舞い）のひとつも作って歌いだしたくなるというものであり、毎日が充実して仕方がない。人は、何故、生きるのか……。そりゃ当然、こんな面白半分の企画がたまたま通ってしまったのを見逃せないから！　侵略者の皆さん！　もし日本にミサイル落としたりとかする予定があんなら7・11以降にして！　お願い‼

時代は21世紀。『夜明けのランナウェイ』を歌ってる頃には、まさかボン・ジョヴィ本人も自分が地球の裏側で初対面のオールバック熟女から、「アンタね、今すぐ芸名変えないとゴートゥーヘルだよ」と言い切られるとは思っても見なかったはずだ。一寸先、闇過ぎるにも程がある。

（以下、ボン・ジョヴィの脳内を勝手に妄想）改名か、死か。これはミスター・センキッキーも丁半コロコロの皆さんも通ってきた道。ある程度無茶なネーミングでも聞き入れなければ明日はない……いや、俺も不世出のロックスター、ボン・ジョヴィ。この金看板を今更変えろだなんて、笑止……！　だがこの大仏系熟女の鋭い眼光に不思議な威圧感と説得力があるのも確か……ええい、ままよ！　名前が変わろうが俺は俺、元プリンスはなんか虫みたいな変なマーク。この際改名だろうが性転換だろうがなんだってやってやる！

「ボン・ジョヴィさん……アンタね、語呂が悪いよ。今すぐ芸名を変えないと、これから悪いことが起こるよ（自分ちのマンションの鍵穴にセメダイン流し込まれてカッチカチに固められる等）」

自分、覚悟は出来てます！　先生！　俺の新しい芸名、なんにしたらいいっへか!?

「『ボンちゃん』。可愛くていいだろ？」

先生！　それと同じ名前の人、水野晴郎先生のところにもいます！

「しょうがないねぇ。じゃ、『坂本ちゃん』はどうだい？」

日大文理のハチマキしめて……って、その人もいますよ先生！　この年になって学ランはキツイものがありますし、あの、なんか他の名前を！

「贅沢言うんじゃないよ！　えー、あー……『ジョビ・ジョバ』で、いいだろ？　もう解散してるし丁度いいよ。はい、アンタ明日からジョビ・ジョバね」

というわけで7月11日からはボン・ジョヴィがジョビ・ジョバ（2代目）に！　ザ・ちゃらんぽらんが大阪に2組いるようなややこしい事態がボン・ジョヴィの身にも降りかかるのか!?　次回の『ズバリ言うわよ！』、見逃せませんよ！

（2007年）

今度のライダーは電車に乗ってやってくる！

［仮面ライダー電王］

2007年1月から放送の新シリーズ『仮面ライダー電王』は、移動手段が……えっ、電車!?　長年バイクに乗って風を切り、颯爽とやって来たライダーもいよいよ電車通勤の時代に。じ、地味！

一体何があったんだ、ライダー!?　駐禁切られすぎて免停になったか!?　敵が現れた情報が入った時たまたま朝8時くらいだったら、ラッシュアワーでもみくちゃにされて現場に急行すんのか？　京浜東北線で乗り合わせたＯＬに痴漢と間違われて誤解を解くまでなかなか悪を倒しに行けなかったり？　結構遠方に敵が現れたらどうすんの？「クソッ、この時間寄居まで行く電車は一時間に一本しかない！」とか言って舌打ちして、熊谷から秩父鉄道への乗り継ぎ失敗して敵逃したり？　……そんなしみったれたライダー嫌！

それにだ、なにも仮面ライダーの敵は神出鬼没のショッカー的な悪の秘密結社はかりとは限らないのではないか。キセル乗車の常習犯と戦うとか。

「自動改札の人体識別方法がテルモのサーモセンサー技術を使用していることを悪用し、前の人にピッタリくっついて〝一人の太った人〟として機械を欺き、毎度タダで改札をスルーしてるお前、許さ〜ん！」とか？

……お前は鉄道公安官か！　石立鉄男か！　そんなライダーも嫌！

んっ、待てよ……今新ライダーの資料見たら『デンライナー』とかいうライダー専用の電車でやってくるみたいなことが書いてあるな……。だったら路線どうすんのよ路線！在来線の線路使うのか？　都内とか細かい運行スケジュールでなんとかぶつからんようにダイヤ組んでんだからあんまり無理させんな！　もし合間を縫ってなんとか走れることになっても、前の電車は追い抜けないしなぁ。それだと現場につく時間決まってるし。現場が駅から遠かったら降りてから更にタクシー乗り継がなきゃなんねぇし。何時間かかけて到着したころにはショッカー的な人たち、もう一悪事終えて帰っちゃってると思うし。

……そんな使えないセコムみたいなライダーも嫌！

更に資料を読んでみると、敵は異次元にいて、向こうに行く移動手段としてデンライナーに乗らなきゃならんらしい。しかもライダーパスにライダーチケット使って。なんだライダーチケットって？　ＪＲの職員が自分とこの電車乗るのに毎度切符買って乗るようなもんだろ、それ！　顔パスでいいだろ！　伊達や酔狂で仮面ライダーになったわけじゃねぇんだから！　趣味で歴代ライダーのコスプレを自宅でやってる京本政樹と一緒にしてもらっちゃ困る！

異次元の電車が走る……ということは結局線路の上は走らないってことか。ってことは多分、電車が空を飛ぶことになるだろうなぁ……あっ！　そんなことしたらまた松本零士先生がブチギレるよ!!

（２００７年）

エア・ブルース

［華美月］

去年杉作Ｊ太郎先生が発明した奇跡的にバカバカしい競技・エアセックス。ざっくりと言えば日頃自分がやっている性行為をパントマイム化してその面白度を競うものだが、そこにかつて華美月という女性王者がいた。ＡＶ女優として宇宙企画から華々しくデビューしたが、作品内容が後年になるにつれ悪い方に過激化。ＳＭプレイと称して根性焼きされたりして精神的に追い込まれ、ブログで「どーせ、みぃ〜は肉便器ですよー」と書いたり、そりゃまぁ大変なことになっていた。ＡＶ女優の行く末として、恵まれない日々を過ごしていた。

そんな華美月が昨夏エアセックス界にデビューするや、即王座獲得。リアル童貞&それに限りなく近い悶々成人男性選手がほとんどの中で、セックスの技能を普通に知っている彼女が優勝したのは当然と言えるかもしれない。彼女の演舞は確かに美しかったが、同時に大きな違和感も伴っていた。みんながバカなことをやりに来ている自覚があるエアセックスの大会で、困ったことにひとりだけ真剣だったからだ。笑いを取ろうとしていないエアセックスは、彼女の不器用な性質を物語っていて、非常に痛々しかった。ベクトルのズレたガンバリではあるが、あまりに懸命なので拍手のひとつも送りたくなる。結果、万雷の拍手が巻き起こった。エアセックスは、華美月の過酷なＡＶ女優生活の中で唯一誇りとなった。

番組で共演した時、彼女のエアセックスを間近で見た。ＣＳチャンネルのネット配信限定の誰もがいい加減な気持ちで出演していたユルい生放送。その日の出演者のファンは、手土産を持ってくれば誰でも観覧可能。華美月にもひとりだけ、北海道から来たという熱心な男の子がタラバガニ持参で来ていた。ＡＶ女優のファンにしては若すぎる風貌に慌てて年齢を尋ねると19歳だという。実の弟だった……。弟が祈るような眼差しで応援する中、泥酔した素人DJがかけるX　JAPANの曲に乗ってアヘアヘしたりレロレロしたりのエア演技。酔った出演者がやんやの喝采。小さなパソコンのウィンドウを通して見るそれは、忘年会に仕込んだ温泉コンパニオンのようにとてつもなく安っぽかった。

その時だった。笑顔で演技する彼女の瞳から、突然涙がこぼれたのだ。それは、感動の涙だった。裸になる訳でもないのに賞賛を受けるなど、辛いAV撮影続きの彼女にとって夢のような出来事だったのだろう。エアセックスを通じて少しだけ抜け出た社会は、華美月にやさしかった。10分間の演技を終えると、彼女のビデオを見たこともないという弟は安堵の笑みを浮かべた。

今年2月14日、華美月はブログで引退を宣言。今後の人生は気軽に生きていって欲しいものである。

（2007年）

たた、大変だ〜〜〜ッ!!

［EXILE］

え、EXILEが倍に増えた〜！　そりゃ〜たいへんだ〜（驚きのあまり足が震えてガクガク）！　早くみんなに知らせないと！　おーい（なんとなく高尾山の方角に向かって）、ＥＸＩＬＥが〜！　突如〜！　７人から〜！　14人に〜、なったぞ〜!!　ハァハァ……これ、ちゃんとみんなに伝わったかな？　特に近所に住むジジババども、あいつら心配だ。耳遠いし、叫んだだけじゃダメだな。一発、回覧板回すか。でっかい虫メガネ付けて。

ん？　待てよ……そもそもＥＸＩＬＥが誰だか、ジジババは把握してんのか？「ホラ、ばぁちゃん、頭にアシックスみたいな剃り入ってるあの人！」とか言ってもなぁ……そもそもアシックスの説明から入んなきゃならんし。スポーツするとき履く靴のぉ、横に入ってるぅ、ばってんみたいなマークのぉ……大丈夫かな？　わかってくれっかな？　ばってんという部分が固有名詞ととらえられて、ああ、おばあさんのコスプレをして熊本弁で話す愉快な男のことかい？　と勘違いされるかも？　更に「ばってん」がばあちゃんの脳内で都合よく変換されて「ばってん→ばんばん」になり、「ばんばひろふみがＥＸＩＬＥに入った」という話に変わってしまう可能性も!?　もちろんＥＸＩＬＥ自体もわかんねぇだろうから、ばあちゃん脳内コンピュータ一発変換機能により、えぐざいる→駅さへえる→駅に入る→「ばんばひろふみが浅草（アシックスァ）駅で一日駅長を務める」、という話にすり替わってしまうかも!?　ＥＸＩＬＥが14人体制で再デビューするその日、朝早くからレジャーシート持参で浅草駅に勢揃いする老男老女、その数およそ50名。ラッキーカラーの黄色い服を着た平山みきも仲睦まじく参加すると思いこんでいるじいちゃんには、４

年前に離婚しているので平山みきはここには来ないという、残酷な真実を伝えなければならない。いや、そんなこと言ったらばんばひろふみも絶対来ないっちゃ来ない！　このままではばんば夫妻を見損ねて悲嘆に暮れたジジババどもが、仲見世で売り物の人形焼をちょっとずつ指で潰してダメにするなど、腹いせに奔走するに違いない！　ああ、俺はどうやって老人たちにＥＸＩＬＥが倍になったことを伝えればいいんだ!!

……自分でも何を熱くなっているのかわからなくなってきた。落ち着け、俺。そうだな、冷静になって考えてみたら、ジジババは別にＥＸＩＬＥについて知らなくても幸せに生きていけるよな。じゃあいいや、知らなくて！　回覧板も回さねぇ！　それより問題はネスミスだ。ＥＸＩＬＥ加入により、今度こそネスミスは幸せになれるのか？　ネスミス・竜太・カリム……誰もが淀みなく言えてしまうキャッチーなその名に対し、所属ユニットがいつもぼんやりとした結果に終わってしまう彼。俺もよく寝しなに「ネスミス、今なにしてんのかな……（溜息）」と心配していたが、俺だけじゃなく、日本中のみんながそんな気持ちだったろう。よし、前言撤回！　やっぱジジイもババァも、これから死ぬ気でＥＸＩＬＥ（ネスミス入り）を応援だ！　誰だかわかんなくてもいいじゃねぇか！　いい子なんだよ、ネスミスは（多分）！　新生ＥＸＩＬＥのＣＤを大量に買うとネスミスの肩たたき券がもらえるとか、あることないこと書いたウソ回覧板を、全国のじいちゃんばあちゃんの家に回してきまーす！

（２００９年）

七月八日、今日はなんの日？ フッフ～♪

［せんだみつお］

た、た、たいへんだ～！ せ、せ、せんだみつお、がっ！ 改・名・して！ 浦島みつおになったぞ～！（マンホールを無差別に開けて地下世界に向かって咆哮。誰も応答しなかったことで一安心）ハァッ、ハァッ、ハァッ、ハァッ、とっ、とにかく、これはエラいことになった!! ミレニアムを記念して一年間限定でせんだみつおから二千田光雄になったときも、驚きすぎて気が動転して上半身裸になり、ハンガーをヌンチャク代わりに振り回して交番に駆け込み、「見ての通り、俺は刑事だ！ ただの変態だと思うなら逮捕してみろ!!」と叫んで屈強なアメリカンポリス数人を相手に大立ち回りを演じ、数時間後には尿検査を受けたりしたもんだが、今度はいきなり「浦島」でしょ。もう唐突すぎて昼に食ったそうめん全部吐いたもんね。いや、だって、早ぇ話が、なん～にもかかってないのよ？ 二千田の時は「自分の名前を単に二倍にする」というスーパーせんだマジックが、圧倒的なマヌケ感を醸し出して感動的ですらあったわけでしょ？ なのに、「浦島」よ？ あの、裏の裏をかかれた感じ？ もののけ姫大ヒット後、スタジオジブリが満を持して放った新作が『ホーホケキョ　となりの山田くん』だったときの衝撃にも似た、何をしたいのか誰にも本意がわからない感じ？　さすがは野球の出来ない槙原寛己とせんだ、いや、浦島。人々の予想の遥か上空を飛んで行き、うっかり大気圏を超えてブラックホールに吸い込まれていくかのような取り返しのつかない感じは、そんじょそこらの芸能人には絶対に真似出来ないし、したくない代表例である。流石！

しかしだ……「浦島」になっただけでは、仕事に結びつかないのは明白だ。木更津の龍宮城スパ・ホテル三日月で、『浦島みつおの亀助けショー』などのアトラクションでもやっとけば数週間ならなんとかなりそうだが、持ちネタが『ナハナハ！』と『せんだ偉い！』だけでは、一日数十分のショーでさえ間が持たない可能性も大。今頃当の浦島さんも「あっれ〜、もっと仕事来ると思ったのに、おっかしいなぁ」と思っているかもしれない。そこで！　来年の７・８ナハナハの日（本人が勝手に制定）以降、もう一発改名するなら、間違って仕事が迷い込んで来やすいこんな名前にしてみてはどうでしょうか、浦島さん！

●「はかまみつお」に改名。はかま満緒と混同されて、放送作家としての仕事か急増。NHKの社食もフリーパスなので食費が浮く。

●「達川みつお」に改名。それほど詳しくない野球をボンヤリ解説。名前は達川なのに顔は槙原じゃないかとクレームが来る可能性も。
●「相田みつお」に改名。原宿の街頭で、一見気が利いてるように見えるセリフを、のたくった字で書道したものを売って暮らす。日銭が稼げる上に、迷える若者にうっかり人生の指針を与えちゃって意外にありがたがられる。

その他にも、性転換して「せんだみつこ」として再デビューし、激しく自分の乳を揉んで喘ぎながら登場するマギー・ミネンコ方式を取り入れたり、萬田久子の婿養子になって「萬田みつお」に一桁アップしてビビらせる方法も残されている。とにかく、今後も浦島みつおの動向に日本中の関心が集まることだろう（実際は俺とダミー&オスカーが食いつくだけ）。

（2009年）

テレ東は攻めている

［ドン小西&薬師寺保栄］

テレビ東京。国が動乱に揺れ動く渦中にも、一局だけサラッとムーミンの再放送を流していたことで知られる剛毅な放送局である。常に低予算な状況にもかかわらず、とんでもない番組を何気に制作していて視聴者であるこちらとしても気が抜けない。

先日放送された『関東周辺！ 穴場の絶景温泉めぐり』という、ゴールデンタイムに2時間ブッ通しでひなびた温泉を紹介しまくる番組が、もうこれ以上なく攻めていた。K－1のTBSと女子フィギュアのフジががっぷり四つで視聴率合戦を繰り広げる真裏で、一体他局はどうなってんのと思ったら、土曜19時からドン小西と薬師寺保栄が余のネックレスを胸元にジャラつかせながら風呂に入ってる豪快かつ投げやりなシーンがオンエア中！ おお、流石は俺たちのテレ東！ 勝負を捨てているように見せかけて恐ろしいまでに仕掛けてる！ もうK－1とか見てる場合じゃない！ むしろこっちがK－1（＝KATAGIに見えないグランプリ）だ！ 迷わず地デジ7chに変更！

まずは群馬県高崎駅からガガニコニンと路線バスに揺られて穴場温泉を目指すトン&ヤクの二人組。ドンの服装は夜の怪しさを真っ昼間から放つ攻撃的なカラーリング&テラテラした素材使いの過剰オシャレスタイル、ヤクも敵をビビらせることにのみ重点を置いた

ＮＡＧＯＹＡセンスな原色使いＴＥＫＩＹＡ系ファッションでキッチリ正装。周りの乗客も「芸能人がオラが村に来たべっちゃ！」的な色めき立つ様子はなく、何故か誰も目線を合わせない。債権回収のお仕事に向かっているようにしか見えないゴルフ焼けの２人だけが鋭く場違いな状況で、ドン小西は本業のファッションチェックを開始。当然ドンの評価を受けるに相応しい者など皆無で、どこを向いてもしまむら・しまむら・しまむらな車内。そんなことなどまったく意に介さず、モノホンの老婆相手に「これさ、パンツはベージュじゃなくて黒の方がよかったよね」と、人が悪そうに口元を歪めてバッサリ。明らかに（余計なお世話だ）という表情の老婆。この時点で何か高度なコントでも見せられているような気に。

とにかくドン小西の態度が終始田舎を小バカにしているようなのがこの番組最大の見所。ひなびた温泉旅館の部屋に通されるや、色や形状がバラバラのハンガーを指さして「こういうの見ると『あ〜田舎に来ちゃったな〜』って思うよね〜」と鼻で笑い、宿自慢の料理としてすいとん鍋が出てきたときには露骨に仏頂面。「僕なんか独り者だからアレだけど、薬師寺君はこういう家庭の味、好きなんじゃない？」と、（だから俺ァこんな貧乏くせえ田舎料理ヤダっつの！）という本音を巧みに言い換えていて惚れ惚れした。「田舎の温泉＝落ち着く」という番組の趣旨を都会人のプライドでメタクソに破壊するドン小西も流石だが、そんなタレントを温泉レポーターとしてあえて仕込んでくるテレ東の力量には唸らされることしきりであった。

徹底して悪を演ずるドン小西だったが、そうなると視聴者的にはなんとか酷い目にあわせたくなるもの。ロケの季節はまだ水も温まない2月。が、この2人が入らされるのがことごとくぬるい風呂！「風邪引いちゃうよ！」「ヒャッ、ここもぬるい！」。田舎を嘲笑う者が大自然から復讐を受ける様に、腹を抱えて笑ったのだった。テレ東、最高！

（2010年）

ペコロスが普通に売ってるスーパーがあったら教えて欲しい

［速水もこみち］

うおおおおお！！！　お前ら早起きしてっかこの野郎！！！　俺はオッキすんの早えぇぞ！　毎朝2時！　著名なイカ釣り船からいつスカウトが来てもすぐ乗れる状態！　ナニッ、2時だとまだ寝てすらいねえだと⁉　じゃあ、寝るな！　一生、寝るな！　睡眠とかそういうの、ダサい！　前☆時代的！　睡眠、もう流行りませんから〜！　残念〜！　というわけで、睡眠HATE派の君達に、睡眠不足で死ぬ前にぜひとも見ておくようオススメしたい朝の番組がある。それは……

『ＭＯＣＯ'Sキッチン』！！！　速水もこみちが、視聴者からの相談メールに独特すぎるレシピで対応する、日テレ『ＺＩＰ！』のワンコーナー！　これが朝7時50分頃に放送するにはあまりにアシッドな内容で、毎日録画して繰り返し見るだけで、睡眠なんか取らなくても大丈夫になることとウケ合いなのである。

まず、ＭＯＣＯ'Sキッチンがアツいのは、「視聴者からの要望を全力で無視して料理を作る」という点。「野菜嫌いの彼のために、野菜が嫌いでも美味しく食べられる野菜レシピを紹介して下さい」という女性視聴者からのリクエストの回で、もこみちが作ったのは「もこみち流　ミネストローネ」。ほほぉ～、野菜を細かく切って煮込んで形を無くしちゃう作戦ですか、と、思って黙ってみていたところ、選ぶ野菜がセロリ、エシャロットだとか臭いの強いのばかり！　野菜苦手だって言ってんだろ！　そして「細かく刻めば食べられますねッ」と言いつつ、全部の野菜がほぼザク切り！　だから野菜苦手だって言ってんだろ！　い、いや、長時間煮込んで形をなくせば、野菜嫌いでもなんとか食べられるようになるし……と思って黙ってみていたところ、煮込み時間10分!!　野菜ゴロッゴロの存在感まるだし！　しかもイタリアンパセリ刻んで追加！　食えるわけねえ!!　俺が彼氏なら絶対ＤＶに発展！　つまりもこみち流がなにかといえば、「レシピの相談内容に対してあえて逆走する自由な感性」ってことなのである。流石すぎて死んだ。

他にももこみち流が荒ぶっていた料理として、「もこみち流　しじみかけごはん」があった。「いつもベロベロになるまで飲んで帰ってくる主人。帰宅してからシメになにか食べるので、お腹にもたれない料理を紹介して下さい」という依頼に対して、オルニチンたっぷりで酔い覚ましに最適なしじみを使った料理を作るとは、素直にリクエストに応えていてもこみちらしくない！　と、ＭＯＣＯ'Sキッチンファンは皆一様に落胆した。だが、そんなのは杞憂。しじみを殻ごとだし汁で煮込んで～？　ふんふん。そしてお茶碗にごはんをサッと盛り～？　なるほど。で、最後に煮込んだしじみをごはんの上に～？　殻・ご・と、ぶっかける!!　食えるかーッ!!　このまま食べたらガリガリガリ！ってなる！ベロベロに酔っ払って帰ってきてしじみの殻チマチマどけさせられたら、俺なら嫁に頭突きする！　勘弁して、もこみちくん！

他にももこみち流な特徴としては、「なんでもかんでもオリーブオイルを入れたがる」「和食はなんでもかんでも飯にかけるオールインワン方式」「ヘルシー指向を謳っておきつつ、塩は毎回力士かと思うほどドバッと投入」「普通にスーパーで売ってない野菜を簡単レシピとして紹介」というのがあり、毎度朝からド肝を抜かれる。さぁお前らもＭＯＣＯ'Sキッチンに朝っぱらから驚嘆し、会社とか休め！

（２０１２年）

東京女子流『ROAD TO BUDOKAN 2012』の売上を伸ばすために記す

遅刻癖がある。寝起きが悪いとか、理由はそういうことではない。アイドルの未来について根を詰めて考えているうちに、電車を10本ぐらい乗り逃したり、家から出るのが2時間ほど遅れたりしてしまうだけだ。もちろんアイドルの未来について真剣に考えるのは誰かに頼まれたわけではなく、当然仕事でやってるわけでもない。完全に自発的行為である。アイドルについて考えるのに忙しくて歯医者の予約はほぼ100パーすっぽかすので、俺の口の中は仮歯だらけ。いい加減本当の歯を入れたいとも思うが、これもアイドルの未来のためだから仕方がない。

特に、東京女子流の未来については頼まれてないがよく考えている。ブラックミュージックやブルースロックの影響を感じさせる大人びた渋い音楽は、本来上田正樹や寺尾聰が歌っていないとおかしいアダルトオリエンテッドなものである。が！　実際それを歌っているのは素朴を絵に描いたような年端も行かない女の子5人!!　煙草臭いヒゲ音楽と透明感のある朴訥の拮抗はエポックメイキングであり、既にひとつの発明だと言っていい。明日から国歌になってもおかしくないほど素晴らしい名曲揃いだが、惜しむらくはCDの売上に繋がっておらず、未だオリコンも最高位11位という異常事態。本気で世の中間違っている と憤っている。

好きなアイドルには儲かっていて欲しい。いや、せめて活動に苦労しない程度には潤沢であって欲しい。せめて高額なコンサートグッズなどをバカスカ作って、熱狂的ファンである俺達からはケツの毛までむしりとって欲しい。なのに、東京女子流はTシャツ2500円！　女子流ペンライト1500円！　なにそれ！　安すぎて鼻から脳漿出そう！　こちらは搾取される気まんまんなんですからお願いしますよ！　その辺で拾ってきたものとか暴利で売りさばいて下さいよ！

ということで今回は、俺が色々と粗利の大きい東京女子流のコンサートグッズを考えてみました！

●女子流藁↓メンバーが一回触った藁。一本2000円ぐらいなら余裕でファン全員買う。

●女子流セメント↓工場で製造工程を見学したセメントを販売。メンバーがじっと見た分の工賃が上乗せされて予価一袋1万5千円。

●女子流アーク溶接↓メンバーがその辺に落ちてた放置自転車2台を適当にくっつけて販売。もちろん溶接の免許は誰も持ってないというレア仕様。オブジェとしての販売なため実際に乗ることは出来ない。芸術品のため予価40万円（オークション形式）。

●女子流セロテープ↓肌にセロテープをつけて剝がした死んだ細胞付きのテープを販売。そこからクローンを作ろうとする乱用を防ぐため、買うときに面接と素行調査がある。細胞の販売は軽く臓器売買に当たるため、10センチで予価3000万円。

●女子流中古マンション↓メンバーが内見した中古マンションを女子流価格をのっけて4億円で販売。経営して店子に貸してもいいが、その際の家賃収入はすべて東京女子流に入るようになっている。購入者が絶対儲からず女子流ちゃんたちがあれよあれよという間に潤うシステムが確立されていて大好評。

12月22日に行われる東京女子流初の日本武道館公演で、こういうハード粗利グッズが大量に売り出されることを祈ります！　あ〜、むっしりとられてえぇ〜！

（2012年）

女ドドブス水島牛江の情報も俺のブログしか出て来ない

インターネットの時代です！　大体のことは検索すればわかっちゃう！　調べ物が容易になって良い世の中！

……のはずがですよ。検索かけたら自分のブログが検索結果のトップに表示&詳しい情報がそれしか出て来ない、というゲロ吐きそうな事態によく出くわすわけです。太平洋ひとりぼっち気分ですよ。パソコンって世界中の誰かの知識と繋がってる魔法の箱だという認識が一般的だと思うんですが、俺が気になることの多くは、サーバーをぐるっと回って俺の脳から俺の脳に言葉が帰ってくるという情報の壁打ち状態が主。特にネット社会が隆盛になる以前の情報に関しては、なんで俺だけ電脳サイバースカッシュやらされてんだと思うことしきり。

例えば先日、週刊プロレス1000号記念号の表紙のことを急に思い出したわけです。そう、あの紅夜叉の写真に「紅夜叉からの〝お祝い〟だよ…　1000号だってな」という名コピーが付いてる、あの頃の週プロ読者にはおなじみの有名な表紙ですよ。それで検索かけたら、まぁ出てくる出てくる、俺のブログでかつてその言葉を使ったときのが。え、あの、これって有名、ですよね!? 世界三大記念といえば、有馬記念、メロン記念日、そしてこの紅夜叉からのお祝いだよ週プロ1000号記念、じゃないですか? 俺の認識が間違ってるんでしょうか? ていうかそんなにみんな紅夜叉のこと思い出したりしないもんなの? ヤフオクのアラートに紅夜叉って入れて紅夜叉&長嶋美智子バリバリタッグTシャツが出品されるの待ってるの、もしかして俺だけ? もちろんそのTシャツ、一枚は持ってますよ。でも着古して首周りが和太鼓の胴に三日三晩かぶせてたくらいビロンビロンに伸びちゃってまして、状態のいいのが欲しくてですね。でも情報が俺のしか出ないんじゃあ、Tシャツも現存しているのは俺所有の一枚しかない可能性すらある……!。世の中、本当に間違っていると思います。

　これを機会に、紅のタッグパートナーでありマイ・ベスト・フェイバリット女子プロレスラーである長嶋美智子のことをネットで調べてみました。するとどうでしょう、まぁ長嶋美智子Ｗｉｋｉｐｅｄｉａの情報量のうっすいこと。出身地・デビュー戦・引退試合ぐらいしか情報がない。その上、画像検索すると検索結果最上段に俺が取材したときにブログに上げたツーショット写真が！　また俺か！　俺なのか！　ヤフオクのアラートに長嶋美智子と入れてんのももしかしてまた俺だけか！　全日本女子プロレスの平成元年組で、その後ＬＬＰＷで再デビューし紅夜叉に弟子入りしてヤンキータッグを結成、ヤンキーレスラーに転身してまもないとき、俺が後楽園ホールで出待ちしてポラロイド写真撮ってもらって、そこに「無我死魔未血孤　世露死苦とサイン書いて下さい！」と頼んだら、「露ってどういう字ですか？　私、ヤンキーじゃないからわかんないもんで……」と身も蓋もないことをか細い声で言われたあの長嶋美智子ですよ？　何故みんな回顧しない!?　理解に苦しむ！

しかし、ここでうっかり、「もっとみんな紅夜叉と長嶋美智子に興味持っていこう！」と煽ったばかりに、いざバリバリヤンキータッグTシャツが出品されたとき異常な高値にせり上がってしまったらどうしよう……いらぬ心配であることを祈る。

（２０１４年）

舞の海が！　○○するよ！

わー！　わー！　わー！　「舞の海が！　青汁飲むよ！」と宣言してから、舞の海が青汁を飲むだけのＣＭが放送中！　なにこの見りゃわかるよ感！　「そのまんまじゃねえかよ！」とテレビに向かって言わされることによって広告効果を高めるというね！　ウッホ〜、戦略的！　こんなスゴイＣＭ、余程名のある監督じゃないと撮れないよね！　多分スピルバーグか代々木忠のどっちか！

改めて考えて、このＣＭが何故成立するかというと、舞の海だからだと思うんです。舞の海って、本当に健康的なイメージありますもんね。健康的が服着て歩いてる的な。実際、すごいタレントだと思う！　舞ちゃんが言えば、大体のことが清々しく聞こえるし！

「舞の海が！　処女の生き血を飲むよ！」

う〜ん、全然あり！　あー、そうだよね、処女の生き血、健康にいいもんね！　そりゃ飲むわ！　見知らぬＪＫの頸動脈にストロー挿して直接生き血をチューチューしても、舞ちゃんだったらう〜ん、許しちゃう！　そういうもの！　不道徳なことや人の道に外れたことすら舞ちゃんがやると、なんか爽快に聞こえますしね！

「舞の海が！　借金のカタに女房をソープに沈めるよ！」

ほら！　なんか美談っぽい！　人はいいがサイドビジネスが苦手そうなイメージの舞ちゃん。うどんをつまみに酒が飲めるというううどん居酒屋とか、明らかにそれうどん食ったらすぐ腹一杯になっちゃって儲かんねえだろ的な店を全国展開＆すぐに畳んじゃって億単位の借金が出来ちゃって（※具体的ですがこの話はフィクションです）！　奥さんも「いいの。私が体で稼げばそれで済むの」って言うと思う！　夫婦愛！　そんなイメージある！　そう、舞の海がやることなら、なんだって通っちゃうという話！

「舞の海が！　ノミ競馬に電話をするよ！」やりなさい！　どんどんやりなさい！

「舞の海が！　ワシントン条約に違反する変わった動物を個人輸入するよ！」うん、舞ちゃんなら合法だ！　そんなくだらない条約は、舞ちゃんのために破棄！

「舞の海が！　電車内でシルバーシートに座って大声でｉＰｈｏｎｅで談笑するよ！」何か舞ちゃんなりの考えがあってのことなんだろう！　強気な姿勢、応援します！

「舞の海が！　巨乳ヘルスでＡＦをオプションにつけるよ！」いいじゃないですか。大人のやることだ。

「舞の海が！　スーパーで買ってもいない食料品を一口ずつ齧って何食わぬ顔で店を後にするよ！」酔狂！

「舞の海が！　裏で戸籍の売買はじめました！」東南アジアでね！　需要あるんだよね！

「舞の海が！　使い終わったＴＥＮＧＡをヤフオクに大量出品するよ！」リサイクル精神！　その意気やよし！　買い手なんかいなくたって関係ねえ！

あらゆるプチ違法行為をチャラにしてしまう、異常なまでの清涼感を持つ舞の海。その舞の海が勧めるのだから、青汁って本当にいいものなんだろう。よし、俺も青汁買って、処女の生き血で割って飲むぞ（俺の場合は逮捕）！

（２０１５年）

猿が出た

［坂本龍馬］

「危険です！　今すぐ家の中に入って下さい！　お宅の2階のベランダに猿が入りました！」

客人の気配を感じて玄関から出て行ったところ、血相を変えて家の門を入ってきた男にそう告げられた。数日前に息子の小学校の連絡網で出没情報が回ってきていたあの猿が我が家に来たというのだ。これまでのチ●ポ丸出し業にくわえ、福岡にある嫁の実家の書店常設のイベントスペースのブッキング業務を今夏から一部担当することになった俺は、現在福岡の嫁の実家に月の半分住み、東京にあるマンションと行ったり来たりの生活を送っている。福岡の家の近くには山があるなど実に自然満載。確かに猿が出てもおかしくはないが、なんというか……目の前で起こっている事実に、いや、あの、そっちじゃなくて、えー？　と、とてつもなく俺の脳がショートし、処理しきれないものが。この胸のざわつきの正体は、あまりにも明白だった。

そう、「猿が出ました！」と注意を呼びかけにうちの門をくぐってきたのが、坂本龍馬だったからである。

おい、ちょっと待て！　なんで目の前に坂本龍馬がノコギリ状の刃が付いた切れ味の悪そうな刀を持ってお前ん家に猿が入ったよ、と知らせに来てるんだ!?　ていうか嫁の両親ともに長髪を結わえて黒い着物上下を当たり前のように着用した坂本龍馬に一切驚きもしていないのは何故だ!?

「結構大きな猿です！　晩御飯時の料理の匂いにつられてやってきたのだと思います！とにかく！　危険なので家の中に避難を！」　いや、錆びた刀を鞘から抜いてむき出しで持ってる坂本龍馬の・ようなものa．k．a．お前の方が危険を感じるし怖いよ！　わけがわからなかったが、とりあえず嫁息子娘に何かあってはいかんと家族全員を1階に避難させ、2階のベランダを見に行った。が、そこには猿はいない。ふぅ、一安心……じゃない！なんなんだあの坂本龍馬（の・ような何か）は！

「龍馬が知らせに来とったよ」と俺と一緒に外に出ていった義母が言うと、嫁も「ああ、龍馬やろ」と事も無げ。義父に至っては、龍馬と警察を呼ぶべきか外で話し合っている。いやいや、今警察呼んだら猿じゃなくて龍馬が捕獲、悪けりゃ射殺だよ！　なのになんで平然としてんのみんな!?　福岡じゃ猿以上に坂本龍馬普通にその辺にいるもんなの!?

嫁が言うには、あの坂本龍馬は家の近くの山にあるお宅に、親御さんと一緒に住んでいるらしい。高校を卒業するまでは普通だったが、高校を出て特に定職にも就くことなく、気付いた時には坂本龍馬になっていたという。早い話がいましろたかし先生の漫画から飛び出てきたような町のボンクラだ。とはいえ、近隣の平和を守ろうという志は持つが故、こうして猿侵入の報せをもたらしてくれたのだから良いボンクラなのである。

インディーズ龍馬の話題に夢中になっていたそのとき、屋根の上をダダッと駆ける何某かの足音が。猿だ!　と思い、窓の外を見ると、川沿いのフェンスの上を猿がゆっくりと去っていくのが見えた。猿は本当にうちに来ていたのだ。す、すげぇところだな福岡!

龍馬が帰った後、通報でやってきた警官に事情を説明。ややこしくなるので猿のことだけ話をし、龍馬のことは黙っておいた。警官も単なる軽装で、龍馬と同じく猿を捕獲出来るような装備は一切していない。「県が要請を出せば捕まえに来るんやと思いますけどね〜」と、一応呼ばれたから来ただけ的なお仕事感満載で2分ぐらいでサラッと帰っていった。その態度に不安が残った。

この山の平和は龍馬に守ってもらうしかないのだろうか。それはそれで面白そうだなと思っている俺は、福岡に来て以来、今もっともニヤニヤしている。

（２０１５年）

補足　俺の話は通常9割ウソ話ですが、今回に限り申し訳ないことに実話です。

※この原稿はお盆の真っ最中に書かれています

［ＳＭＡＰ］

ギャ〜〜〜ッ！！！！！　ＳＭＡＰが！　年内で！　解散だって!!　どうしよう!?　と、とりあえず母ちゃんに電話しないと！　一大事があったときは親に相談するもの！　亀の甲より年の功っていいますもんね！　やっぱね、親の意見って大事！　……と思ったらうちの母ちゃん結構前に死んでた！　ガーン!!　どうしよう!?　よし！　ここは代理母ってことで！　恐山、行くか！　イタコに母ちゃんおろしてもらって相談するしか！

（というわけで青森到着。恐山のイタコに向かって）母ちゃんかい!?　俺の母ちゃんなのかい!?

代理母（と書いて「イタコ」と読んで下さい。白と書いてKUROと読む要領で）「かあちゃんだよ〜」

あ！　どんな無茶な状況もとりあえず飲み込んで適当に回答する感じ、間違いなく俺の母ちゃんだ！　母ちゃん、SMAP解散だって！　俺、どうすれば!?

代理母「そんなことより〜、お前はまじめにはたらいているのかい〜」

そ、そうだった！　久々に会った（代理とはいえ）んだから、まずは近況報告だよね！　ごめんね母ちゃん！　澤穂希そっくりタレントとしていまやどこのそっくり館（キサラ1号店&2号店）でも引っ張りだこだよ！

代理母「そうかい〜、それはよかったね〜」

で、母ちゃん！　SMAPのことなんだけど！　年内解散するんだって！

代理母「そんなことより〜、お前は体に気をつけているのかい〜」

国民的スターのSMAPのことより息子の体を気遣うその身内びいきな感じ、まさに俺の母ちゃんだ！　休火山状態のイボ痔にたまに激痛が走る以外、体調に関しては絶好調だよ！　子供の頃は病院通いで迷惑かけたけど丈夫になったよ！　ここしばらくは風俗行っても性病もらわなくなったし！　チ●ポが膿まないって素晴らしいことだね母ちゃん！

代理母「そうかい〜、それはよかったね〜」

で、母ちゃん！　SMAPのことなんだけど！　大変なんだよ！

代理母「そんなことより〜、お前は女房子供ちゃんと食わしていけてるのかい〜」

生々しい懐事情をサラリと聞いてくるそのふてぶてしい感じ、まさしく俺の母ちゃんだ！　そうだね、あいつら現金をあげると癖になるから、扶養家族の人数分カロリーメイトはちゃんと月末の決まった日に手渡してるよ！　大丈夫！　食わしていけてる！

代理母「そうかい〜、それはよかったね〜」

で、母ちゃん！　ＳＭＡＰのことなんだけど！

代理母「そんなことより〜、お前は先祖供養はしているのかい〜」

躊躇なく急所だけを的確に突いてくるジェラルド・ゴルドーの顔面攻撃みたいな台詞、本当に俺の母ちゃんだ！　ごめんよ母ちゃん、北海道の墓は辺鄙なところにありすぎてなかなか行けてなかったね！　その分自宅にアイスの棒何本か束ねて簡易墓石作って拝んでるよ！　でもやっぱりアイスの棒じゃ墓石代わりにならなかったみたいで母ちゃんに伝わってなかったね！　今度はちゃんとＶＨＳのビデオテープ２つ重ねたものを使用＆墓石としての見た目の完成度高めとくから安心して！

代理母「そうかい〜、それはよかったね〜。じゃあ達者で暮らせよ〜」（イタコ、正気に戻る）

ゲッ！　母ちゃん帰っちゃった！　おーい！　……というわけで、母ちゃんに聞いてもＳＭＡＰ解散に対する俺の気持ちの持って行き方がよくわからなかったので、今度は父ちゃんの霊をイタコにおろしてもらって聞いてきます！　待っててＳＭＡＰ！
（２０１６年）

知らんと恥だし角が立つ

［星野源］

最近【恋ダンス】というのが大流行中だそうですね（とびっきりの笑顔&歯茎の間から大量の血）！　お茶の間でも人気沸騰で、紅白歌合戦でも披露されたとか？　家にテレビがないのでよくわからないんですが、誰のどんなダンスなんでしょう？

まず、紅白で披露されるというぐらいですから、余程有名歌手の歌だと思われます。歌のタイトルが『恋』？　だったら、ちーさましかいないじゃないですか!?　松山千春の『恋』！　あの不朽の名曲が約40年の時を超えてリバイバル!?　♪男はいつも～　待たせる～だけで～　♪女はいつ～も～　待ちくた～びれて～　（中略）♪それでも～恋は～こい～　……ちーさまッ！　最高ッ！　北海道の星ッ！　あの攻撃的なスキンヘッドでサングラス越しに甘く歌われたらもうキュン死しちゃう！　はぁ～、そりゃ～大ヒットしますわ。この際だから言わせてもらいますけど、紅白がダメになったのはね、やけり黒い交際と縁を切ってから（正論過ぎて掲載見合わせになりそうな発言）。クリーンな歌手は顔に重みがないですわ。その点、ちーさまは紅組白組を超越した真ッ黒組ですから、俺たちが望んでいた背後に巨大な何かを感じる紅白の復活なわけですよ！　バックステージで指の2本や3本飛ばない紅白なんて、ねえ!?　つまんないよねえ!?　うおおお、血湧き肉躍るッ！

（人の生き死にの祝祭感に異常興奮&自分の左腕の静脈をバンバン叩いて）ハァッハァッ、でも、アレですよね、『恋』はテンポがゆったり過ぎて、ちょっとダンスに向かないような気が。じゃあアレかしら？　ユーロビートアレンジ？　ビッキビキのシンベとガシガシにコンプかけてツブレたOBERHEIM DMXの4つ打ちでBPM160超え!?　それ最高じゃん!?　多分スーパーユーロビートのVOL．250ぐらいに入ってんだろうね！　ユーロビートは日本固有の猥雑文化！　クラブの便所での雑なセックスのBGMに最適！　やっぱそれも、ちーさまの尼僧ですら股を開く甘茶ボイスあってこそだよね。いにしえの昭和裏ビデオの名作『ミラーの女』でも、モンモンだらけの若い衆が緊張からいまいちチ●コに芯が入らず、懸命に勃たせようとがんばってるバックに　♪それでも～恋は～恋～、って流れてて、「なるほど、恋してると勃たないこともあるよなぁ」と切ない気持ちになったりしましたもんね（ウンウンと頷く）。

で、流行ってるのは『恋』に合わせてのダンス＝【恋ダンス】なんだそうで。誰がダンスするんだろう？　うん、ちょっと考えたらわかるよね！　ちーさまといえば、その相方は、そう！　鈴木宗男氏！　新党大地の結束はいまもカタイッ‼　でも、皆さんちーさまの歌を見くびっておられるのじゃないかな？　歌いながらじゃあダンス出来ないんだよ、ちーさまは歌に命をかけてるんだから。ダンスしながらでは、やっぱ気持ちってものが……え？　ガッキーと一緒に踊ってんの⁉　あのガッキーと⁉　ガッキーと言えばそりゃあもう、あの人しかいないでしょう！　谷垣禎一（元・自民党総裁）！　ガッキー、自転車事故から復活して、もうダンスまで披露できるようになったとは！　ガッキーファンとしてこんなに嬉しいことはないね！　スーパーいい声の松山千春のバックで、ムネオとガッキーがビッキビキのユーロビートに合わせて【恋ダンス】！　よし、ムルアカもつづけッ！

（２０１７年）

補足　ドラマとか本当に見ないから、本気で去年末ぐらいまで「恋ダンスってなに？」と思ってました！　星野源さんすいません！

掟ポルシェの連載は一回お休み！ってことで、あの有名子役が代打執筆だよ！

芦■愛菜だよ（罪人の額に「悪」という字を入れ墨しながら笑顔で）！

ハイ、というわけで、私、芦■愛菜なんですけども！　なんていうか、春ですよね！　冬場溜め込んでいたイライラが頂点に達し、向こうから歩いてくる奴全員すれ違いざまに担ぎ上げ、手近なガードレール＆アスファルト道路に叩きつける路上オクラホマ・スタンピードでスッキリしています！　春だしホルモンバランス狂っちゃってるし、でも芦■愛菜だから許されるよね！

（ホヨヨ？　という無邪気な表情で）そういえば最近、犬の交尾って見なくなったんじゃない!?　もしや犬の世界にもセックスレスブームが訪れているのかしら？　（散歩中のチワワを2匹鷲掴みにして）よし！　オス＆メスつがいで確保！　（ジタバタするチワワを手に持ったまま下から睨みあげて）ヤれこの野郎～。たまには犬の交尾でも見ねえと年度末シメた気がしねえだろこの野郎～。いますぐ交尾しねえとツブしてハンバーグにして丸正のおかずコーナーに並べるぞタココラ～。（犬の上にジェンガ状態で犬を乗っけては崩れ乗っけては崩れで12時間経過。目の下に隈を作り、フラフラになってランドセルから

『北風と太陽』の絵本を取り出して読んで）ふむふむ、「脅しが効かないときは柔らかめに」、か。なるほど、ワンちゃんたちだってムードってものが必要ってことね。じゃあ、2匹のチワワの股間にマーガリン（ラーマ）を塗って、と。んで、上野動物園のカバ園長秘蔵のパンダの交尾用エロテープを流して……（ガオッ、ガオッという発情期のパンダ特有の咆吼を腕組みして聴きながら、かわいい顔で）これで準備OK！ うふふ、毎年春になるとこれ、やりたくなっちゃうのよね～。（オクタゴン型のケージに2匹のチワワをポイポイッと放り込んで、サングラス越しにこちらの方を見ながら）じゃ、一旦CMでーす。

（頭上斜め上に電球の絵が入った吹き出しを掲げて）あ！ 愛菜わかっちゃった！ 犬の交尾見なくなった理由！ 野良犬がいねーからだ！ そりゃヤってんの見ねーはずだわ！ 野良犬いねーから交尾シーンとんと見ねーわ、犬のクソ道端に落ちてねーわ、世の中随分つまんないことになってんのな！ やっぱさ、犬のクソ踏むのって、もっとも身近なエンタテイメントじゃん？ 学校行くときツレが誰かウ●コ踏んじゃうとその日一日それで笑えんじゃん？ 「うわ～！ ウ●コ踏んだ～！」つってテンションだだ下がりで泣きそうになってるツレの顔見て爆笑して、みんながほっこりした気持ちになってな！ 子供と子供のつながりが喪失して嘆かわしいとか、ネットやスマホのおかげでどんどん個人主義になってるとか言う奴たまにおるけどさ、そんなもん野良犬の交尾と犬のクソの放置された社会が取り戻されりゃ一発だと思うね、俺芦■愛菜は。

あ！　野良犬っていえば高野拳磁どうしてんのかな⁉　アメリカで実業家やってるとか愛菜聞いたけど、実業家って肩書の人は十中八九あやしーよね（決めつけ）！　多分わけのわかってない外国のババァ相手に水素水とかバカ高値で売ってると思う（決めつけ）！　人間バズーカが大手を振って詐欺スレスレの商売やってられるアメリカって素敵な国だよね〜！　以上、芦[redacted]愛菜でしたっ（軽トラ一杯の産廃を手近な山に笑顔で不法投棄して）。

（２０１７年）

補足　わかっているとは思いますが、この文は全部掟ポルシェが書いてます。すみません。

千春（女子高生レスラーじゃない方の）

ねえ見たアレ⁉　ちぃ様が飛行機の中で突然歌い始めたやつ！　最初、ＣＡしか使っちゃいけない機内の電話型マイクを持ってホッコリした顔んなってる画像だけ見たから何事かわかんなくて、「ちぃ様どうしちゃったんだろう？　その辺に生えてたカラフルな色のきのことか持ち前のフロンティア・スピリットで食っちゃったのかな？」とか思ったけど、そうじゃなくて！　〝お盆の混雑で飛行機の離陸が一時間遅れてて、乗客の気が立ってきていたのを察したちぃ様が、北海道アンセムとして名高い『大空と大地の中で』を歌って乗客を和ませた〟っちゅうことなの！　この件でハッキリしたのはちぃ様の偉大さ！　ちぃ様が歌えばどんなに気が立ってる人も生まれついての悪党も、聴き惚れて菩薩の心になっちゃうってわけ！　前科がある人がちぃ様の歌聴いたら、そうね、前科とかなくなっちゃうんじゃない!?　心も犯罪歴も綺麗サッパリ洗い流しッ！　ちぃ様、抱いて！

やっぱりこれね、なにがスゴイってね、「松山千春だから出来たこと」だっていうところね。自分の歌が必ずや人を癒やすであろうという自信。並大抵じゃない。その辺、例えば俺が同じことをしたらどうなるか考えてみればわかると思うの。

「えー皆さん！　一時間フライトが遅れてイライラが頂点に達していることと思います！夏休み中でちびっこたちも大勢乗っていらっしゃるということでね！　それではここで私、掟ポルシェの十八番、〝ザ・めしべとおしべの構造〟についてお話ししたいと思います」ピッチャ、ピッチャ、レロレロ、という擬音を交えて導入部を語り始めた途端、傍にいたCAから目に見えない角度で上段回し蹴りが飛んできて昏倒→事情聴取→書類送検という流れになるのは至極当然。やっぱりこれは松山千春様だからこそ、できた技なんでございます！　いや、ちぃ様なら、そこで歌を敢えて封印し、トークで場を持たせることだって全然可能なんじゃない!?

「おい、ちびっこたち！　いま夏休みだべ？　宿題の自由研究もう終わったか？　まだテーマ決まらない？　じゃあちぃ様がとびっきりナイスな自由研究のテーマ、教えてやっから。〝ザ・めしべとおしべの構造〟、やっぱ盛り上がんのはこれだべや！　知ってっか、お前んちの父ちゃんと母ちゃん、めしべとおしべをフルに使って毎晩受粉してんの（ピッチャ、ピッチャ、レロレロ、という擬音とアクションを交えて使える感じで）。そいつをだな、つぶさに観察して絵日記に描くべし！　先生からガッツリほめられること間違いなしだな！　『（以下、先生風に声色を変えて）自分の親の受粉とは、これまた生きた教材を選んだな！　目の付け所がシャープだわ！　特にとーちゃん＋かーちゃんの受粉部分が透過図になってんの、あれ先生ガッツリ使えたべや！　花マルやる！』ってことになるんでないかな？　……バカ！　お前、本当にやるなよっこの！　現代はお前、チ●ポライアンス、じゃなかったコンプライアンスってのがあってだな、そういうの責任の所在とかあってだな、バカこの（笑）、まぁそろそろ飛行機飛ぶみたいなんで、皆様のご旅行が、またこれからの人生が、素晴らしいことをお祈りします」としめれば拍手喝采！　歌もトークもちぃ様の魅力！　ああ～んもう、その場居合わせた過ぎ＆抱いて！

（2017年）

残酷な真実、そして対抗策

［おでんツンツン男］

うっわ、50歳、なっちゃいました（『甘栗むいちゃいました』程度のライトな感じで）！なにそれ!?　ヤバくない50って!?　校長先生とかの年齢じゃない本来!?　それなのになんの学校の校長でもないのはどういうこと!?　わかったなるわ俺、校長に！　華麗に人生帳尻合わせじゃい！　エロそうな女子大の校長、男に生まれた以上は一度やってみたかったんス！　で、どうやってなんの、校長って。フェリスとか大妻とかの校門の前で正座して「ボクを校長にしてくれるまではここを一歩も動きません！」と宣言すればいいの？　そうすっと一週間後ぐらいに現・校長がやってきて「なかなか見どころのあるやつばい！　アンタにこの青梅国際女子大の校長、託してみたか〜！」となる、はず！　え？　……校長はそういう船村徹に弟子入りみたいなシステムでは採用されない!?　マジかよ！

ていうかもう軽く老後に突入してないこれ!?　それにしては貯金残高が数千円なんですけど!?　若い頃から老後への蓄えを一切せず、金があればあるだけ遊戯王カードを購入＆地元のちびっこたちを金の力でねじ伏せることで自尊心を保ってきたのがついに現実問題となって自分を追い詰め出してきています！　これはマズい！　あの、この歳からでもできる割のいい仕事ってなんかあります!?　えっ、そんなものはない？　あっそう。じゃあわかった！　売るか、体（すぐに極論を持ち出す性格）！　まっとうな仕事ナ絶〜対ッ俺には無理！　こうなったら立●んぼ祭りじゃい！　50にして立つ（街角の薄暗がりに雑な女装で）！

いや、冷静に考えたら50の男が立●んぼで引っ張りだことかあり得ねえし！　立●んぼで貯蓄額を増やせると一瞬でも本気で思った俺のバカ！　4流大卒！　老後の生活にまっとうに向き合ってもなんもいいことねえ！　あ〜もう、ヤメだヤメ！

よし、今日はこれから知らないコンビニ行って死ぬほどおでんツンツンすることで自分を保つぞ！　ツンツンツンツンツン！　ツンツンツンツンツンツンツン！　荒んだ精神を落ち着かせるのにおでんツンツンは定番！　やるっきゃない（土井たか子のゴムマスクを被って）！　（ピロリロタラ〜ンタララララ〜ン）すんませ〜ん、買ってもないおでんを指でツンツンしたいんですけど！　え？　「この季節、おでんは置いてない」!?　いやいやいや、おかしいでしょ！　俺みたいなおでんをツンツンすることぐらいでしか心の安寧を得られない社会的弱者のためにいつでもおでんをレジ横で温めておくのがコンビニの使命ってもんじゃないの!?　え、何言ってっかわからない？　では今回のテーマ、「コンビニでおでんが置いてなかった場合、一体何をツンツンすればいいのか」。

【①ツェツェバエ】ツンツンVSツェツェ！　ツンツンするともれなく眠り病がワンセット

で付いてくるため不眠症の方に！
【②徹子の入れ歯】 あまりにもフガフガで何言ってるかわからないときに指でツンツンしてあげると入れ歯がハマって言葉がハッキリ明瞭に！
【③中１男子の乳首】 ただでさえツンツン痛い成長痛真っ只中の乳首を更にツンツン！ ツンツン×ツンツンで酒が進む！

50歳になったので景気づけにおでん専門店に行っておでんツンツンしたいですが、50歳といえば結構な大人なので、自分ちで作ったおでんツンツンするに留めておきたいと思います。う～ん盛り上がらない

（2018年）

2018年を振り返る

［おでんツンツン男］

2018年も残すところあと数日！ いろんなことがありました！「おでんツンツン男」がコンビニで売ってるおでんをツンツンしたのも記憶に新しく……え、それ2016

年⁉　2年も前なの⁉　俺の中ではコンビニでおでんを見るたび脳内でツンツンしたい欲に駆られ、レジ前で指の関節をボキボキ鳴らしながら脂汗をかき店員に不審がられているというのに⁉　踏みとどまるの大変なんですよ⁉　アレ以来毎晩自分でおでんを作り自宅でセルフツンツンしているがどうにも盛り上がらないわけで⁉　ということはこんなことを俺は2年も繰り返していた⁉　どうりでおでんツンツン男に対しての記憶が俺の中で異常に鮮明なわけで⁉

……違いますよ、2018年といえば、反社会的行為をウケ狙いで行いそれをネットにUPするのが流行った年でしたよね！　例えばあの、コンビニ経営者の22歳になる息子が自分ちのコンビニのアイスボックスに入って商品のアイスの上で寝そべって涼む様子をネットにUPして大炎上&アイス破棄&コンビニオーナー交代で賠償問題になったのも2０……2013年なの⁉　5年も前⁉　マジ光陰矢の如しじゃない⁉　あの事件以来、コンビニのアイスボックスに入りたい欲が煽られてもう大変なんスから！　某コンビニチェーンなんてね、あいつらアイスボックスの扉なくして開放してやがんですよ⁉　もう、挑まれてるわけですよね⁉　「せっかくアイスボックスの蓋なくして飛び込みやすくしてインスタ映え助長してやってんのに静止画のひとつも撮れないとは日本男児のやんちゃぶりも大したことありませんなぁ」とか思われてるわけですよね⁉　くそっ、俺のことをまっとうな社会人だと思ったら大間違いだぞ⁉　あまり挑発するとお前んとこのコンビニに海パン＋浮き輪とシュノーケル&水中メガネ着用で現れてアイスボックスにズバーン！　と飛び込んでキャッキャ遊泳する様子を動画撮影&ＴｉｋＴｏｋにＵＰしないとも限らんよ!?　そうならないように一刻も早くアイスボックスに蓋つけて〜！　俺を挑発しないで〜(泣)！

……そうじゃないんですよ。いい？　今回のテーマは「２０１８年を振り返る」。２０１６年と２０１３年のネット炎上事件をリバイバルする企画じゃないです。もうね、脳細胞が年取って余程強烈な事件じゃないと記憶しきれなくなってんですよね。まぁその２つが強烈かというと全然そんなことないんですが……。あのね、皆さんに聞きたい。今年、何がありましたっけ？　お願い、記憶力の低下した俺を存分に振り返らせてよ(泣)！

【①豊橋の和●で深夜に食べた焼鳥が絶望的にぬるい】２０１８年一番の暗い話題。ビールと焼鳥がぬるい居酒屋の店長は長い懲役に行かせてほしい。２０１９年こそ刑法の改正を望む。

【②タクシーに乗ったらドライバーがV系ヘアでケープの臭いが殺人的に臭い】２０１８年一番の臭かった事件。多分俺が乗る直前に追いケープしていたと思われる。

【③ツタヤでＡＶを選んでいたらＡＶコーナーに口からギュワッ、ギュワッと蛙の鳴き声を発信する大人が登場しツタヤ店内騒然】うっわ、カエル！　と思いできるだけ遠くに逃げようと思った次の瞬間、カエル鳴き声紳士はくるくる回って俺に激突！　怖ッ！　と戦慄していたら「しゅみましゅえんっ」と謝られた。2018年一番ドッキリした。悪い人じゃなくてよかった……。

えー、2019年はいい年でありますように(個人的事件だけ記してチャッチャと終了)！

(2018年)

去りゆく平成へのレクイエム

［荒井注］

平成が終わります！　この30年間、いろんなことがありました！　荒井注のカラオケボックスにカラオケマシーンが入らなかったり！　荒井注のカラオケボックスの施工業者が飛んで経営を断念&テンションガタ落ちの荒井注が取材陣に対して「なんだバカ野郎」とカメラに向かって持ちギャグ披露させられたり！　荒井注のカラオケボックスが結局買い手がつかず廃墟化&伊豆の観光スポットになっていたり！　荒井注のカラオケが建物に入らないことで持ちきりの平成30年史でした！　ありがとう平成！　ありがとう荒井注！　カラオケマシーンが建物に入らないという超シンプルな事象だけでボクたちをこんなにワクワクさせてくれるなんて！　1／16スケールの荒井注フィギュアとカラオケボックスとカラオケマシーンのガレージキットはスーフェスで即完売&「うわー本当に入らない(笑)！」と大評判！　知恵の輪の要領でどうにかすると荒井注のカラオケボックスにカラオケマシーンがするりと入ってしまう知育玩具は慶應幼稚舎お受験の必須アイテムに！　外国人観光客が増大する昨今、アジア諸国から荒井注のカラオケボックスに聖地巡礼の波が訪れるも、食べ散らかしたお菓子のクズ（伊豆名物・荒井注カラオケボックス饅頭の包み紙）を置いて帰ってしまうなどマナーの悪さも社会問題に！　本当にいろいろなことがありました！　たったひとつの事例しか綴っていない気がすごくしますけども！

では、いま一度考えてみたい！　現代の技術を駆使して、カラオケマシーンを荒井注の狭小カラオケボックスに入れる手立てはないものかを！　「（カラオケマイクのエコーを最大にしてスーサイドみたいにディレイ飛ばして）ナンダバカヤロウウウウウウ〜〜〜〜ッッ！

【①カラオケマシーンの表面に台所用洗剤を塗りたくり表面ヌルヌルにして入れる】抜けなくなった指輪を外すときの逆！　キュキュットの業務用のやつ一斗缶ひとつぐらい全塗りすればツルン！　と中に入るはず！

【②カラオケマシーンを酢に漬けて柔らかくなるのを待つ】「体を柔らかくするためには酢を飲むといい」という民間伝承をカラオケマシーンにも応用！　人体も金属もブツのデ

カさ的には似たようなもの！

【③瞑想してチャクラを開き、想念としてのカラオケマシーンを意識下のカラオケボックスに注入】チベット仏教ではこの世の全ては幻であり、故に「そこに存在すると思うこと」が即ち「存在する」ということにもなるのです。ジョン・レノンが『イマジン』で歌っている〝想像してご覧？〟とは争いのない世の中、そして荒井注のカラオケが店の中に入ったもう一つの現実のことを指しているのです。

しかし、私はいま、こうも思っています。

「今更、荒井注って言っても、誰かわかんなくねえ？」、と（厳しい現実）。

TVブロスはテレビ誌であって『月刊荒井注カラオケ入らなかったマガジン』とかではないのです。荒井注のカラオケの話は平成っちゃ平成ですが1993年の出来事で、25年以上前のことを日本国民の共通認識みたいにあげつらうのはどうかと思います。「荒井注」検索して第2検索キーワードが「カラオケ　入らない」と出てくる人ばかりではないのです。

というわけで、次回は真の国民的関心事である『志村、インスタにカッチカチに立った己のダッフンダUP事件』のことだけで誌面を埋める所存です。

（2019年）

去りゆく2020年へのレクイエム

［渡部建］

（チ●コを股間にはさんで女性の気持ちでご挨拶）今年もいろいろなことがありましたわよ〜！！！！　中でも私たち女性（仮）が圧倒的に許せないのが、アンジャッシュ渡部建さんの多目的トイレの使用法！　渡部アンタ、多目的って言葉の意味、ホントにわかってんのッ!?　いい!?「目的」が「多」よ!?　私たち女性（偽）といえば目的多め好き。目的がひとつなんてとんでもない！　目的はチャーシューメンの上に乗っかったチャーシュー と一緒！　多ければ多いほどよかろうもん！　なのよ〜！　多目的トイレで出来ること。それは無限。ナンボでもあるわよね。便所飯……ガンプラの組み立て……オスーメイトパックに豚骨スープをひたひたに入れて悦に入るアート行為……エトセトラエトセトラ……あああもう目的だらけでキュンキュンしちゃう！　そんな多目的トイレの目的アラカルトな使用法にセフレとのチェーマンセックスなんて凡庸な行為を持ち込む普通!?　多目的ってことの意味をわかってないわアイツ！　いい!?　セックスはね、土手や河川敷でヤッたほうが燃えるの！　青空の下、男性器と女性器の擦れ合うシュシュシュッという風音が水面に反響！　手押し車の要領で女を手で這わせハメたまま50ｍダッシュすれば独自のドップラー効果さえも生む！　それが多目的トイレ程度のナロウな空間だとコイツの音の反響がディレイで言えばアーリーリフレクションレベルに留まってしまい雅不足！　フランジングとモジュレーションディレイ、どっちがエライと思ってんの!?　わかりきったこと再考させんじゃないわよ！　自分でもなに言ってっか全然わかんないけど！

（チ●コを股間にはさんで今一度ケツんとこでしっかりガムテ止め&口を真一文字にキリリと結んで）選手宣誓！　我々多目的を愛するものは！　多目的マンシップに則り！　正々堂々、多目的の意味を噛み締めながら多目的トイレを排泄以外の目的で色々使用することを誓います！　まぁ一番いいのは寝泊まりね。多目的ファン的には。床、硬いでしょ？　一晩寝るだけで背中バッキバキね。今の若い子ってこの背中バッキバキを体験してないからすぐ病むの。世のお母さんたち、我が子を千尋の谷に突き落とすつもりで多目的トイレで一泊させてみたらどうかしら？　きっと強い子になる。ちょうオススメ。で、もちろん多目的トイレをご使用になりたいユーザーの方がいらっしゃったらすぐにシュタッと天井に張り付いて見届ける奥ゆかしさが必要。お忘れなく。

　あと、２０２０年にあった重大なことといえば、そう！　テレビ神奈川で裸の大将（雁之助版）が再放送開始！　あれ、21世紀にやるもんじゃないわよね！　目半開きにして下唇を突き出し、冬場もランニングシャツ一丁で虚空を見つめるギリギリ演技の芦屋雁之助に「これ山下清の遺族的に大丈夫なのかな」ってキュンキュンしちゃう！　「うらの清はあんなバカのしゃべり方ではないです」っていつTVKに怒鳴り込んできてもおかしくない！　1クール目の幻の最終回で薄着のまんま富士登山に行った清が風邪引いて死んじゃうんだけど、意識朦朧としてる状態の清をたまたま見かけた外国人が「ガハク！　アナタハヤマシタガハクデハアリマセンカ！」って片言で駆け寄るシーンのモノマネは酒入るといまでも無意識にやっちゃいます！　アルコールって怖いよね！　では、おむすび頬張りながら寝まーす（多目的トイレで大の字になって）！

（2020年）

補足　多目的トイレはアーティスティックな行為のぶつけどころではありません。文中の表現は社会風刺となっております。ご理解ください。

おしり兼たんていな彼

「おしりたんてい」である。なんということだろう。「おしり」なのに、「探偵」だというのだ。職業選択の自由ここに極まれりであろう。物心ついた時、人は自分が何者であるかに気づく。性別……国籍……趣味嗜好……自らに纏わりつくカテゴライズの嵐。彼の場合、「頭部がおしり」であることが、自分を最大に規定しているものだと理解したのであろう。彼は、「私は人間である前におしりなのだ」、「そして、おしりであると同時にたんていなのだ」と考え、おしり&探偵を自らのアイデンティティとして積極的に打ち出すことにした。おしりに目が付き髪の毛が生え帽子までかぶっている、つまりこのおしりは彼にとって顔と同意であり、故に隠すべきではないのだと。現代人はおしりを丸出しにせず、下着や衣服で覆っている。しかし、おしりたんていがパンツをかぶったらこうなるわけで（172ページイラストを参照）、これは最早おしりたんていではなく変態仮面である。作品名が違ってくるし、変態仮面がパンツをかぶっているのは顔面であり、それは変態であることを周囲にわかりやすくアピールするためのギミックに他ならない。おしりたんていのおしりは単なるおしりの枠を超え、自らの存在と同義。名前とはそのものを読み解く解説書。彼が「おしりにんげん」ではなく、「おしりたんてい」である所以がそこにはある。

「おしりなのに探偵」とか、「顔なのにおしり」とか、「おしりがしゃべった！」とか、普通に考えるとホラーでしかない要素満載なわけだが、それらすべて、「おしり」という存在の本質的なファニーさでなんとなくチャラになってしまっているのが凄い。彼の決め台詞は「においますねえ」。どの口が言うんだそれという感じだが、その声を発しているであろう部分は口ではなくおしりの穴のはずであり、だとしたら臭う原因はおしりが顔であるお前自身だろうと。しかし、もちろんこれは「ツッコミ待ち」なのだ。やはり皆心のどこかでは「あの人……いつも事件を解決してくれるし、正義感も強くていいんだけど、言っても『おしり』だし。冷静に考えるとおしりがしゃべって警察に代わって事件を勝手に捜査するなんて……ちょっと怖いかも」という印象を抱くものだろう。だが、おしりが自分で「においますねえ」と言い出すのは、（いや、臭うとしたら発生源はお前だよ！）と故意にツッコミしろを作ろうとしている証左。おしりとして生きてきた者が異端者として排除されないよう、見た目のファニーさに言う言葉も寄せていくことで愛されやすくしているのだろう。時に巨大なおならをおしり兼顔から噴射、風圧で何者かをふっ飛ばし事件解決することもしばしばあり、その臭いで文句を言われることもなく、あくまで「正義の屁」として認識されている。正義感が強く、多少の隙もあって気が置けない人物（と書いて「おしり」と読む）。愛されて当然と言えよう。

「しゃべるおしり」というと、野沢直子が春一番と交際していた1991年頃、2人の間で肛門をぱくぱくさせながらアルプスの少女ハイジとクララのモノマネをしあったカップル肛門腹話術を激しく想起させる。作者はトロルという男女2人組のユニットだという……。もしや、その2人とはまさに野沢直子と春一番なのではないか!? 亡くなったはずの春一番、実は生きていた!? 「プレスリーは生きていた」的な!? これをファンタジーと言わずしてどうするというのか! 真相については……私は、あえて触れずにいたい。野沢直子と春一番の青春肛門腹話術はまだ終わっていないと信じて……。

（2021年）

イラスト／掟ポルシェ

掟ポルシェの季節・時事についてかいたやつ

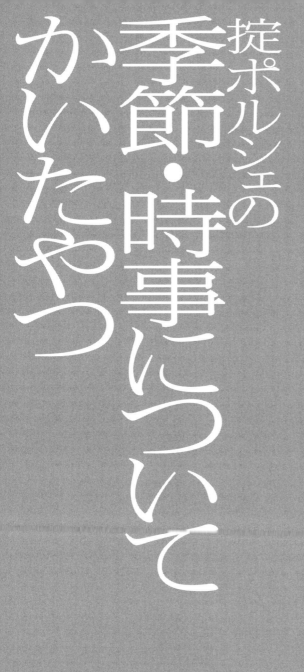

この夏、バンドTシャツがクール（今更）！

この夏、バンドTシャツブームが到来！　ということらしかったが、ブームだからといってそう簡単にホイホイ乗っかるのは日本男児として恥ずかしい行い。というわけでスッカリ吐く息も白くなった11月初頭、まさか今頃ブームを追っているとは誰も気づかないだろうと安心しまくって大事MANブラザーズバンドやカブキロックス、またはM・B（マウリツィオ・ビアンキ）のTシャツを勝手に自作、自慢げにTシャツ一丁でストリートを流してみる。ああ～んもう！　乗ってる乗ってる！　今俺、著しくブームに乗ってる！寄らば大樹の陰！　ブーム便乗最高～！　上半身は適当に想像で描いたペーター・キュルテンの似顔絵をあしらった自作のホワイトハウスTシャツ、プラス下半身はダルダルのブリーフだけというハーフ川俣軍司ファッションで道行く人々をギンギンにニラミつけ、実は時流に敏感であることを3カ月遅れでそれとなくアピール。バンドTシャツを着る喜びをイヤと言うほど満喫中なのである（今頃）。

そして夏も過ぎようとしていた9月8日、新潟県の中学校の体育祭で、校長の顔写真がプリントされたTシャツを教員全員が着たり、生徒が担いだ神輿に校長が乗ってグラウンドをグルグル回ったりしていたことが問題に！『●●に続け×中健児たち』（●●はもちろん校長の名前）という大会スローガンのもと、組み体操で生徒が作った神輿に校長が乗っかって校庭を周り、神輿が通過すると生徒はウェーブを起こし大歓声をおこすというクダラナくも素晴らしい事件があった。県教職員の会とかいう話のわからん集団が「管理職による不当な教育支配だ」と寝ボケたことを言ってゴネたために明るみに出たが、この一件もきっとバンドTシャツブームと無縁ではない。

実際この校長カーニバルの企画は生徒達の発案によるもので校長が強制した訳ではないが、バンドTシャツブームが白熱してくるとともにありきたりのTシャツでは物足りなくなった生徒達が「うちの校長ってTシャツにしたいほどキャラ立ちしてねぇ？」と盛り上がってオリジナル校長Tシャツをでっち上げ、公にTシャツを作る理由として体育祭の主役に校長を祭り上げたのではないか？　イヤ、きっとそうに決まってる！　訳が分からないのを良いことに校長をボーカルにしたデスメタルバンドのライブとかもあったりして、校長の名前が袖部分にビッシリ入ったロンTが限定リリースされて生徒たちが我先にと買い求める光景が目に浮かぶようである。まさにロックンロール・ハイスクール（勝手な妄想）！

（2002年）

俺たちゃ全裸がユニフォーム

ハウス食品は「土曜日はカレーの日」と勝手に制定したが、その由来がスティーブ・マックイーン主演の映画『華麗なる週末』（'69年）にあることに俺は気付いてしまった。（華麗＝カレー）という低レベルなダジャレとは知らずに隷属し、毎週土曜日カレー以外の食物を口にしなかった己の実直さを呪った。カレー曜日はてっきりヒンズー教の戒律とかなんかそういうのに依拠するものであり、その掟に背いて土曜にちゃんことか喰ったら死後の世界でガンジーにタコ殴りにされたりするのに違いないと思い必死で「土カレ」し続けてきたのに、実はデーブ・スペクターのジョーク並みのチンケな理由しかなかったなんて……ハウス、責任取って俺ん家にククレカレー一年分送ってこい！　お願いします！

結局言い切ったモン勝ちなんだよ、世の中なんて！　畜生、俺もなんか適当な決め事作んなきゃ気がすまねぇ！　というわけで今度から「日曜日は全裸の日」に決定！　サン・デー＝息子の日ということで、日曜日は己の愚息を太陽の下でぶらんぶらんさせる解放感ある曜日にします！　理由なんかねぇよ！　てめぇんとこのカレー売らんがために勝手に他人の土曜日の食生活決めつけたんなら俺だって好きにさせてもらうよ、面白半分で。

かといってわざわざＣＭを打ってまで日曜全裸を推奨するほど金はないので、ここはひとつ地道にサンデー全裸運動の指針を示すべく俺が率先して素っ裸になることに』近所の小学校に父兄を装いこっそり全裸＋シルクハット＋ステッキ＋ちょびヒゲ姿で日曜参観し「あの全裸チャップリンは誰のとうちゃん？」とザワつかせたり、大倉山シャンツェのラージヒルから空気抵抗を極限まで減らすために全裸でジャンプしてバッケンレコードを塗り替えてみたり、富士そばに全裸で入店し「見とけ！　これがホントの一杯のかけそばだ！」と宣言して頭からそばを浴びて悲しい気持ちでいっぱいになってみたりと、とにかく「日曜日は全裸の日」を民間レベルで定着させるためにとことん全裸で放縦三昧してきた。そして先日、俺の死にものぐるいの努力が実って遂に賛同者が現れたことが新聞に載っていた！

『3月10日、カラオケボックスで全裸で熱唱していた大阪・枚方寝屋川消防組合職員3人を「公務員の信用を失墜させた」として懲戒処分とした（読売新聞）』

世間の全裸に対する理解の無さに愕然とした。素っ裸で何が悪い！　……あっ！　その日、月曜じゃん！　全裸は日曜だってあれほど言ったのに！

（2003年）

五月病☆カナ

ヒャッホ〜!! 五月だ! なんかジメジメしてイイ感じになって来た! 五月と言えば、そうです! 五月病のシーズン真っ盛り! 五月病の本場である我が国ジャパンですから、そりゃもう猫も杓子も五月病! 中でも日本一の五月病を自認するのがこの俺! 五月病なら誰にも負けねぇぞ! iPodの中身は「熟女B」「お座敷ロック」「おひまなら来てね」などお色気歌謡がギッシリ! 趣味は映画鑑賞! 最近見て感銘を受けた作品は『マダム・スキャンダル 10秒死なせて』('82年)! 名作は何年経っても色あせない! あと、最近のマイブームはティッシュボックスの製作教室に通うこと! 素っ気ないティッシュの箱にきらびやかな布っきれをかぶせて飾り立てる……これってなんか覆面レスラー的わくわく感があっていいよネ! やっぱ尾内淳そのまんまよりはウルトラマンロビンの方がみんな好きっていうか、そんな感じ? もう五月最高! 五月病バンザ〜イ!!

え? なに? お前のいってるのは「五月病(ごがつびょう)」じゃなくて、「五月病(さつきびょう)」、しかも「五月みどり病」だと? 当たり前じゃねぇか! 五月といえば1年でもっとも五月みどりのことが気になる季節! 正月といったら姫始め! 二月と言ったら(ガラナ)チョコ! 五月といえば思い浮かべるのはただ一つ、五月みどり!

そんなもん日本男児として常識！　五月みどりが嫌いで男が務まると思ったら人間違いだ！　多分ダミー&オスカーも今号のＴＶブロスで五月みどりの話ばっかり書いてんだろ？　原稿の内容もかぶる気マンマンだ！

大体なんだ、五月病って？　さつきじゃなくてごがつの方な。どういう意味？「新しい環境に適応出来ない新入社員や大学の新入生などがかかる精神的な症状の総称。四月には新しい環境への期待があり、やる気はあるものの、その環境に適応出来ないでいると人によってはうつ病に似た症状がしばしば五月の連休明けに起こることが多いことからこの名称がある」ってことか。フーン……おまえらそもそも五月なのに五月みどりのことだけ考えてりゃ五月病（ごがつの方）なんかなんねーんだよ！　いいか、五月みどりにはな、世の中の真理ってもんがある。大体「一週間に十日来い」と五月みどりは言ってるんだ！　理不尽だろ？　思い通りに行かないことでも死ぬ気でガンバレ！　気持ちは買う！　って言ってんだろ!?　人間、為せば成る。無理を通してこそ男だと、そう五月みどりは言っている。悩んでる時に優しい言葉なんか役に立たねぇ。どうしても慰めが欲しいなら、その時は五月みどりのティッシュボックス教室に通え。一週間に十日、な。

（２００７年）

第一次掟ポルシェ内閣発足！

何でも聞くところによると、総理大臣のポスト、あいてるそうじゃあないですか……私、最近雑誌のコラム連載も結構終わってヒマなので、是非やらせていただきたいと思います！　なに？　次は福田？　誰が決めた！　俺に内緒で勝手に決めてんじゃねぇ！　福田さんよ、どうしても総理大臣になりたいか……だったら（パッと両手を広げて）俺を倒してからにしろ！　強いものがこの日本を束ねる……正々堂々、すてごろ勝負だぜ！　福田康夫71歳。老人と子供に対しては俺は圧倒的に強いぞ～！　容赦なく目つぶし！　ガハハハ！　勝ったも、同・然！

というわけで、九分九厘掟ポルシェ内閣発足を記念しまして、閣僚人事を発表したいと思う！「美しい国づくり」なんてそんなフニャチンなこと言ってちゃダメ！　これから「ナメられない国造り」あるのみ！　それに相応しい内閣を発表！

まずは外務大臣！　ケント・デリカット！　ハッキリいう！　日本はもうダメだ！　筋肉少女帯の日本印度化計画が失敗した今、日本をユタ州にしてしまえ！　アメリカとの外交も、特に政策はありません！　だが！　かけてるメガネをちょっと外して目をおっきく見せるアレをやれば、ライス国務長官もバカウケ笑い死に間違いなし！「ヒーヒーヒー！狂牛病の全頭検査？　するする！」とか絶対言う！　魚心あれば水心あり！　機嫌よくなってマツタケとか高野豆腐とかいらんもの山ほど輸入してくれるんじゃない？　そういうこと！

続いて防衛大臣！　谷亮子！　今、北朝鮮が攻めてきたらどうする？　そう！　谷がみなさんの盾になります！　強いからね。谷は！　そして隙を見て金正日にアイアンクローー！　正日の頭、谷なら間違いなく握りつぶすね。鉄の爪、一本！　いや、ハッキリ言ってね、今の谷、ヒクソンとかより余裕で強いよ。ピストルで撃っても全然死なないと思うんだよね。それでこそ防衛大臣！　日本は任せた！

そして環境大臣！　米良美一！　ナメられない国造りに米良が『もののけ姫』を歌えば、マイナスイオンが大発生！　ついでに日本海にウニが大発生！　ウニの価格暴落！　生態系メチャクチャ！　ね！　まぁそれはそれ、これはこれ！　その代わりと言っては何ですが、ゴミを焼却した際に出るダイオキシンは、米良美一が率先して工場の煙突に口をくっつけて全部吸い取ります！　だからオッケーー！

その他の大臣はゴスペラーズとパニクルーのメンバーとかが日替わり担当！　マニフェストは全員ボイパで！　その方がなんとなくかっこいいから！　以上を持ちまして、掟ポルシェ内閣全閣僚発表に代えさせていただきたいと思います！　えー、ですが、もしそんなのが全員大臣になったら俺自身気持ち悪くて国会に行きたくないと思うので、総理大臣はやっぱり愛染恭子さんにお任せします！　第一次愛染政権誕生！

（2007年）

2009年

2009年って……なんか非常に、こう、キリが良くなくない？「09」もふたつながってりゃ本田恭章のデビュー曲『0909させて』みたいでなんかいい感じなんだけど、一個じゃ、ねぇ……。そりゃ恭章もシェイク振るわって話で。君も振ってミルク？って恭章に画面の向こうから語りかけられたときの視聴者の気持ちに酷似っていうか。なんかガックリで。

やっぱ「20」と「09」の組み合わせが、ね。どうにもこうにもって感じだと思うんですわ。「2」って、威嚇してるでしょ。文字の先端が『蛇拳』のときのジャッキー・チェンみたいにクワッ！　となっとる癖に、最後の最後で「9」って。ねぇ。どうなのそれ。自分からケンカ売っといて、やっぱ丸く収めてもらえません？って尻尾巻いてるっちゅうか。媚びてるね。西暦がね。ホントにね、どうしようもない奴ですよ、2009は。

でもさ……いきなりノスタルジックで申し訳ないけど、２００８年はよかったよね……。まず「２」から入るわけでしょ。これがまた見た目丹頂鶴みたいで実に優雅！　そんで「０」！　もう一個「０」！　絶好調！　で最後に「８」！　やったー、末広がり!!　文句のつけどころなし！　もうね、２００９と同じ「２００」の仲間とは思えないほど優秀。『世界ふしぎ発見！』で言ったら黒柳徹子と野々村真ぐらいの差はある。「０８」と「０９」が一緒の解答でかぶったとするでしょ。しかも「０９」が自信を持ってスーパーひとし君出したりしたら、その瞬間に「０８」がやっぱ解答変えますって言いだすのは火を見るより明らか！　そう考えると一瞬「０８」がイヤな奴で、「０９」がバカだけど可愛げがあるからいいんじゃない？　みたいに思えてくるけど、実際の「０９」は野々村真みたいに可愛くないから。ただの数字だし。身も蓋もないこと書いてるように思えるだろうけど、ホントそう。

もういいや、いっそなかったことにしよう！　一回飛ばし！　２００９、キリが悪いから２０１０でいいです！　いやもっとキリよく今年が３０００年ってことでいいよな、みんな！　そうしよう！　ミレニアムじゃなくてなんつうのこういうの？　サレニアムとか言うの？　目出度い！　サレニアムだいすっき！　そんな呼び方でいいか全然わかんないけど、もう今から予言しとく！　西暦３０００年はサレニアム！　間違えたところで恥ずかしくもなんともないんだからね、こっちは。先回りしてサレニアムＴシャツとかも作る！　それで食ってくわ、今後。２００９より３０００の方が夢あるしね。商業向き。……いや、ふと思ったけど、その考えで行くと、２００９ってアウトサイダーじゃない？　どうにもこうにも使えない感じが逆にレアっていうか。このままずんなり一年終わっちゃって、後年絶対再評価されそうにない感じが、非常に親近感が湧くというか……ハッ！　そ、そうか！　２００９年とは、俺みたいなもんか！　諸条件あげつらってくとますます他人とは思えません！　どうせＴシャツ作るなら胸にデカデカと「２００９年」って書いた奴にしよう！　２０１０年以降も売れ残って大量の在庫を抱えることになるのは完全に予想がつくけどやるしかねぇ‼　「２００９年＝俺」という、よくわけがわからない結論が出たところで皆様本年も４６４９！

（２００９年）

猛暑の夏の過ごし方

　ここのところ毎日クーラーのガンガン効いた児童館に忍び込んで今夏の殺人的残暑を凌いでいる。もちろん不審者と間違われないよう子供に変装。上半身は金太郎の腹掛け＋ランドセル、下半身はパンツタイプのムーニーマンを強引に装着。児童館の職員に向かって（児童だっつってんだろタココラ）とばかりにバリバリにメンチを切りながら、金切り声で「背すじ、ピーン!!」とセイバンの天使のはねＣＭソングを歌い受付を突破。楽しく9時〜17時の猛暑プライムタイムをやり過ごしている。より子供らしく見えるようにと用意周到にその辺にあった小石で頭皮を一部削り、頭にジャリッパゲを作ってから行ったのが功を奏したのだろう、職員が一様に強張った笑顔で、「おはよう…ございます…」と語尾の方が消え入る小さな声で挨拶をしてくれる。児童のふりをすれば安上がりに涼しく夏を過ごせることに気づいた俺の勝利だ。まさか「暑さのせいで正常な神経を保てなくなったかわいそうな大人」だとは夢にも思われてないだろう、と思う。

児童館は子供にとって天国だ。これでもかと暇つぶしアイテムが充実している。とはいえ当方、なにを隠そう四十をとうに過ぎている一端の成人男性。今更積み木で遊んでキャッキャ言って盛り上がれるほどヤワではない。子供に変装しているとはいえ、心と頭の中、及び性器の黒ずみ具合は立派な大人。より高度な文明を求め、アーケードゲーム機の脱衣マージャンとかどっかに隠してねえかなと半日かけて捜索。が、基板の欠片も見当たらない。涼しい以外いいとこなしだな〜こいつら、と吸い差しのタバコを床に捨てた矢先、気になるものが目に入った。

書棚に『釣りバカ日誌』が二冊！　近隣の家庭から不要な本が寄贈されたのだろう、1

巻と15巻しかない。それでも結構ヘビーに読み込まれた痕跡があり、児童たちに大変人気のタイトルであることがわかる……そうか！　やはり、「合体！」シーンか！　『釣りバカ日誌』で作品のカタルシスが一気に頂点に達する瞬間、それが真っ黒な背景に白抜き文字だけで「合体！」と書かれたあのコマだということは、三歳児にも理解できる真理。これは暇つぶしに利用するしかない！

児童館の一室の窓を塞ぎ真っ暗闇にして「合体部屋」と命名。「釣りバカでおなじみのアレが体験できる⁉」というキャッチコピーを扉に貼って準備ＯＫ、あとはませた児童がやってくるのを待つだけだ。「合体のおじちゃん！　いつもの合体やっておくれよ！」と懇願されて、しょうがねぇな〜、と頭をかきながら、じゃあちょっとだけだぞと念を押し、児童に懐中電灯で俺を照らさせ、約2時間にわたってのけぞり、エア合体ショーを見せる。

その後『釣りバカ日誌』の内容について「2巻〜14巻は最初から最後まで合体シーンだ」とかなんとか嘘の情報を流すだけ流してショックを与える。子供たちの釣りバカ幻想を釣り上げるだけ釣り上げて（釣りバカだけに）、夏が終わる頃には消えていく。そんな大人、スマートなんじゃないか？

かくして遂にスタートした合体部屋に一番先に来たのは、児童ではなく大人のポリスメン。東京拘置所もクーラーは効いているらしいし、まぁいっか……。

（２０１０年）

補足 この文章はいつも通り全面的にウソですが、近所の児童館に『釣りバカ日誌』の1巻と15巻だけあったのは事実。それ2冊だけ読ませて子供たちにどうしろと？

この〇〇支配からの～、卒業!!

梅雨時だな！　というわけで俺は毎日布団を外に干している！　雨をドッチャリ吸い込んで重さズッシリ2倍2倍！　寝るたびに全身ずぶ濡れのベッチャベチャ！　お陰様で基礎体温（オギノ式気分を味わいたいため一応毎日記録）も38℃をキープ！　寒気で歯の根がまったく噛み合いません！　ヘックション！

え？　「毎日のように雨降ってんのになんで布団干してんですか？」、って？　バーロー!!　全ッッッ然わかってねぇ！　だからお前らいつまで経ってもアンちゃん扱いなんだよ！　罰として原宿の美容室行って陰毛丸坊主にしてこい！

「この天気という支配からの卒業」……ってことだろうが!!　男はな、迂闊に支配されちゃいかんのよ。昔、尾崎もそう言ってた。尾崎つってもジャンボの方な。ゴルフの方。尾崎が言うなら間違いねえよ！

雨如きにナメられてたまるかっつの！　俺の布団を干したいという気持ちが絶対優先！　いい？　よーく考えて。雨なんて……あいつらただの水滴よ？　大の男がたかが水滴如きに翻弄されていいわけ？　そりゃあいつら通常一滴だけじゃ行動しませんわ。水滴水滴水滴水滴水滴水滴水滴水滴水滴（結構∞に続く）、って感じで、数の論理で攻めて来ますわ。言ってみりゃ一人じゃ何も出来ない意気地のない奴等でしょ。暴走族と一緒！　群れやがって！　常に集団で人を攻撃しようとするそんな卑怯な奴等に屈服していいの？　いーや、よくない!!　だから干すんだよ、布団を!!　敢えて、雨・の・日・に！　乾くか乾かないか、そんなこと全ッ然問題じゃねえ！　俺は、雨の奴等（↑すごいひきょう）が俺をナメてやがんのが許せねぇだけだ！　アメ公（↑注釈付けるまでもないと思うが雨の意）どもに目にもの見せてやらんといかん!!

　というわけで本日は特別に、俺が普段やってる雨に対する報復手段を皆さんにもご紹介します！　使用するのは傘！　しかし、普通の傘さして普通に雨風しのいだら、天気に対して負けを認めることになりますわな、なんとなく。なので、ビニール部分とっぱらった骨だけの傘をさす！　そしてものすごい勢いで傘の骨を高速回転！　人間の力で雨を天に全部打ち返す!!　お前ら水滴如き、俺の敵じゃねぇんじゃ！　ということを嫌というほど思い知らせてやる！

　やっぱね、男ならあらゆる支配から卒業しないと。色んなものが随時我々を支配しようとしてきやがるでしょ。コンビニでパック入り1リットルウーロン茶買えば、勝手にストローを入れられる支配！　おいこら、バイト！　俺をチューチュー野郎だと決め付けか⁉　男はガブ飲みに決まってんだろうが！　コンビニ出た瞬間ストロー破棄！　一瞬でこの支配から卒業だコラ！　そして歯医者に通えば向こうの都合で次回の治療日時を指定される支配！「この日はダメですか？　じゃあこの日は？」と、2、3枠融通を持たせて聞いてきて、一見優しいようにみえるのが奴等のやり口！　あれが罠！　ホントはやる気になったら一日で簡単にオール金歯の総入れ歯ぐらい出来るんだから！　それなのに年度末の道路工事みたいにちょっと掘っては埋め、型とっては埋め、しやがって！　そんなに保険の点数稼ぎてえか、俺より年収全然多いくせしやがってこの守銭奴！　適当な日に思いつきで行って歯医者支配から卒業してやるからな！　どうでもいいけど、今度なんか奢れ！

（2011年）

地獄の季節

おい、季節！　この野郎！　誰に断って気温10℃以下にしてんのお前!?　勝手に冬になってんじゃねえええよおおおお！！！　「12月といえば毎年冬ですし、寒くて当然なのでは？」なんて考え方、いまの時代に通用するとでも思ってんの!?　甘っちょろい！　前近代的！　春↓夏↓秋、と来て、さぁ〜そろそろやっぱり冬、行っちゃっていいスか？的な安易な流れ……俺はどうかと思うね。本当にいいの？　そんなことで。夫婦の営みだってそうでしょ。（1）キスする↓（2）オッパイもむ↓（3）おもむろに下の方おりてって手でなんかゴニョゴニョいじる↓（4）よっしゃ、ほぐれてきたからアレして、チャチャッとチ●汁出しときますか、なんつってルーティーンでダラダラやってると、うわっ、気がつきゃ嫁もゴンタ顔！　これは家庭崩壊の危機！　マンネリはよくない！　ここはひとつ、変化球入れとかないと！　春↓夏↓秋、たまには思い切って！　う〜ん、エイッ！秋↓夏!!　気温一気に30℃！　真夏日に逆戻り！　これでどーだ!!　これを夫婦間の営みに例えると、（1）キスする↓（2）オッパイもむ↓（3）おもむろに下の方おりてって手でなんかゴニョゴニョいじる↓（4）普通に入れる……と見せかけて、意表をついてア●ルの方にブスリ！↓（5）かあちゃんの「オグウェッ！」という声にならない声！↓

（6）そして「とうちゃん！　これ！　これだー！」という歓喜の声＆激しくVサイン！　↓（7）翌日の朝ごはんに鯛の尾頭付きが！　ってこと、でしょ!?　やっぱ捻んないと、何事も。じゃ、12月は一転、夏ということで！　広瀬香美とアルペンに言うと猛反対にあうと思うので、奴らにはダマでそう決めました！

大体ね、ウィンタースポーツとかホントわけわからんでしょ。スキーなんて、足になが一い板ハメんのよ？　2ｍとかの！　その時点で見た目滑稽！　で、わざわざ雪山のある県まで電車乗り継いで行って、そんだけ金とヒマをかけてやることと言ったら、山の上の方まで登って滑って降りてくるとか……えっ、そんだけ!?　俺たち、現代人なのに！　いいのそんなんで!?　ていうかね、山の斜面を長い板足にハメて滑るより面白いことってのが、現代には山ほどあるわけじゃないですか。勝負に勝つと女性芸能人によく似たＣＧがどんどん裸になっていく麻雀ゲームとか。そっちの方が全然有意義！

……えー、なんで俺がここまで冬という季節を憎んでいるかというと、小中高校で11年間にわたって、冬場スキー授業をやらされてきたからなんですね（実話）！　俺が通ってた北海道の高校のスキー授業は、スキー場までの片道4キロの距離を、自分でスキーを担いで徒歩移動！　地獄！　もちろん授業なのでどんな悪天候だろうとやる！　吹雪で視界がほぼ0メートルな中、麓の方から聞こえる先生の声だけを頼りに、プルークボーゲンだのシュテームターンだの一応やりきって滑ってかなきゃならない！　これ、絶対先生の方から見えてない！　それぱかりか普通に山なので、崖的なところもそこかしこにあって怖い！　授業の度に毎回八甲田山気分が味わえる！　アフタースキーという甘美な余興と無縁なハードコアスキーをやらされたおかげで、日本の国土が一刻も早く赤道方向に向かって流されていってくれることを、真面目に望んでいるのです。

（２０１１年）

いましろたかし『ハーツ＆マインズ』で、物流バイトのボーナスがビール券2枚だったという話を私たちは笑えるだろうか。

ウギャッゴワーッ!!　俺はいま、猛烈に頭に来ている！！！　いたずらに人の心を弄びやがって！　期待させるだけさせていつもやらずぶったくりじゃねぇか！　何様のつもりだ!!　糠喜び商法の癖に何十年もの間シレッと存在し続け、あまつさえ年中行事のような顔さえしている！　許せねぇ……もう我慢の限界！　今日こそハッキリ言わせてもらう!!

おいコラァ〜！　お年玉付年賀ハガキ！　お前全然、お年玉じゃねぇよ！！！

さっき、数カ月遅れで当せん番号確認したけどよ、なん〜〜〜〜〜にも、当たってねえんだわ（白目&口から砂を吐いて）。血まなこでハガキと当せん番号サイトにらめっこして、命がけで照合したのにだ。なにこれ。もうね、ガックリ来過ぎてパンツの中でウ●コ出ちゃった。もう普通に便所行く気力もねーよ。しかも今年だけじゃねぇし！　物心ついてから毎年確認してっけど当たったためしがねぇし！

……ていうか、いま冷静になったからわかるけどよ、『お年玉付き』、だよな？　なんでお年玉なのに……もらえる奴ともらえねぇ奴がいるわけ？　サービスを装った新手の差別主義か⁉　仮に俺が子供だとしてだよ、「お年玉あげるよ！」って近づいてきて、「お前にはやるけど、お前にはやんねえ！　これはクジだから！　あくまで抽せんの結果だからな！　不公平だとかグチャグチャ文句言う前に、運が悪い自分を呪いな！」って言われたら、どう思う⁉　俺ならそれキッカケでグレる、絶対！　電車に乗ったら必ずシルバーシートに大量に痰吐く青年に成長してやる！　しかもだよ、もらえた方はもらえた方で、小躍りしてポチ袋の中見るわけじゃん。そしたら入ってんのが80円切手と50円切手が一枚ずつ！　いやいやいや！　おかしいおかしいおかしい！「お年玉」つってんのに、現金じゃない&合計130円の価値の紙片って‼　そんなもん3歳児でも喜ばねえよ！　しかもテメェん所の商品現物支給で安く済ませてるわけでしょそれ!? それを堂々と「お年玉!」と言い張るとはいい度胸! お望み通り、郵便出すのには使わず、ニプレスがわりにいたずらに乳首に貼付けて堪能してやる!

そりゃ確かにね、一等は40型液晶テレビとか、なるほどお年玉っぽいフツーの豪華賞品もありますわ。でもそれ、全体で3682本だから! 100万枚に1枚しか当たらねぇものを「お年玉」だと!? シメ鯖だってもう少し当たんぞコラ! もうね、ショックのあまりやさぐれて、その辺の手頃な老人ホームに入っていって、余興だとか言ってルー・リード『メタル・マシーン・ミュージック』の視聴会を大音量で行ってやる! じいちゃんばあちゃん、悪いのは俺じゃねぇ! 俺をここまで荒ませた日本郵便の奴らが悪い! その他の苦情はルー・リードに直接言って!

確かにな、俺とお前(日本郵便)の関係で言ったらよ、現金でお年玉もらうほど親しくねえわ。それは俺も認める。でもな、俺はお前(日本郵便)のこと昔から「なんか、あいつ、いいよな」と思ってたし、もっと親しくしたいと思ってる。そろそろ俺たち、4等切手シートの壁を超えて、3等の大分産どんこ椎茸セットぐらい気軽にもらえる仲になれるんじゃないかな? 俺もカレーとか作りすぎて余ったら、今後は近所の郵便局にもっていくわ。仲良くやろうや。あ、夏のかもめーる、期待してっから!

(2012年)

マメマメマ〜メ〜ッ（ビーノのCMの渡辺正行のモノマネをやけくそで）!!

ゥオラアァ〜〜〜ッッッ！！！　もうすぐ節分だ節分だ〜〜〜ッッッ！！！　手のひらに豆もやしが生えて全然抜けねえ悪夢とか見るぞオラアァァ〜〜〜！！！　あああああこんなもんシラフでやってられっか〜〜〜ッッッ！！！　店長〜〜〜〜ッッッ！！！　酒だ酒だ酒持って来い〜〜〜ッッッ（いかりや長介が行きつけだったアフリカの唾液酒カフェで連れてきたロバに水をやりながら）！！！

だって、「鬼は外」よ!?　「福は内」なのよ！？？　死ぬ気で一生懸命豆まかないと鬼（ターザン後藤一派等）が来るんだよ〜。俺の自宅を定食屋花膳と勘違いしてさんざん挑発を繰り返した上で住み込まれちゃうかもしれないんだよ〜。うちにある貴重品（安達祐実のかあちゃんの熟女ヌード写真集等）を勝手に質入れされちゃうよ〜。まんじりともしないよ〜。

よし！　こうなったら死ぬ気で豆まくぞ！　まずは準備！　右腕を古タイヤに全力で打ち付け千本！　投げつけた豆で人が殺せるレベルになんねえと！　大体のことは腕力でケリが付く！　店長〜〜〜ッッッ！！！　適当な焼酎に獣神サンダー・ライガーが週プロ

で告知してたマッスルコア割って出して!!　そして死ぬほど右腕オンリーで筋トレしてシオマネキみたいな体作っておけば、鬼を撃退するばかりか、ビックリ人間大集合にも出演できる！　子供の頃からの夢だったテレビ東京の社食に入り浸れるのも時間の問題！

しかしだ、冷静に考えたら豆なんかどんだけ投げてもてんとう虫一匹殺せないんじゃない？　節分に豆が当たって死亡事故等というパターンは、お年寄りが餅を喉につまらせて亡くなるよりも遥かに件数が少ない様子。そうこうしている間にも、鬼がウォーミングアップを始めたりしてるに違いない。何か他に対策を打っておかなければ……。

じゃあとりあえず、身辺整理！　なんせ相手は鬼。留守中我が家の玄関をトラースキックでブチ破って侵入し、うちにある貴重な本（ジャガー横田写真集『薔薇』）とかＣＤ（ジャガー横田&木下博勝『愛のデュエット』）を平気な顔でブックオフに売りに行くぐらいは朝飯前！　鬼に売られるぐらいなら、家主の俺が先手を打って全部売っとくっちゅうの！　なんに使うかわからないけどとりあえず取っておいた大量のＣｏＣｏ壱番屋使用済みプラスチックスプーンとか、ライターで炙って固めてアートだと言い張って箱根彫刻の森美術館に引き取らせるっちゅうの！　売れないものなんて何もねえんだ！　よし！　ついでに戸籍も売ろう！　住民税とか払うの面倒だし！　いいのいいの！　そっちの方が断然お得！　誰か〜！　戸籍買って〜！　目一杯汚してくれてかまいませんから〜！　ＴＶブロスを愛読している外国人諸氏！　不法入国したい人、この指と〜まれ！

そして根本的に鬼が来ないようにする方法はある！　そう！　それはホームレスになること！　いくら鬼が訪ねて来たくたってそもそも家がないんだから！　コペルニクス的転回の悪い使い方！　俺、あったまいい〜！　住所不定最強！　つまり、鬼が来ないためには、家がなくなることが近道だということが判明しました！　真理だね！

……しかし、ただひとつ問題なのは、「福は内」の方も家がないからそっちも無効になってしまうということ。ホームレスの皆さん！　アルミ缶をいくら集めても福は訪れないらしいので要注意！

（２０１３年）

以下、タクシー車内での俺の心の声

アベノミクスって……なんだ、オイ!!　タクシー乗ったら運転手に「アベノミクスっていうの、あれどうなんですかねぇ」とか聞かれたぞ！　なんだそれ！　人を乗せておいていきなりクイズかこの野郎！　お、俺が偏差値49のあってもなくてもどうでもいい仏教系大学に行ってたのを知ってて難題ふっかけて来やがって……あれだろ？　ノーパン喫茶だろ？　バカ野郎、知ってるよお前～、常識常識。大阪・あべのスキャンダルの支店だろ？　下品の都・阿倍野にノーパン喫茶が2軒！　一軒だけじゃ弱いけどこれならアド街でも取り上げやすい！　「パンツを穿かない街・阿倍野は今日も元気です！　第21位ノーパン喫茶」、なんつって！　プロデューサー的視点でいけば１００点だよな！　こういうの町興しっていうんだろ？　区長自らパンツを穿かない宣言とか、いいと思う。公務はすべてフルチンでね。人口増えるよマジで。

……ん？　運転手、「あんなもん、実際効果あるんですかねぇ」とか言ってるぞ！　なんだよ、ノーパン喫茶2軒でノーパンの街を名乗るにはまだ弱いとでも言うんか⁉　ミラー越しに映る運転手のしたり顔は何かを知っている表情。この男、あべのミクスに実際行ってきた上での感想を言っているのかもしれん。……サービスが悪いのか？　やはり支店は本店と違う、所詮はセカンドライン。オーナーの目が行き届かないところでどうせ見えないだろうと慢心し、日によってパンティの・ようなもの（局部に千社札貼り付け等）を穿いて業務を行うムラッ気営業がまかり通っているのかもしれん！　ノーパン喫茶がパンティを装着していたら、実質それはノーパン喫茶ではなく「ノーパン、かもしれない喫茶」‼　看板に偽りあり！　ＪＡＲＯも動く！　バカ野郎、商売ナメんなよ‼　いい加減福富太郎も黙ってねえぞ！

……ていうか、待てよ？　アベノミクスって……本当にノーパン喫茶か？　運転手がアポロキャップ＋薄い色のタレサン&チョビヒゲおちょぼ口のトゥナイト2的ファッションセンスならまだしも、こいつただの無特徴なジジイだぞ？　タクシー乗った途端に大阪のノーパン喫茶の話題から入るか普通？　違うよな。落ち着け俺。ここはひとつ、連ちゃんから見えねえようにバックミラーの死角に入って、一回せんずって。出すもの出して冷静に考えれば答えは自ずと見えてくるはず。では失礼……シュシュシュシュシュシュシュシュ、えっ!?　なっ、なんですか!?　「アべさんが考えてること、我々庶民にはさっぱりわかりませんよ」ですと!?　あっ、人名だったのね！　アベさんが、ノミクスしたから「アベノミクス」ってわけね！　納得！　しかしそうなるとアべさんって誰だろう……阿部薫？　フリージャズのサックス奏者の。庶民にさっぱりわからないって言ってたし、多分そうだな……いや、待て！　通常タクシーの運転手がするのは世間話！　鈴木いづみの元旦那の話を初対面でブッ込んで来るのはなんぼなんでもおかしい！　だとすると、誰でも知ってるアべさんの方！　そう、安倍なつみさんの話！　押尾学と一晩一緒にいて、「朝までプレステやってました！」と言い張ったアレを今や巷じゃ安倍ノミクスというわけか！　確かに庶民にゃあの言い訳はわかんねえわ！　運転手さん、アンタ意外と根に持つタイプだね!?

（2013年）

誰も寝てはならぬ

（歯医者で使う小さな口内ミラーを肛門にあてがって）んん〜〜〜、鏡開きッ！　俺の肛門！　１番の皺から、Ｃ２！　２番がＣ０！　３番から６番まで美麗！　７番がもっと美麗でツヤツヤ！　８番はＭＯＭＡに所蔵されるほどアブストラクト！　ＧＯＯＤ！　９番から27番までオロナイン塗りすぎ！　以上！　ふぅ〜（額の汗を拭って）……では仕上げに、歳の数だけフライパンで炒った大豆を詰めて、と……ギャオッ！　焦げるッ！　アヌス焦げるッ！　死ぬ〜！　ホントに死ぬ〜！　でも負けねえぞ〜（小橋建太のように青春の握りこぶしを作って不屈の精神をアピール。そしてそのこぶしをそのまま己のア●ルにズボッとイン）！　うわ〜〜〜！　俺は今！　猛烈に感動している〜〜〜！　なんか知らんけど生きててよかった〜〜〜っ!!　見て見て、俺今シルエットだけ見たらマグカップの取っ手みたいでしょ!?　えっ、どう……ハッ（周りの視線に気づいて）！　何してんのかって？　見りゃわかんだろ、鏡開きだよ！　正月過ぎたらやる恒例行事だろうがよ！　鏡を持って股を開き、肛門の皺の具合を総チェック&ウンウンうなずいて悦に入る、それが鏡開きってもんでしょ!?　永田町の常識だよキミ……えっ、違うの!?　「鏡開きとは、正月のお供え餅を下げて食う行事」だと!?　そんなことしてなんの意味が!?　こっちの方がパーティー感あって神事っぽい感じじゃん？　正式採用は……ダメ？　あっそりですか。ハァ。

というわけで、1月ですね！　またしてもバカヤンキーが成人式で集団で荒ぶってニュースになる季節がやって来ました！　地元の同学年が集まる堅苦しい式典で騒いで悪目立ちしてやろうという彼等の蛮行は、いまや社会問題となりつつあります。しかし、私なんかは思うんです。本当に暴れるヤンキーばかりが悪いのだろうか？　と。地方自治体がまぁこんなもんだろうとお役所仕事感満載の面白みのないコンテンツばかりで式典を構成するから、ヤンキーも退屈しのぎにデストロイするしかないのではないかと。ヤンキーに暴れる隙を与えないぐらい、ドッカンドッカン盛り上がる成人式をクリエイトすること！それがまず先決！

まず、市長の堅苦しい挨拶に代わって、市長と市長のかみさんによる素手での殴り合い！　噛みつき・目潰し・金的攻撃オールOK！　両者顔面の形が激しく変わるまでにドツキ合うアトラクションで会場をあっためため、続いて来賓のポール・ポッツによるポール・ダンスで沸かせます。ですが、ただの白人男性のポールダンスですとヤンキーの皆さんが飽きてしまう恐れがありますので、ポール（金属の方）には死なない程度の高圧電流を流しておきます。ポール・ポッツがシビレて大量の鼻血とともに耳から煙を噴出するくだりで軽く一笑いあっていいいんじゃないでしょうか。歌はもちろんなしで。そしてメインは、ヤンキーの皆さんにここはひとつ主役になっていただこうということで、全員参加の利きシンナー大会。エポキシ系、ウレタン系、ボンドの三種類を吸引して一番良かったやつを投票用紙に書いて、みんなでサライを歌いながらその投票用紙に火を付けてボーッと見つめて式典終了。終わった後は全員成人の日に何があったのか覚えてない、でもなんか楽しかったというものになります。荒れる成人式に頭を悩ます市長さん、お試しあれ！

（２０１５年）

芸術家なんて誰でもなれるベレー帽かぶればいいだけ

秋ですね～！　秋といえば、芸術の秋！　んん～～！　俺も芸術家だと思われた～い（ルパシカとベレー帽でビシッとキメた大久保清スタイルで）！　でも俺のやってること（選曲より客とのちくわポッキーゲームがメインのＤＪ業、白塗りしてラーメン屋の出前ヘルメットをかぶって口から得体のしれない緑色の液体を吐きながらでないと曲に入れない歌手業、ウ●コとかチ●コとか近所の小学生が代筆したとしか思えない雑文業等）には芸術性も精神性もキモチイイまでに皆無！　マズイ！　これでは芸術の秋を一ミリたりとも謳歌できない！　なんでもいいから高尚な人間だと勘違いされた〜い！　もうただの下品な人扱いは嫌〜（尿道にこよりを入れてゾクゾクしながら）！

一体、俺のどこが下品なんだ!?　渋谷ハチ公前のスクランブル交差点のど真ん中で何の脈絡もなく「オ×コ〜ッ！！！」とか絶叫したことは一度もないし、そんなこと思いつきもしない！　ノーパンで駅前のベンチで何度も足を組み替えて、その際股間に味のり一枚貼っつけてんのが何度もチラ見えして、氷の微笑山本山編みたいになってる趣味活動は一切行っていないし、そんなこと思いつきもしない！　使用済みパンティを縫い合わせて作ったトートバッグを頭に被って台無しにしたりとか絶対にしていないし、そんなこと思いつきもしない！　だから全〜然下品じゃないと思う！　下半身裸で腰を左右に激しく振ってペチペチペチペチペチペチ！　と意味なく鳴らすチ●ポ遊びは風呂あがり、自分を鼓舞するためによくやりますが、それは健康な成人男性なら誰しもやってること、ですもんねえ？　ノーカウント！

下品と芸術……その違いがわからないまま、もう結構ないい歳になってしまいました。改めて芸術とは何か？　と考えてみると、一般的には「一貫した高尚な精神性に裏付けされていて、なおかつ少し難解な部分が残る表現」の意であり、つまり、なんかやった後またはやる前に、「めんどくさい言い訳」をこれでもかと付けておけば、それはなんでも芸術に昇華し得る。あとは、おっかない顔でやっとけば大体のことは芸術で通るものである。チ●ポペチペチ遊びをする際にも自宅でやらず、水戸芸術館を一カ月借りきって「有機世界の終焉と脱構築のための外性器インスタレーション〜1／fゆらぎ」とかもっともらしいタイトルを付けて開催。チ●ポペチペチ遊びと識者（誰でもいいけどヒマそうなゲイリー・ニューマンとか）によるパネルディスカッションを一体化させとけば、入場料8千円ぐらいは取れるのではないか。今後の人生、そっちの方向にシフトすることによりガンガン搾取していきたい（猛烈に甘い考え）。

そういえば、20代の頃付き合っていた彼女が、90年代初頭にラフォーレ原宿の本屋で立ち読みしていたところ、何の変哲もないおっさんから「僕は芸術家なんですが、セックスしませんか？」と言われて、その脈絡の無さを超越した力技にビックリしたそうである。当然「バカじゃないの？」と思われただけでおっさんのナンパは失敗に終わったようだが、その玉砕精神こそが芸術の本質なのかもしれないと思うのだった。何がいいたいかわからないとは思いますが、現場からは以上です（チ●ポを手動で回してヒコーキ遊びしながら）。

（2016年）

紅白歌合戦について考える（2年ぶり3回目）

なにーーー、紅白歌合戦だと!?　けしからん！　そんなものを見たいのか君たち!?　心が歪んでいないか!?　平和の象徴である歌を戦いの道具にするとは何事だ!?　殴り合えよ！　純粋に！　年末年始ぐらいノーガードで男女が鼻血出しながら殴り合う醜い光景を、ビール飲んでカルパスとか食いながら爆笑しつつ見てみたい……それが人情ってものじゃないのかね!?　コブクロのデッカイ方が高い身長から繰り出す殺人パンチが上半身裸の天童よしみの顔面を直撃ボッコボコ！　鼻血をブワーッと噴き出し紅組らしく顔面真っ赤に血まみれになった天童よしみが、ウガー！　という咆哮とともに息を吹き返しメリケンサックをはめた黄金の右でズバーン！　とコブクロの金玉ブクロを殴打！　ブクブクと泡を吹きサングラス越しに白目をむき（※白組であることをここで主張）、もんどり打ってマットに沈むコブクロのデッカイ方！　そして負けた方は潔く奥歯に埋め込まれた自爆装置を噛み締めその場で爆死！　こんなんだったら絶対見たい！

……ていうか、そんなこと言ってもねえ？　実現不可でしょ？　まぁカタイこと言わず、今年も紅白歌合戦楽しみますか！　多分殴り合いパートも爆死もないと思いますがまぁしょうがない！　多少死人が出たほうが盛り上がるっちゃー盛り上がるけど、現代はコンプライアンスとかうるさいですし。シレッと人の生き死にを毎晩放送して視聴率ガンガン稼いでた昭和のテレビはホントよかったな〜（編集部注：そんな事実は一切ありません）。で、誰が出るの、今年は？　灰野敬二？　メルツバウ？　え？　……どっちも出ないの⁉　ダメじゃんそんなの観る価値ゼロじゃん！　灰野さんは呼んでも来てくれない可能性大だが、マゾンナとかなら曲も短いしテレビ向きだし……出ないですかそうですか。

インキャパシタンツも出ないものを国民的番組といっていいのかは甚だ疑問ではありますが、紅白はノイズ界ではなく芸能界だけで回していく番組のようですので、これ以上出演者のセレクトに野暮は申しません。とはいえ、このままでは最悪につまらないいつもの紅白になってしまう。ということで、一手間加えた「ちょい足し紅白」をいろいろ考えてみました。これで紅白も人気盛り返すんじゃないでしょうか？

・**北島ファミリーによる「腑分け」**…サブちゃんの生体解剖をジョージとのぶえが泣きながら。その間サブちゃんは「まつり」を熱唱（局所麻酔だから多分出来る）

・**ピコ太郎とすし太郎の「太郎対決」**…今年話題のピコ太郎とすし太郎a．k．a．サブちゃんがどっちが本当の太郎かを巡って酢飯の冷まし勝負で対決。サブちゃんはデカイうちわで、ピコ太郎は素手またはパイナップルペンの圧倒的ハンデ付きで。

・**的場浩司と釈由美子の「ちっちゃいおじさんの話」**…最初は笑って聞いていたNHKホールのお客さんもその真剣な話しぶりに次第に引いてきて……？

やっぱダメだ！　いくら俺がここでアイデア出したって今年の紅白には間に合わねえ！　もう紅白見んのヤメ！　裏番組に期待！　やっぱ大晦日はテレ東の『食人大統領アミン』と『食人族』と『八仙飯店之人肉饅頭』の食人映画3本立てで決まり（※編集部注：テレ東をバカにしすぎです）！　カーニバルに対抗できるのはカニバルだけ！

（2016年）

ハロウィンは終わらない

（渋谷の路上で軽トラをひっくり返して）祭りだ祭りだ、ハロウィン祭りだ〜〜ッ！　今日なら多少の犯罪も、「集団心理ってことでしょうがないですよね〜」とノーカウントだっちゅーの〜〜ッ！　よし、軽トラ、もう何台かひっくり返すぞ！　みんなの力を合わせてがんばるぞー、オ〜〜ッ！　ハアッハアッ、あれ……？

……もしかしてハロウィン、もう終わってる!?　ちょっと待っていま何月!?　え！　11月!?　（軽トラと間違えて半グレのベンツをたった一人無我夢中で持ち上げようとしていたところにギンギンの状態で持ち主登場）いや、あの、これはその、ハロウィンでして、もちろんこれは集団心理によるもので……いや、見渡す限りハロウィン続行したままなの俺一人しかいない……あ〜〜れ〜〜〜拉致られる〜〜〜（渋谷円山町に消えゆく声）（数日後、華麗に松葉杖をつき包帯ぐるぐる巻きで再登場）小芝居、お楽しみいただけましたか!?　いや〜、しかし今年のハロウィン盛り上がりましたね（絶妙に時期外れな話題を嬉々として持ち出して）！　渋谷が一躍全国から選りすぐりのバカが集う街になり、11月になったいまも渋谷に集まるのは口の端から大量の涎を垂らした者ばかり！　チャックからチ●ポもハミ出がち！　溢れる性器、しまおうともせず！　きっと皆さん、ハロウィンが終わったこと、まだ気付いてないんだと思います。

渋谷に限らず、一部の人々の間ではまだハロウィン続いてますからね。森嶋猛がタクシー運転手殴って捕まったりとか。あれもね、ハロウィンだと思う。【生活費がないから家から18000円タクシー代かけて新宿歌舞伎町の知ってる店の人に金を借りに行って、金貸してもらえなくてタクシー代払えないから、運転手にグーパンチして乗り切ろうとする人】……という、「地味ハロウィン」です。地味過ぎて、ちょっと、伝わらなかった。

逮捕された時に森嶋がALL STARの黒いスウェットを着ているのも、「金がなくて電車賃ないから新宿まで行くの無理だな、どうしよう……そうだ、タクシー乗って行って、行きつけの店の人に生活費借りるついでに、タクシー代も借りちゃおう！」という、バカの思考パターンを持つ人が好んで着そうな服、というコスプレなんですね。実に、地味ハロウィン！　森嶋が捕まったのが11月4日ですか。森嶋、ハロウィン終わってたことに気づかなかったんでしょうね。多分そんな感じ。

俺が書くマン★コラムでは、これまでにもよく森嶋猛が登場していました。NOAHも全日本プロレスも正統派すぎて試合はほぼ観たことがないのに、恐らく将来的になにかやってくれそうな匂いを、その笠木忍似のルックスから感じ取っていたのだと。なのでこの際、どうしたら森嶋猛が復活できるか考えてみたい。

【①笠木忍のそっくりさんタレント】そっくり館キサラにニュースター誕生の予感!?

【②笠木忍の代わりにAV出演】ルックス的にもうそれほど似ていないので極太親父の再来に!?

【③覆面レスラーとして復帰】笠木忍マスクとして。相手はメカ笠木忍（中身はアポロ菅原）

一度罪を犯した者に、社会の目は厳しい。だが、俺は森嶋猛がきちんと罪を償い、いつの日か立ち直ってくれることを信じている。2代目笠木忍として、強く生きていって欲しい。

（2018年）

不確定不申告

（角材をブンブン振り回して）確定申告考えた奴、殺す！　あああもう面倒臭すぎて柱に頭ガンガン打ち付けそう！　やりたくねえ〜〜〜（泣）！　確定申告しないで済むんだったら人殺しとブスへのク●ニ以外だったらなんでもしますから！　大体確定申告ってなんだ⁉　シンプルに分解すれば「確定したことを申告する」ってことだよな？　つまりいま俺は「不確定」ってことか⁉　なんだ、「住所不定無職」の体のいい言い換えみたいな感じか⁉　クソッ、人を無職呼ばわりしやがって！　無職じゃねえよバカ！　こう見えても立派にビッグイシューの販売業などを営んでいる！　その他リヤカー引いてアルミ缶集めて売ったり等、多彩な才能を発揮！　家だって川の畔にブルーシートで覆われたダンボールハウスで雨風しのいで……え、それって無職とほぼおんなじなの⁉

現代社会は不確定に厳しい。俺自身、不確定がにじみ出ている見た目（裸＋筵＋猫のトイレ臭）のせいか、銀行に行けば入口あたりにいるベテラン女性行員から「おい！　ここはお前みたいな不確定が来るところじゃねえんだよ！　50にもなって自動車の運転免許持ってねえ奴となんら確定してねえ奴は福岡西区じゃ社会人って言わねえからな、バーカ！　お前に発行する預金通帳はねえ（次長課長河本のキメ顔で）！」と罵倒され、道路工事の警備員からは「不確定が感染っからこっち来んな」と赤く光る棒でゲラウェイの仕草をされ、花見のために公園に行っても「不確定のくせに芝生んとこ座ってんじゃねえよ」と便所の真横のビチャビチャなところに移動を促される始末。このままでは「確定でさんがなんで悪いとや！」と絶叫し猟銃を発砲&手近な高校に立てこもりかねない。だが確定申告するぐらいならブスが飲んだマグカップの縁にこびり付いた唾液で出汁をとったブスエキスホルモンラーメンを食って死んだ方がマシ！　ああああ俺はどうすれば!?

【①税務署に駆け込み全力でバカのふりをする】「かくていってなに!?　ボクちゃんわからない！」と言いながらワンワン泣き出し、背中を地につけ両手両足を天に向けジタバタする。泣き疲れて税務署職員の膝で眠る頃には見かねた誰かが仕方なく確定申告を代わりにやっといてくれるはず。大人の涙はタチが悪い。

【②近所の勉強ができる高校生とかに頼む】旧制一高レベルなら確定申告など容易いはず。御礼（ドカベン21巻×5冊セット、またはおまんじゅう等）も大事なので忘れずに。

【③確定申告などこの世にないと思い込む】腕のいい催眠術師の元を訪れ、数万円を支払い「この揺れる五円玉を見つめてください～、あなたは～確定申告というものがこの世に存在することの恐怖から解放されます～、ハイッ！」と強い催眠をかけてもらう。見事成功しても、時々それに似たタームを聞いて何故か脂汗が止まらなくなることがありますのでご注意を（※カクテキ、カク田信朗等）。

それから、これはリアルに確定申告しなくて済む方法がある。それは【一般企業で正社員になること】。こんな何かにつけチ●ポチ●ポ言ってる下品なコラムを書くことを一切やめて、就職すれば税金の申告は会社が勝手にやってくれて万事解決！　……でも真面目な仕事をすると興味のない会議でバリバリに寝てしまうタイプなので、えー確定申告やります……やればいいんでしょ(泣)！

（２０１８年）

冬将軍VS半袖

大変だー！　冬だー！　ついこの間までTシャツ（胸にデカデカと「妻殴り」と書かれたワイフビーターのやつ）＋Tバックのパンティ（Ｔ－ＢＡＣＫＳ千葉ちゃんの使い古し）でどこへ行くにも十分（法事には黒いTバック着用&陰茎もコールタールで黒く塗布）だったのに！　急に寒くなりやがって！　どうしてくれるんだよ、俺長袖の服一枚も持ってねえんだぞ！　唯一の長袖だった親父の形見の金ピカスーツも、省エネルックが流行ったとき半袖&半ズボンにカットオフしちゃったし！　羽田孜元首相が憎い！

よし！　長袖なんてそんなダルいもん着るのは性に合わん！　ここはひとつ、摩擦熱で対応！　右手で左腕と左足の、左手で右腕と右足のそれぞれ肌露出部分を高速で擦ればいいと思うの！　球場のベンチでこれやるとすごい忙しないブロックサインみたいに見えて誤解を招くけど！　それもまた味！　では！　寒いので、いまから高速で肌を擦り合わせま～す！　シュシュシュシュシュシュシュシュシュシュシュシュシュシュシュシュシュ、ってアッツッッ！！！！　おいコラ摩擦熱！　テメエ殺す気か！　一気に肌の表面温度500℃くらいになったじゃねえかバーロー!!　丁度いいあったかさになんねえのかよ！　俺が低温やけどで死んだら責任とれんの!?

（高田馬場に大量に落ちていたコアマガジンのゾッキ本を燃やして暖を取って）やっぱ暖房にはエロ本燃やすのが一番だな！　なんつうの？　熱がやわらかいっての？　な～んか、い～んだよね！　摩擦熱と違って温度調節が利くエロ本焚書暖房はワンランク上！　焚き火の近くに寄るとォ～、アッツッッ！　でも、丁度いい距離を保つとォ～、コンファタブル（頭上で○を作り矢崎滋が「まる～！」というときの表情で）！　今冬のライフスタイルはこれで決まりっしょ？　俺、死ぬ時はエロ本焚き火で処刑されてえた！　男の夢！

でも俺、本当はエロ本って燃やすより読む派（アマチュアガールのバックナンバーを難しい顔で熟読）。日本のエロ本といえば、いまや世界にその名を轟かす文化遺産。燃やしたりなんかしたらバチが当たって陰茎の先端にでっかいデキモノができちゃうなんてこともよくある話。痛いのよねあれ。性病はもう嫌！

というわけで今回は、エロ本を燃やすことなく、はたまた肌の露出部分を摩擦熱で火傷することなく、いい感じに冬の寒さをしのぐ方法を3つ考えてみました。

【①おとなしく長袖の服を着るのは癪なのでちょっとしたオリジナリティを追加】エロ本を丁寧にのりで貼り合わせてスーツを作成！　読めて・着れて・ヌケる！　おまけに暖も取れる！　いいことずくめ、のようでいてそのまま外出すると高確率で逮捕です。

【②おとなしく長袖の服を着る】ユニクロのスウェット上下地味な色のやつを購入&着用。それだけだと面白くないので、手元にハンカチをかけるとあら不思議、警察署に勾留されてる人の差し入れされたファッションに早変わり！　うつむき加減ですまなそうにすると完成度UP！

【③半袖シャツを30枚ぐらい重ね着】部分的にあったかければ多分なんとかなる！　下半身にもTシャツをひっくり返して30枚穿く！　結果、陰部はモロに露出するがやむを得ず！　気合だー！

で、もうどうにもならない場合、アフリカのどっかに引っ越しまぁす！　目指せ裸族！

（2019年）

2019年の抱負

2019年になりました！　気分はもう未来！　飲むだけでおち●ち●がカッチカチに固くなる魔法のクスリがなんと数千円で買えてしまういい世の中！　いやはや、長生きはするものです（陰茎の先っちょをニベアでやさしく保護しながら）。

2019年の抱負？　そうですね、今年こそは体の一部を軽くメカ化することを君たちTVブロス読者に誓う(泣)！　何故なら来年は東京オリンピック開催イヤー。海外から観光客が大量にやって来るわけじゃないですか。そうしたときに右手にサイコガンのひとつも移植しとかないと絶対ナメられるでしょ？　奴ら常日頃から思ってるわけ。「オー、ニポンジン、チ●ポチッチャイネ！」と。磯丸水産で隣で飲んでたら絶対そんなこと言ってるわけ、わかんないように英語でリトルペニス！　とか言って。とはいえ、外国からの屈強なボディのお客様相手だと100パー殴り負ける。そんなときはサイコガンを容赦なく発砲！　それかサイコガンの先端の硬い部分でしこたま殴打！　不良外国人、どんとこい！

え？「右手をサイコガンにしてしまったら、オナるとき困んだろ」って？　ご心配なく！　センズリタイムは左手派！　一切支障なし！　でも、同時に右手で自分の乳首をいじりながらでないと、イマイチ気分が盛り上がんねんだよなぁ……ということは？　サイコガンで乳首に当たるか当たらないかスレスレのところをズビーッ！　と撃って？　先端にいい感じのヒリヒリ感を送ってワンランク上の乳首いじりするという手も!?　う～んどうでしょう（長嶋茂雄の声マネで。ミスター早く元気になって！）!?　いや、俺不器用だから絶対乳首本体ごとサイコガンで撃っちゃうに決まってるしなぁ……。絶対乳首焦げるし……ってことは、乳首ドス黒ってことじゃん!?　みんなから「おぅふ！　あ、遊んでるね～」とか思われちゃうじゃん!?　それでは「陰茎の色は漬物石並みにダーク、でも乳首はピンクな清純派」で通してきた俺の平成30年分の歴史に傷がつく！　右手をサイコガンに魔改造したばっかりに、乳首も股間も引くぐらい真っ黒という風俗のハズレみたいな存在に成り果ててしまう！　サイコガン、ダメ、絶対！　あああ～、では俺の右手は2019年、何に改造すればいいの!?

【①耳かきの逆の方に付いてるふわふわのやつ】あれね！　高速でさわさわすると天にも昇る気持ちだよね！　あ、でもあのふわふわは多分小動物の毛かなんか！　メカではないので泣く泣く却下！

【②ささら】フライパン洗うのに使うやつね！　プロユース！　あれで乳首をゴリゴリすると……感触ハードすぎて乳首もげる！　それに竹製！　やっぱりメカじゃないんで却下！

【③タコの吸盤】乳首吸われんの好きなんだよね俺（知りたくなくても知らせる真実）！人間の女性が吸ってくれるのが一番なんだが、オナタイム時はタコで代用可！　キュポッ！　チュバッ！　う～んなんもいえねー、いや、やっぱりメカじゃない！　でも気持ちいいのは事実なわけで!?　あああ～俺はどうすれば!?

……まぁね、所詮たられればの話ッス（遠くを見つめてタバコを吸って）。

こんなことね、わざわざ連載原稿で書くことではないの。オリンピックイヤーに磯丸水産で隣に座った外国人からスモールペニス！　と罵倒されたら、そいつの飲んでるレモンサワーに目薬とか入れて倒したいと思います。今年もよろしく！

（2019年）

脳の中身が春ラ・ラ・ラ！

世の中、おもしろいものに溢れてますよね！　例えば、ウグイス！　あれ、マジで「ホーホケキョ！」って鳴くのね！　ここ数十年都会に住んでたんで生まれてこの方マジウグイスの鳴き声聞かずに生きてきたんだけど、４年前に福岡の田舎引っ越してきて、最初鳴き声聞いたときもう腹抱えて笑っちゃった！　笑いすぎてしばらく立てなくなって！　だって、「ホーホケキョ！」だよ？　ワンセンテンス、長すぎじゃない？　犬なら「ワン！」。猫なら「ニャー！」。それに対して「ホーホケキョ！」って！　長え～。超バカみたい～。そりゃ江戸家猫八も真似するよね～。正月番組でやったらドッカンドッカン笑い取れますわ。しかもあれ、「ホ～～～」でかなりタメるでしょ。んで、タイミング見計らって「ホケキョ！」……もうダメ。ウグイス、あいつらマジセンスあると思う。

前振りをタメればタメるほど、なんでもないオチが生きてくるという事実。それを我々は先人の芸から学んできました。ザ・ぼんち、おさむ師匠の「おさむちゃん～～～～」からの、「でーーーーーーーーっっすっっっっ！！！」。あれはまさに、ウグイス。ウグイスが鳴くのを見ていて（ハッ！　これや！）とおさむちゃんが思いついたか、或いはおさむちゃんがメッタメタにタメているのを野外の営業かなんかでたまたま見たとある一羽のウグイスがおさむちゃんからインスパイアされて、「ホ～～～～」のタメを飛躍的に伸ばしていって、その一羽のウグイスの遺伝子が全国的に伝播していき、１９８０年くらいからそれまで以上にウグイスがこれ見よがしにタメて鳴くようになったか。ウグイスが先か、おさむちゃんです！　が先か……マジで気になるところです。はい、そんなこと気になっているのは多分いま日本で俺ともうあと2人ぐらい（具志堅用高と輪島功一）だとは重々承知しておりますけども。

自分たちの種族の鳴き声、ワンフレーズがなんであんなに長いのか、ウグイス自身、考えたことあんでしょうか（当然ない）。やっぱあれじゃないですか、人間でも主張したいことの多いやつが話長いわけで。きっとウグイスも、ああ見えて言いたいことが沢山あるんだと思います。では、ウグイスは「ホーホケキョ！」という鳴き声の中にどんな主張を秘めているのか？　ウグイス語翻訳のスペシャリスト・掟田奈津子（思い切りのいい誤訳でおなじみ）が今宵、徹底解説！

【①啓蟄《けいちつ》っていやらしい言葉かと思ったら違うのな！】「チツ」を含むキーワードに敏感なのは人類も鳥類も一緒！　鳥類にもチツはある、だからこそ！

【②漫画ゴラクの風俗情報はフカシが多いから注意！】鳥類にすら伝わっている漫ゴラ名物エロ告知ページの不確実性！　カケアミの荒い白黒ページだけですべてを判断した俺も悪いですけども!?

【③いきなり！ステーキの社長とDr.コパって顔似すぎじゃねえ!?】「同一人物？　同一人物？　ねえこれマジ違うの？」という疑念がずっと晴れないため、自然と「ホ〜〜〜〜？」が長くなっている。あの2人、ホントに血縁ないの？

……考えれば考えるほどわからない。なので、今度道端でウグイスに会ったら直接聞いてみます。おい、ウグイス！　ホーホケキョの本当の意味を教えるか、潰してハンバーグにされるかのどっちか選べ！

（2019年）

ほのぼのレイワ

皆さんにお知らせがあります（全裸でステージの上から豚の臓物を投げながらメガホン片手に）！　新元号は令和です！　令和の～！　令っ（全身を使って令の字を表現＆そこはかとなくゴルゴ松本の命のポーズに酷似＆そして多分本家ゴルゴ松本が絶対営業ネタでもうやっている）！　新元号になりましたが、ギャグセンスは平成のまま！　このコラムも若い人が読んだらきっと宇宙語レベルに意味不明！　でも泣かないで生きていきます。ウ●コも滅多に漏らしません（月2回程度）。

ていうか、令和ね！　文字面がいいですもんね！　なんつったって「令」の字が入るAV女優には巨乳が多い（本当）。中森玲子、山口玲子、どちらも非の打ち所のないドスケベギャルじゃないですか（サンプルが2例しかないことに激しく目をつぶって）。うちの嫁と結婚した第一の理由も「おっ、山口玲子激似！　これは間違いなく乳輪がおっきい顔！」ということでしたし！　俺好みなんですよね令の字ってね！　そこへ来て「和」でしょ？　「和＝輪」、つまりこれも乳輪を意味しているに違いない！　つまり令和という新元号から受ける一般的な印象といえば「山口玲子のデカ乳輪」。少なくとも菅官房長官は発表時「うっわ、なんかエロいのに決まったじゃん」と思ったんじゃないかなぁ。俺もう、字面だけで興奮しちゃって！　あの菅官房長官の「令和」の額縁持ったところで何遍ヌイたかっちゅうの！　大体菅、目が半開きでアクメ顔でしょ（カルチャー顔並の酷い決めつけ）。それにそもそも「官房長官」ってポスト自体が乳房の「房」がこれ見よがしに「房！」って付いてる上に、長官ってのも浣腸の逆さ言葉みたいで、なんだか、エロいよねえ!?　スガ、スガ、スガ、スガ、スガ、スガ、ス・ガァ〜〜〜ッッッ（発射）！……ふぅ〜、一発ヌイて冷静になってみると「俺なんでこんな『あずみ』の小幡月斎みたいな小山ゆうが描く悪人顔のおじいさんに興奮してるんだ？」と思うんですが、まぁこれも新元号の魔力ってやつなんじゃないでしょうか（適当）。

で、平成までは有効であっても、新しい時代には意味を徐々に喪失し、いらなくなってしまうものってあるんじゃないですかね？　いまこそ3つ、そういうのを考えてみましょう。

【①俺】　俺かよ!?　「こんなチ●ポと言いたいだけの汚い文面をＰｅｒｆｕｍｅさんと一

緒の雑誌に載せるのはいかがなものか」と新規ぱふゅヲタからクレームが⁉　確かにこんなウ●コラム、令和の時代にはＡＩロボットのハロボくんにでも書けそう！　あ～れ～、機械に取って代わられる～！

【②俺】また俺かよ⁉　ロマンポルシェ。のステージでは約2分の1の確率で素っ裸＋出刃包丁でキャベツを千切りしているが、そろそろ普通に通報されてもおかしくない！　これが噂のチンポライアンス、否、コンプライアンスというやつか（平成中に全力で使い古した表現）⁉

【③俺】結局俺かよ⁉　齢51歳、若い頃なら何か放縦な行いをしても「まぁ若いからしょうがないか」と許されてきたものが、部長クラスの年齢なのでいちいち責任問題に発展！　平成の世の中なら泥酔して全裸で電車乗っても大丈夫だったんだけどなぁ（それは平成から既に違法）。

時代に取り残される程度で済んだらラッキーだと思うことにします。逮捕、イヤ、ゼッタイ！

（２０１９年）

補足　このコラムも結構前からＡＩが書いています。

ケイゲンゼイリツ(コマネチのポーズで)!

ケイゲンゼイリツって何!? なにそれなんか難しい話!? 誰か頭の良い人連れてきて～! 山手線の駅名全部言える利発そうな子供でも可～! ケイゲンゼイリツのこと教えてくれたらおいちゃんが代わりに雌しべと雄しべの受粉システムを人体模型使って具合良くコーチングしてやっから! なんならおいちゃん口でピチャピチャ擬音入れっから! 頼むよォ!

なんかみんな言ってんだよ!「10月から混乱して大変なことになる」って! なんだ「混乱して大変」って! 10月からじゃなくてとっくに混乱して大変だろ、最近の氷川きよし! なんか本気で可愛く見えてきて困るときあるじゃん!? あれはいいの!? 始球式のときヤクルトスワローズのユニフォームにピッチピチの短パンで出てきて、ヤクルトの選手全員目が点になってたじゃねえかよ! ってことは10月んなったら更にアレか、氷川きよしのファッションが攻めすぎて大変なことになる、それがケイゲンゼイリツってことか!? なんかアレだろ、8%から10%になるっつうんだろ!? パンツの食い込みが8%から10%に!? もう既にそれパンツじゃなくて紐じゃねえのみたいな!? ズン、ズンズン、ズンドコきよしグイィィッッ(ウッ!)! 漏れる! なんか出る! 僕のめんたいこッッ！　可愛くなった上にめんたいズンドコ全漏れサービス⁉　そりゃ大変！　え？　「8％の場合と10％の場合が混在する」だと⁉　じゃあいつでもどこでもきよしのめんたいこがズンドコするってわけじゃないんだな⁉　プレミア感で勝負ってこと？　やるな、きよし！　増々好きになってしまいそう！　「今日は10％きよし（強烈な食い込み）です！　箱根十里の半次郎（グイィッ！）！」ファンのおばさんたちキャー！　「今日は残念、8％きよし（ソフトな食い込み）です！　しかし！　途中から10％に確変（めんたいこ徐々にクッキリ予告からの短パン破裂してドバーン！）しちゃうかも（グイィィッッッ！）！」ファンのおばさんたちやっぱりキャー！　なんだよ、ケイゲンゼイリツ8％も10％もどっちもいいじゃねえかよ！　もうなんかドキドキするもんね！　うおおおお10月が待ちきれな〜い‼

……そういうことではないですね。だと思いました。冷静に考えたらきよしのめんたいこ出ちゃったら社会的にアウトですもんね？　じゃあなんだ⁉　一体何が10月から10％になるんだ⁉　適当に考えてみました！

【①ヤクルトスワローズ選手のユニフォームパンツの食い込みが10％に】氷川きよし始球式の影響がこんなところに！　セ・リーグ最下位脱出の足がかりはパンツ食い込みによる客足増加から！　間違ってないね！

【②ヤクルトレディの制服の露出度も10％に】スーパーでヤクルト類似乳酸菌飲料を安価

購入したら損！　どうか手売りで買わせてください！

【③ヤクルトの乳酸菌量が10％に】マイナーチェンジで便意も2％分アップ。

ってていうか、もう、本当は違うんだけど氷川きよしの短パンの食い込みが10月から10％にケイゲンゼイリツ！　ってことでよくない？　今季もヤクルト弱すぎだから、毎日氷川きよしの始球式がワンセットってことで人気だけでも上げていきたい！　なんならもう氷川きよしの体に智辯和歌山の髙嶋名誉監督の脳移植して監督就任＆ハーフタイムめんたいこショーをワンセットにすればヤクルトの黄金時代は揺るぎないと私は考えます！　きよしイチオシ（ヤクルトの監督に）！

（２０１９年）

まともなことを考えるのに向いていません

ギャー！　もうあたまおかしくなりそう！　あのね、いま確定申告やってんですけど（激遅）！　新型コロナの影響で〆切延びたってんで、本来3月15日までのところ、6月15日のいまやってんの！　あのね、事務手続きとか正確な数字の記入とか変な計算とか、そういうちゃんとしたこと俺が出来ると思う（みかん汁をつけた面相筆で己の乳首をめちゃくちゃさわさわしながら）!?　そういう、会社勤めの人が得意とするまっとうな事務手続きが出来ねえから、こんな男性器&女性器の名称をシャッフルして文章に盛り込むことで富を得るっつう特殊業務を発明して今日に至るわけ。出・来・る・か、っつーの！　もうね、確定申告のやり方書いた冊子をちょっと読んだだけで鼻血出て気が遠くなってきて。

あまりの訳わかんなさに耳の後ろでコンコルド飛んでるみたいな超音波聴こえてくるもんね。キーン！　つって。（ドン・中矢・ニールセンを前にした前田日明ぐらい冊子に顔面くっつけてガン飛ばして）全面的に訳わかんねえぞこの野郎～。クイズかこの野郎～。何がしてえんだこの野郎～。漢字と数字ばっかりで、娯楽要素ゼロ！　今時よ？　難しいことは全部マンガとかになってる時代よ？　それなのに確定申告お前、わかりやすさ完全放棄してんのはどういうことよ？　やる気にさせる工夫がねーんだっつの！　なんかあんだろ、一個の項目にちゃんと数字記入出来たら、e－TAXのキャラが漫画ゴラクで『フシダラ』描いてたLINDAの作画に変わって脱がせる麻雀ゲームの要領で着てる服1枚ずつ脱げてって最終的にはアワビがドーーーン！　とかそういうサービスが。努力の結果アワビ出んなら俺もそこは尋常じゃない努力するよ？　え、ダメ？

欧米ではよ、出来ないことをがんばって全体的に平均点にもってくよりも、出来るところを伸ばす教育するっていうじゃあないの。確定申告もさ、そういう方式でよくない？税務署の窓口行って「えー、税の計算とかそういうの苦手なんで、じゃあ代わりにボクのいいとこ見て下さい！」って言って口から垂らしたツバの粘度で床に置いたせんねん灸をシュパッ！　と取ったりとか（※練習中です）。一芸入試じゃなくて一芸納税。これ出来たら確定申告免除！　みたいな。そういうやさしさが必要だと思うな、いまの日本社会には。

「それさえやれば確定申告しなくていい」って条件あったら、大体のことはやるよ俺は。牛次郎の家にピンポンダッシュ2万回とか。ビッグ錠の家とセットでもやり遂げる自信はある。牛先生ビッグ先生、両巨頭には何の恨みもないけど、それで確定申告しなくていいってつうなら俺は、やる。「牛先生、すまねえ」「『やる気まんまん』最高です」ってリスペクトは忘れない。でもそれとこれとは別。

ていうか誰だよ確定申告考えた奴！　佐藤栄作or佐藤B作で言ったらどっちの方だ!?おい、B作！　栄作死んでっから取り急ぎなんとなく責任取れ！　で、CMで見るたび作務衣&頭部日本手拭いなのどういうことだ!?　「趣味で蕎麦打ってます」みたいな服装しやがって！　関係ないけど『トイレその後に』のCMは名作！　いまもトイレ入るたびに貴方のことを思い出してます！　ありがとうございます！

この世から争いと、確定申告がなくなる日は必ず来ると信じている。Ｐｅａｃｅ。（２０２０年）

紅白歌以外のもので合戦

紅白出てえぇ〜〜〜〜!! 出させて下さいよ！ もう紅白何合戦でもいい！ 紅白メリケンサックでドツキ合戦でもギリＯＫ！ 早く鼻骨折れたほうが勝ち的な!? 流した鼻血がピッチャーいっぱいになったらそこからくるくるバットで１００ｍ全力疾走的な!? このフラフラが目が回ってる由来なのか失血由来なのかわからんところがな〜んかイイ！ 達成感あるよね！ でもそれだと紅白終わった段階で高確率で無言の帰宅になってしまう可能性大！ じゃあ違う紅白にしよう、紅白なんだ、何だったらこう、グッと来るのかな俺の性癖は!? 紅白ひよこのオスメス見分け合戦とか!? カラーひよこ（紅）＆カラーひよこ（白）の性器に興味しんしん丸！ もう人として練れて来ましたんでね、人間の性器よりも小動物のあるかないかわかんない外性器のほうに雅を感じるお年頃！ （紅いひよこのお尻周辺で深呼吸して）クンクン、クンクン、ウッ！ こっちのほうがちょっと酸っぱい臭いがするからメスだ！　ハァッ、ハァッ、あああ〜〜〜、もうたまんねえちょっと便所行ってきます（嗅ぎ分けた結果メス判明したカラーひよこと多目的トイレにこもること25分）……やっぱ入んないね。これ以上やったらひよこ死ぬ。俺ね、性欲を抱くのに遺伝子の違いはさほど気にならないタイプだけど、やっぱサイズの違いは乗り越えらんないわね。よし、家帰って写経の代わりに『夫のちんぽが入らない』を大学ノートに全文書き写すっぞ！　では、シュプレヒコ〜ルッ！　夫のおォォ〜〜〜、ちんぽがァ〜〜〜っ……………入らないッッ（尻を突き出し振り返ってケツ元で大きなバッテンを作って夫のちんぽが入らないオリジナルポーズを決めながら）！！！

……なんの話だっけ？　ああ、そうそう、紅白紅白。何合戦じゃなくて歌合戦のほうの出場者決まったんですってね。いつも同じメンツになっちゃって発表になってもドキドキってもんがないっすわ。このままじゃ紅白のためにも良くないと思うの。今こそ抜本的に紅白改革を！　時は来た！　それだけだ！　面白さ優先でメンツ決めよう！　じゃあ、司会はタージンと桃井はるこでいいですね？　なにわ枠、モモーイ枠、様々な層を取り込んでかないと。放送局もＮＨＫから神戸サンテレビに移籍で。持ち回りでやって行ったほうが地元の強力な黒い勢力から資金が出てきたりして、その結果夢グループの人ばっかり出てきたりとか「そういう繋がりかぁ」って言いながら観れて大晦日家族邪推大会で盛り上がれんじゃん。すげーいい時間なのに青い三角定規歌ったりとか。夢あるね〜、夢グループだけに。
審査員も全とっかえで。審査委員長には大宮イチ。あとはマネーの虎のなんかいつも怒鳴ってる関西弁のジジイとか。セットでなんでんかんでん（名前は各自検索）も出す。矢部美穂のかーちゃんも出す。特に意味はないがなんとなくあやしいの集めた風で。有森裕子の元旦那のガブリエルも忘れてはならない。で、一発目に「アイ・ワズ・ゲイ」って言ってもらうのも忘れてはならない。ハーフタイムショーで山田勝己がそり立つ壁どうやっても登れないやつとかも絶対必要。大晦日、家族みんなで早々にあきらめて腕組みしてごまかす山田の顔を40インチ大画面テレビで観てみたい！　時代は４Ｋ（きつい・きたない・ＫＩＮＹＡ〈よめきん〉・きんたま待ち針でつっつく健康法）！

（２０２０年）

補足　毎年この時期になると紅白のこといい加減に思いつきで書けばすぐ原稿埋まるのでラクです。

令和4年、節分に寄せて

ちょっと聞いた!? 2月、節分があんですって! エゲツな! だって、あれ、女性器のメタファーの代表格として知られる豆食べたりとかすんでしょ? そんなもん、女性器祭りってことじゃん!? いいの? 大体名称からして18禁! せつぶん↓せっぷん↓豆への接吻=ク●ニってことですもんねえ!? 露骨に下品! ヒッドい! まぁ百歩譲ってよ、節分が女性器とあまり縁のないものだったとしてよ、今時、「まめ」ってことある!? 歳の数だけ豆食って健康祈願!? うっわ~マジ貧乏くせえ~。ウエェ~~。現代なんだから、もっと他にあんでしょ、歳の数だけ摂取したら健康になるもの。そう、赤まむしドリンク! 100歳のおじいちゃん、100本赤まむし飲んだらも~うすんごい元気になっちゃう! 「カッチカチやぞ!」言うてねえ!? 回春回春また回春! それか一夜にして腎臓壊すかのどっちか! よし、こうなったら応援しちゃう! ってことでチアガールの恰好に着替えて、と! パンティの横っちょからキャンタマはみ出させて、と! いくで~~~! フレ~ッ! フレ~ッ! ガンバレガンバレおじいちゃんの内臓~ッ! 医薬部外品に負けないで~ッ(アルギンZの瓶に純トロを小分けにするバイトに精を出しながら)!

……ってこれ、赤まむし飲んでみたけど10本でももう嫌だな(苦々しい顔で)。全然入っていかねえわ〜。マジ無理〜。じいちゃんには長生きして欲しいからどうしても赤まむし100本死んでも飲ませたいけど、これではちょっと現実的ではないみたい……そうだ！　赤まむしドリンクも色んなフレーバーに変えてみたらいいんじゃないかしら？　21世紀ですし！　なんかあの尿の風味に反映されすぎる甘酸っぱみばかりじゃねえ？　売上頭打ちというかねえ？　ではこれより！　人類史上何回目かわかんねえ節分を記念しまして、赤まむしドリンクの味変コンテストを開始したいと思う！　赤まむしのメーカー各位、これ読んでたら参考にしちゃって！

●赤まむしドリンク・コーラ味（みんな大好きコーラ味にリニューアル！　よく振って射精後の膣内に入れると避妊効果ありとの噂も!?）

●赤まむしドリンク・酢味（中身を酢に替えておくだけ。飲むと体が柔らかくなるとの噂あり。今後サーカス団に入ろうとしているおじいちゃんにオススメ）

●赤まむしドリンク・キャロライナ・リーパー味（300万スコヴィル超の超激辛唐辛子混入でバリバリ刺激的！　おじいちゃんの寿命がこれ一本で止まってしまうかも!?　おもしろ激辛ペヤング同様、攻め過ぎで大量消費に向かないため後にドンキで叩き売られる）

●赤まむしドリンク・コーンポタージュ味（自販機の「あったか〜い」のところに。後にドンキで叩き売られる）

●赤まむしドリンク・しょうゆ味（もちろん原液。一本飲みきるだけで腎臓破壊）

●赤まむしドリンク・レッドブル味（どこが変わったかよくわからない可能性も。赤まむしのヘビーユーザーによると「多少すっぱい」らしい）
●赤まむしドリンク・リポビタンD味（やはり「多少すっぱい」らしい）
●赤まむしドリンク・スーパー勃起MAX（素直にバイアグラ入れときました）
●い・ろ・は・す　赤まむしドリンク味（ほぼ水）
●赤まむし静注用300mg（もう面倒なんで点滴で）

こんだけバリエーションあれば100本イッキも夢じゃない！　おじいちゃんたち、よかったね！

（2022年）

毎年恒例！　3月のビッグイベント！

皆の者〜〜〜！！！　今年もやってきますぞ〜〜〜！！！！　皆さんお待ちかねのビッグイベントがまたしても到来しちゃうのよ〜〜〜ッ！　もうおわかりですね？　そう！

『啓《けい》☆蟄《ちつ》』どぅえっっす！　春が来て、地中で冬眠していた虫が這いずり出すやつが今年も、ク・ル～～！　テンション爆上がり！　つまりあれでしょ、地面の至るところから何万匹もの虫がチンアナゴみたいにヒョコッ！　と飛び出しちゃうわけでしょ⁉　グロッ！　キモッ！　そんなグロキモイベント、俺が一番好きなやつじゃん⁉　そんなん見たらちょっと冷静じゃいられません！　絶対オシッコちびっちゃう！　……でも、リアルタイム啓蟄の現場、見たって人いなくない？　なに、もしかして現実には存在しないイベントなの？　死体洗うバイト的な都市伝説の類い？

わかった！　あれだ、アスファルトだ！　二十四節気が伝来したての頃と違って、今はアスファルトで地面カッチカチに舗装されちゃってっから、虫が這いずり出れねえんすわ～～～。テンションさげ～～～。ダメだよ（ちゃんとした注意）。啓蟄か舗装かの2択なら、我々人類が前者の酔狂さを選択することは火を見るより明らかなの。ぬかるみに車のタイヤハマって出れねえとかちょっと困ったことぐちゃぐちゃでいいの。道路なんかね、頻発するっぽいけど、まぁ、啓蟄の趣深さには代えがたい。虫の冬眠&這いずり出に配慮した街づくり、それがSDGsってことなんじゃないかと思います（言葉の意味をまったく理解していない表情のまま頷いて）。

おい、道路族議員！　なんだ、あの、アスファルトって！　お前らが私利私欲を肥やさんがために啓蟄不可能なアスファルトをあちこちに敷き詰めやがって！　どういうつもり

⁉　啓蟄積極推進派の私としましては、国土交通省前でデモを行う所存！　高速道路とか、はがせ！　全部なし！　それか高速道路も土敷いたらよかんべ⁉　そして3月5日前後は啓蟄のため全部通行止め！　虫の這いずり出にご協力を！

ていうか、虫！　お前らもお前らだ！　アスファルト固いとか文句ばっか言ってんじゃねえ！　そこはひとつ、気合いで通せ！　それかあれだ、お前らが冬眠すっかなと思ったタイミングであの年度末にアスファルト道路意味なく掘ってまた埋める時に使う高速カッター借りてきてやっから、そん時一斉に土に潜れ！　で、その翌年の3月5日前後、丁度年度末の意味無し工事のタイミングでアスファルト切って剝がしてやっから、そこで啓蟄、やっちゃえばいいんじゃん？　どうこれ？　名案じゃない？　……ハッ！　もしや、年度末の3月付近に意味なく道路掘り返して工事してんのは、地方自治体が啓蟄しやすいようにやっていることなのでは⁉　……なんだ、俺が思ってるより、世界ってやさしさに溢れてるんだ……。もうね、涙が止まらない。俺なんかの一時的な思いつき怒りをとっくに先回りして、虫たちにやさしくしてくれていたんだね……。ありがとう！　地方自治体！　素敵な配慮！

……ってことはだよ⁉　啓蟄のひょうきんな様子、道路工事のおじさんたちだけが独占してるってことじゃん⁉　アスファルト剝がして「うっひゃ～！　虫がチンアナゴみたいにピョコーン！　って出てきたべ！　やいや！　おんもしれえの！　ちょっと仕事の手え止めて、ワンカップ飲みながら眺めっぺや！」って啓蟄ショーを肴に昼酒飲んでるってことかもおぅ！！！！　うおおおお俺も道路工事やんねえと！　というわけでそろそろ年度末ってことでインディーズでその辺のアスファルト剥がすのやってきます！　待ってろ、虫〜〜〜！

（２０２２年）

補足　冬眠する虫には色々な種類がいますが、大概は葉っぱの裏とか朽ちた木の中で冬を越すらしく、土中に潜るのは巣で暮らすアリくらいな模様。この文面書き終わって虫の冬眠について初めて調べてみたら、自分が想像する啓蟄像はただの勝手なイメージと判明しました。でも、まぁ、書いちゃったんで。

掟ポルシェの
いつもの●●●なやつ

男の部屋にある定規それは特別な意味を持つ…

大きく息を吸って深呼吸。精神を集中、水垢離《みずごり》を済ませて右手に定規を用意する。また今年もこの季節がやってきた……チ●ポの長さを測る時が！

2代目 奈良林祥の名をほしいままにする私設カリフォルニアSEX研究所所長こと俺・掟ポルシェだが、俺にとって正月とは、おのれのムスコ（カール・ゴッチがいうところの木戸修とは違った意味の）の一年の確認をするその日なのである。まさに一年の計は元旦にあり！ 男の刀と言うものは使わねば錆びていく一方だが、日々鍛錬すれば毎年毎年バッケンレコードを更新することも不可能ではない。大半の男どもは気付いていないだろうが、使用頻度によってサイズそのものは日々増大し続けているのだ。数年前、『週刊女性』のタタキ文を見て大層感嘆したものだが、「これが羽賀研二のナニの実物大だ！」と本誌の幅が羽賀サイズであることをズバリ売りにしていたことがあった。あの日以来、『週刊女性』を観るたびに「チックショオ！ 負けねぇぞぉ！」と異常な対抗心が燃え上がり、コンビニ書店で故意に屹立させては一冊一冊勝負を挑んで警察に通報され、勃起しながら逆ギレして警察相手に「男の勝負なんだよ！ 止めんじゃねぇ！」と嚙みついた俺だったが、さすがに週一で検挙されることに疲労困憊し、そして出した結論が「年に一度、チン長計測メモリアルデーを作って息子の成長を記録・祝福しよう」というものだったのである。

男子たるもの誰しも一度はおのれのイチモツに定規を当てて、チン長計測をした経験があるはず。出来るだけ記録を伸ばそうと極端にナニの根元に定規を押し当てすぎて出血したりする者はザラ、中にはドカベンの殿馬の親指の股のように切開手術を受ける涙ぐましい努力をする者までいた（少し反則）。え〜、定規がイカ臭くなっちゃうじゃん、そんなことしねーよキッタネェ！　とかヌカして、男だけが参加できるこの華麗なるレースに不参加を決め込むヤツは敗北者！　だがもしホントは計測していながら恥ずかしくて申告できないというなら安心して欲しい。みんなやっていることだから。古くは信長や家康もチン拓を採取していたし（※要出典）、ナポレオンも冬将軍と闘いながら毎日チン日誌をつけていた（※要出典）。アントニオ猪木も糖尿病と闘いながら必死に屹立させてデータを採取していたのだ（やっぱり※要出典）。決して独りじゃない。みんな仲間だ！　そしてゆくゆくはＳｕｉｃａと改札の間にチ●コを挟んでも反応しないほど立派に育って欲しいものである。

（２００２年）

イボ痔が痛くて集中力が低下した中で書いたので読み飛ばしてください

この際正直に書かせていただくが……イボ痔になっちゃったヨ！　カッコワルイヨ！　アルシンドになっちゃったヨ！っていうほうがまだマシだヨ！　男たるもの「デッカイことはいいことだ」をスローガンに何事も大きくありたいと心がけ、大きいつづらと小さいつづらが目の前にあれば迷わずビッグな方を選択。２ｍを優に超える巨大つづらの中から古タイヤとかがゴッソリ出て来たりしても泣いてはいけないのが男の子。しかした、イボ痔はデカけりゃデカいほどいてーんだよ!!　カンベンしてくれよ！　泣きたくなくても涙が頬を伝って勝手に流れてくるんだよ！　それどころか脂汗が止まんねぇんだよ！　S・O・S！　S・O・S！　トントトンツートントンッ（北海道に住んでる母ちゃんにモールス信号で「もうダメだ」と打電）。

こんな時、ふと思うのは「タイや韓国のゲイは具合がいいのではないか」というかねてからの痔論、否、持論である。激辛カレーだとかキムチだとかケツ・コンディションに悪影響を及ぼすものばかりガツガツ主食にしておいて、それでいて大韓民国やタイランドの方々の死因のトップが痔をこじらせてのア●ル結核だとかいった話は全く聞いたことがない（それ以前にそんな病名はないがそこは当然無視）。それだけ彼の国の方々の菊門は根性の入り方が違うのではないか？　悠久の時の流れの中でア●ル内壁カプサイシンまみれになって鍛え抜かれ、ちょっとやそっと辛いモン食ってもビクともしないほど強靭になった結果、極太魔羅注射を裏口入学させた際にはこの世のものとは思えないほど極上の締め付けを味わえるのではないかという推論である。しかし俺自身、ゲイではないので確認する術をもっていない。激辛愛好癖ゲイの方々、ドシドシＴＶブロス宛てに体験談を送ってください（※現在は募集しておりません）！　ある日突然イボ痔になった原因は俺自身なんとなくわかっている。先日対バンした英国最狂バンド、ジグ・ジグ・スパトニックのボーカル、マーティン・ディグヴィル（近江俊郎激似）にハードコアベロチューされたからに違いない。来日前から男好きだとは聞かされていたが、思い切りのいい柳腰で登場して「キレイな髪ねぇ……」と俺を見つめてうわごとのように繰り返し、スキあらば舌をねじ込んでくる。後の貞操の危機を感じるあまり想像妊娠ならぬ想像イボ痔になってしまったというわけである。痔愚痔愚！

（２００２年）

虫になったらヨロシク

あー、なんか落ち着かねえ。なんとなくキャンタマ袋が汗ばんでるしタマちゃんはどこ泳いでいってるかわかんねぇし家から百歩くらい至近すぎる所でブックオフの新店舗建設してるし……んぁー、とにかく落ち着かねえ。もし、こんな時『プッツン5』の頃の鶴ちゃんが俺の傍らにいたら「ぎょう虫持ち？」と咄嗟にサジェスチョンしてくるんだろうなぁ……ハッ！　もしや最近の俺のこの例えようのない胸騒ぎと深夜急激に襲ってくるアヌスムズムズ新感覚は寄生虫の仕業!?　うう〜ん、ナットク！　8年前、目黒寄生虫館の入口のドアノブ触ったあと手を洗わずに全女2FのSUN族でカルビ丼食ったけど、あれが悪かったに違いない。

そうと決まれば早速検査！　サノテープ（ぎょう虫検査用セロファンシート）た、サノテープ！　でも、そんなもんどこで売ってんだ？　よく探せばコンビニとか置いてあるんじゃねえかな、なにげに。ミニストップだとおにぎりの横とか。すいませーん、ぎょう虫検査用セロファンとキャスターマイルド下さい！　え？　置いてないの!?　もしかして売り切れ？　次の入荷予定もなし？　納得いかねぇよバカ野郎！　しゃべれる食べれるコンビニエンスの癖にぎょう虫検査は出来ませんってどういうことだ！　店長呼べ！

……いや、待てよ。よく考えてみたら、ぎょう虫が腸内にいてなんか困ることってあんのか？　第一、子供の頃は自分の肛門のシワ跡を赤の他人に顕微鏡まで使ってギンギンに確認され恥辱を味わってきたのに、オトナになってから一度も検査がないのはおかしいぞ！

いや！　大人の腹にぎょう虫がいるのには訳がある！「寄生虫が体内にいると行動に落ち着きがなくなる」というのであれば、今の我が国は色んな意味で落ち着きすぎていてつまらんので、ちょっとぐらい面白味があるように、国が大人のぎょう虫持ちを敢えて推奨・容認しているのだ！　そうに決まってる！　粋な計らいしてくれんじゃねぇか小泉政権！　藤谷美和子が皇居前にタクシー横付けして「サーヤは私の妹です！　会わせて下さい！」と懇願したのも、朝青龍が旭鷲山の車のドアミラーをエルボーでぶち割ったのも、天山がG1で優勝したのも、きっと寄生虫がなせる業！　そうでなきゃあんな面白いことはそうそうありえない！　5月まで7千円台で推移していた日経平均株価が今夏1万円台に回復したのも、どう考えても民間投資家が腹に虫が湧いて妙にソワソワし出し、「えーいこの際なんでもいいから買ったれー！」と落ち着きなくヤケ買いした結果に違いないのである。

（2003年）

『ａｎａｎ』のセックス特集号に豊川悦司が朗読するエロいＣＤがついていた件

えっ!?　『ａｎａｎ』ってセックス特集のときが一番売れるの!?　下品！　ＯＬって生き物はホント最低！　四六時中頭の中は村西とおる監督がベーカム担いで妙な丁寧語で話すところばかり思い浮かべてるんでしょ！　不潔！　しかもこないだのセックス特集号なんてＣＤがついてんの、付録に！　その内容が「豊川悦司が読む官能小説」ですって！　早い話がそれエロテープでしょ!?　け、けしからん！　コンビニに置いてある男性向けエロ本が封されて立ち読みできなくされてるこのご時世にですよ、日本一の売り上げを誇るスケベＯＬ向け女性誌が普通に誰でもペラペラめくれる状態でコンビニに置かれているなんて！　何も知らない子供たちが『なかよし』と間違えて手に取ったらどうするんだ！　付録もついてて紛らわしいし、「今月号はなんか薄いなぁ」なんて疑問に思いながらも購入してしまうキッズがいないとは言い切れない！　『ａｎａｎ』セックス特集ごっこなんて不健全な遊びが小学生の中で流行してからでは遅いんですよ！　責任者出て来い！　ナニッ、出てこないのか！　これは実力行使しかないようだな……。近所のコンビニの店長に、こういうの教育上よろしくないから売り場に出すなと伝えて回りました。でも文句を言ってもあいつらみんな知らん顔でブリトー温めたりしてんですよ。いかん……俺が何とかせねば！

良い子達の目に触れる前に、全部買い占めてやりました。近所のコンビニにある分、定期預金崩して全部買ってやった。これでとりあえず東京都中野区近辺の平和だけは守れた。一安心ですな。で、家に帰って山のような『anan』をシュレッダーにかけていたんですが、どうしても素材の違うトヨエツのエロCDがかさばってしょうがない。畜生、セックス特集号は地球環境にもやさしくない！　リサイクルしづらい！　ああ、俺は一体どうすれば！

聴いてやりましたよ、トヨエツのエロCD。ええ。「彼を知り己を知れば百戦殆《あや》うからず」と申します故。『anan』セックス特集号、その中核となるエロス啓蒙CDを聴いて、どこがどう子供たちの教育によろしくないのかわかっていないとホラ、日教組とかにチクるとき困りますもんね！　これも俺の使命と思い、ドデカホーンにCDぶち込んで再生ボタンをON。……なんじゃこりゃあああ！　トヨエツがずっとア●ルの話してる！　トヨエツの子宮に響くような低音ボイスで「君は今アナ●にぶち込まれているんですよ」とか言ってる！　こんなものが流通していていいのかニッポン！

ま、別にいいんじゃないですかね（平然と）。本番行為はしてないようですし。このCD、判定は断然シロ！　トヨエツの朗読CD、販売してもいいかな？　いいとも～！

てっきり女性器の名称を連呼してるいかがわしいＣＤだとばかり思ってましたが、ア●ルは医学用語だし（確認してないけど多分そう）、なんにも社会に悪影響与えてないしＯＫ！　俺、勘違いしてたよ！　むしろ俺んちにあるあまった『ａｎａｎ』、学級文庫として近所の小学校に配って回ろうと思います！　情操教育は大事！

そうだ！　もういっそのことＴＶブロスでもセックス特集やろう！　通常より飛躍的に売り上げが上がるらしいし、出版不況の今の時代、こういう攻めの姿勢、大事なんじゃないかなぁ。付録のＣＤはブロスらしくトヨエツじゃなく杉作Ｊ太郎先生が読む内山亜紀『あんどろトリオ』とかで！　擬音多めでお願いします！

（２００８年）

あなたのオッパイ見せて下さい（週刊宝石）

ああ、無性にオッパイが見たい！　今見なければ、なんかもう急性オッパイ見たり揉んだり吸い付いたり不全症で死んでしまうかもしれない！　前のめりに倒れて念仏代わりに畑中葉子「後から前から」を歌ってやり過ごそうとしていたその時、テレビをつけたら志村の『バカ殿様スペシャル』が放送中。バカ殿といえばその昔から無闇に裸の女がわんさか出てきて、ヘソから下しか湯に浸からないという奇妙な入浴シーンを繰り広げ、お父さんたちのウンジャラゲをハンジャラゲしてくれることで有名な番組。九死に一生とはこのことだ。オッパイすっっごく見たいんフアァァ！　という、一部言葉にならない俺の切なる願いが砂漠にオアシスを出現させたのだろう。イヤらしい一念、岩をも通したかに見えた。

が、待てど暮らせど一向に裸の女が出てくる気配がない。家老役のくわまんさえもポリを拒むかのように裃《かみしも》の前をガッチリと固めている。いや、実際くわまんの乳首がここで出現したところでどうせぇという話だが、もうこの際くわまんだろうが鈴木雅之だろうが乳首は乳首！　ランナウェイ！　とても好きさ（乳首が）！　ぐらい切羽詰まった状況になりつつあった。靴墨を塗ったような色のくわまんのシャネルズ黒乳首にすわ興奮かといたずらに呼吸を荒らげていたその時、出演者の中に腰元に扮したＡＶ女優の皆さんを発見！　おお、これは明らかに脱ぎ要員！　ありがとう、ＡＶ女優！　もうソフトオンデマンドの社屋に足向けて眠れない！　眼の毛細血管を稲光の如くクッキリ血走らせて、志村の向こう側に迫りくる女体のガン見態勢万全。さぁ来い！

次の瞬間、黄色い歓声をあげたＡＶ女優の群れが志村の周りに猛ダッシュしてきた！　ヒャッホーッ！　日本髪のヅラに不似合いなビキニを着て……ビ、ビキニ!?　おい！　服着てんじゃねぇかよ（怒）!!　さっきのわ～お（はぁと）とかいったエロイ擬音に見合ってねぇだろ！　志村も鼻の下伸ばし損！　オッパイが出なかったことでコントとして成立せず、興奮どころか笑いどころさえなく、悲しい気分になった。せっかく日本を代表するエンタテインメントショーに出演したのに、これじゃAV女優の皆さんもただ弱火コントでヤケドして帰っただけ！　責任者出てこい！　小池バカタレが！　あ～ん、もう！

最近テレビからも雑誌からも、子供たちの目が届くところからオッパイが完全に消えつつある。日本男児の下半身の未来が俺は本気で心配である、オッパイは教育上よろしくないとクレームをつけるバカがいるからだろうが、仮にオッパイが目の毒だとして、今の時代もっと強烈な純度100％の毒が出回っとるのだ。そして、毒に対する対処法は体内に入れないことではなく、少しずつ体に入れて抵抗力をつけることだ。ソフトエロがない無菌状態で子供たちが育てられ、いきなりネット動画でハードエロを見てしまって性癖が歪んだら、それはメディアのせいだとは言えないんだろうか。テレビの持っている「適度な毒としての役割」を、テレビを作る方々には今一度肝に銘じていただきたいと思う。

以上、おち●ち●の周囲にビッシリ毛が生えた元・子供が、自分がオッパイを見たい一心でちょっと真面目なことを言ってみました！　じゃあいくぞー～　1！　2！　3！　オッパ～イ!!（逆効果）

（2008年）

※とっても下品なコラムです！　Perfumeの皆さん、読んじゃダメですよ！

　TVブロスの原稿が書けない。そんなときに限ってテレビのCMはとんでもないことを俺に語りかける……えっ、『新発売！　卵子パック』!?　そんなもんテレビで新商品でましたっ！って高らかに言ってていいのか!?　それに、それって「精子パック」みたいなこと？　卵子を？　顔に？　塗りたくり？　そんなん新商品にしていいの!?　どっから出てんだ？　エステー化学？　でも……卵子って液体じゃねぇよな。それでは厳密な意味では「ラブジュースパック」になり、卵子パックではないだろう。「一部卵子含有パック」と述べるのが誠意ある日本語のはずだ。

　待てよ、それじゃあ精子は完全に液体だというのか？　中にオタマジャクシみたいな個体が無数に入ってて、それが群れるとなんか液体っぽくなるんじゃないの？　というのは精子の周りにまとわりついてるネバネバした液体があるってことで、それはなんだという話……第一チ●ポ汁、正式名称カウパー氏腺液。厳密にはそれのパックの意。でも「カウパー氏腺液パック」だと、なんか長すぎるし、医学的すぎてちょっと冷めるから「精子パック」とザックリ言い切って……興奮の材料にしてるんじゃないの!?　結局興奮できればなんでもいいんでしょ、あんたたち！　ビンビンに立たせやがってこの野郎!!　こうやってパソコンのキーボードで文字打ってる間に妙に興奮してきたりしてんじゃないの、俺が!?

ハァハァ……そういえばカウパー氏腺液って「氏」だから人名ってことだよな……。カウパー氏の息子に生まれなくてよかったってことか……命拾い、だな。カウパーの息子、学校でイジメられんだろうな……見知らぬ下品なオッサンにズボンの上から股間まさぐられて「へっへっ、カウパーの息子が息子からカウパー出してやがらぁ。息子から親が生まれるとはこれ如何に、だな！　ゲッハッハ！」とか言われてたりして。近所の変態の格好の餌食だよな……。いやだな、カウパー家に生まれんのは。では逆にバルトリン氏腺液の子孫に生まれるのはどうかな……うん、二択なら女性器に自分の名前が付く方がマシ！　いや、むしろ付けたい、女性器の一部の正式名称に俺の名前を!!　そんな事態がもしあれば、大沢親分ならきっと「誉」だ！　でも、実際問題俺はどちらの腺液家庭にも生まれていないし、今後一生かかってもバルトリンにもカウパーの家にも接点がなさそう。英語話せねぇしなぁ……。

よし！　じゃあ俺がなんかイヤらしい部分をこれから死ぬ気で発見して成分を解明し、命名する!!　とはいうものの、大体の液体固体にはもう名前ついちゃってるんだよなぁ……。じゃあ、陰核の上の皮、あそこは「ポルシェ皮」に命名！　よーし、ついでに処女膜のことも「ポルシェ膜」ってことにしよう！　そっちの方がなんか親しみやすい！　これから女性のデリケートな部分には全部俺の名前つけるように死ぬ気で努力するぞー！性医学の権威目指すので、誰か医師免許とか余ってたらください！

医師を目指し奈良林祥の『カリフォルニアＳＥＸ入門』を猛烈に貪り読んでいたところ、テレビからもう一度あのＣＭが流れてきた。さっきは慌てていて音声だけしか聞き取れなかったが、改めて自分の眼で見て確認してみた。

『ランチパック』……あ、単にお昼時だったんですね！　紛らわしい商品名つけてんじゃねぇよ!!（自分が悪いことを棚に上げて）

（２００９年）

……で、誰の？

もう死にたいぐらい手肌が荒れている。ドゥルッティ・コラムの１ｓｔアルバム初回盤のジャケかっちゅうぐらいザラザラで、触るもの皆傷つける始末。当然おち●ち●なんかも軽くつまんだだけで血まみれになってしまい、もうとにかくヒリヒリするので、パンツもズボンもはくことが出来ず、おかげで近所のコンビニにおでんを買いに行くにもヘソから下素っ裸。「がんもどきとちくわぶ下さい」と、自分のがんもどきとちくわぶを股間にぶら下げた状態で言わねばならず、屈辱的な日々を過ごしていた。「外から帰ったら手洗いとうがいをしなさい」という死んだばぁちゃんからの言いつけを今年に入って急に思い出し、念には念を入れて軽石で手をゴシゴシこすり洗いしていたら、こんなことに……ばぁちゃん、責任とって蘇生してよ！

しかしその手荒れが、最近になって尿素配合のハンドクリームを使ったら一発で治った！　もうお肌スベスベ！　すごい効き目なの、尿素って！　……あれっ？　でも、あの、「尿」素ってことは、やっぱあれじゃないの……尿から出来てるってことでしょ？　……で、誰の!?　誰の尿から作ってんの、尿素って！　そういう肝心なことを知っておかないと、気持ち悪いでしょ、使う方としては。誰のか教えて！

90年代、ひと頃あれだけ隆盛を極めたブルセラショップが、その店舗数を激減させていったのと無縁ではない、気もする。女子校生がこづかい欲しさに自分の尿を売りにくるという狂気の沙汰を繰り返すまいとして、政府が取った対策が「ブルセラショップではなく、国が直接女子校生の尿を買い取る」という抜本的なものであったとしたら……うむ、想像に難くない。そして買い取られたものには当然受け入れ先が必要であるからして、ハンドクリームに添加したり、道路を舗装した際アスファルトを冷ますために撒き散らすなどの措置を、我々何も知らない大の大人たちに黙ってとっているのかも……。言ってよ！　もしそうなら！

いや、おそらく誰も名乗り出ないであろう。何故なら、それは当然、「誰の尿から作られたかわかったら、その人の顔が浮かんで嫌な気持ちになるから」だ。例えば、尿素配合ハンドクリームのパッケージに、ティナ・ターナーの顔のシールが貼ってあったとする。するとと多くの人々は「ああ、これティナ・ターナーのションベンから出来てんだぁ……使えるかそんなもん！」と、手に取るなり床に叩きつけてしまうだろう。まぁ世界には60億の人口がいるので、中には「おお！　これがティナ・ターナーの尿から作られたクリームか！　すいません、この店にあるだけ全部下さい！」というマニア（尿マニアではなく、ティナ・ターナーのマニア。多分）もいるのかもしれないが、万人に広く用いられてこそ医薬部外品の誉れであるとするならば、誰の顔のシールも貼らない方がいいということになる。真実を理解することだけが人間を幸せにするとは限らない。

つまり、尿素配合の元になる尿の出し主が絶対に名乗り出ないのは、誰の尿かわかるとドン引きどころの騒ぎではないからであり、そこには薬事法かなんかで定められた圧倒的な守秘義務があるからなのだと推察する今日この頃である。本当に日々を無駄に費やしていると自分でも思う。

（２００９年）

補足　尿素は無機化合物から合成される有機化合物であり、実際誰の尿から作られたものでもないんですが、そこはあえて無視した上

身分証明のためのアレ

アイドルのファンクラブにいくつか入っている。当方42歳で一端の大人な訳だが、世間体とか気にせず何も考えずアイドルのファンクラブに入っている。しかし、何も考えてなさ過ぎなのが時々災いして、ＦＣ限定イベントにボーッとしたまま行って、入場の際に必要な顔写真入り身分証明書を結構な頻度で忘れて入場出来なくなり、会場前でよく棒立ちになっている。最近のＦＣ限定イベントでは、オークションサイトで高額で転売されたチケットによる入場を防止する目的で顔写真入り身分証明書の確認を行うのが常だが、その手の類はパスポートぐらいしかない。名前はポルシェだが運転免許の類は一切持ってない。一部の心ない転売屋のために、厄年にもなって身分の一つも証明できない自分を思い知らされるハメになり、腸が煮えくり返っている。チケットの転売のためにアイドルのＦＣ入ってる奴は全員寝ているうちに小さな妖精が忍びこんできて尻の穴をアロンアルファでカッチカチに固められてしまえばいいと本気で願っている。

パスポートを携帯すればいいという話かもしれない。だが、俺はカバンは持たず必要なものはすべてズボンのポケットに入れる主義だ。そしてアイドルのイベントでは狂ったように振りコピしたりするので、バケツ3杯分は汗をかく。つまり身分を証明したが最後、パスポートは間違って洗濯機で洗ったが如くグチャグチャのドロドロに。アイドルFCイベントか、海外渡航断念かの2択……この先いつパリンヤーの尻に書いた文字を読んでクイズに答える仕事とかがないとも言い切れないだけに、ここでパスポートが溶けてなくなるのはマズイ。性転換に成功したパリンヤーにおっぱいをユッサユッサされながらボコボコにされる最高においしい機会を逃してしまうかもしれない！　それはもったいない！ああ俺はどうすれば!?　と思い悩むうちにパスポートを忘れてしまう。いつもこんな感じである。

いや、本音を言わせてもらえば、身分証明書を見せる代わりにチ●ポを見せることでなんとかしてくれないものだろうか。当方、性器ならいつでも見せる用意がある。むしろ大勢の前での性器露出は願ったり叶ったり。身分証を確認する係の方を「う～む、これは貴兄の身分を証明するに値するいい色艶ですな～」と唸らせる自信がある。それにパスポートと違ってチ●ポは汗をかいたぐらいでは溶けて形状が変わったりしない。実に丈夫なものだけに、むしろパスポートなんかより確実に身分を証明してくれるはず。そうだ、大手都銀等でも指紋認証システムが導入されている昨今、いっそチ●ポ認証システムが開発されるべきではないのだろうか。携帯するのが物だから忘れることがあるのだ。その点、体の一部であるイチモツが身分を示すなら、それは「理想」というべきだろう。性器の形状は十人十色。指紋なんかよりも余程バラエティに富んでいるのであって、パソコンに取り込んでデータ化しておけば、身分認証の最先端となるであろう。住基カードとかいう味気ないプラスチックの板の確認なんて流行らない！　これからはチ●ポ認証の時代！　と断言して、このコラムを終わります。TVブロス編集部並びに同じページを分け合う豊﨑社長に怒られないことも同時に祈ります。

（2009年）

またしてもアレの話で恐縮です

（息を吸い込みマンホールの蓋を開け、ブラジルの方まで響き渡る大きな声で）

紅ショウガって、なんであんなに日持ちすんの!?

信じられないほど腐らない！　インクレディブル！　もうーね、これ考えだすと夜も眠れない！「地下鉄は一体どっから入れるんでしょうねっ」、なんて春日三球・照代的な疑問とは比べものにならないの！　そんなのはもう、「地下鉄でも始発駅は意外と地上にあって、そっから入れる」と、既に納得の行く答えが出ている……！　所詮三球・照代など過去の人間……！　所詮春日三球など巣鴨のあったか下着屋の親父……！　もっと世の中には解明を急務とする問題があるはず……！　それは当然……、

紅ショウガって、なんであんなに日持ちすんの⁉

って、ことでしょ⁉

ということで、あれから寝ないで研究しました。お盆も実家に帰らず、紅ショウガを顕微鏡で見たり、それに飽きたら自分の精子をプレパラートにとって顕微鏡で見たり、元気に泳いでいることをいま一度確認し感慨深くうなずいてみたりした結果、ある結論に達しました。紅ショウガ、その長持ちの秘密は……成分にあり！　紅ショウガを構成する三大要素とは何か⁉　それは……

★ショウガ！（これはやむなし！）

★酢！（えっ、意外！）

★塩（ほほぉ、そう来ましたか！）

以上である！　衝撃ッ!!

なんか、この3つが、具合よく混ざってっから、腐んねーみたい。あとなんかソルビン酸Kとかいう麺ジャラスKみたいな名前の汁も入ってるみてえだが、こまけえこたぁいいんだよ別に！　旨くて！　すっぱくて!!　日持ちする！！！　紅ショウガって、ああ素晴らしい！！！！

で、誰？　誰が考えたの？　ドクター・中松？　だったらいますぐ国民栄誉賞あげて！　ついでにドクターを都知事にしてあげて！　え？　違う？　紅ショウガ発明したのはドクターじゃない？　あっそう……じゃあアイツ、江戸所払いにして！　いてもいなくても一緒だから!!

でも、アタシわかってるの……紅ショウガが腐らないのは、既に紅ショウガが紅ショウガであるだけで、清らかな存在だからということを……。チッチとサリーの関係ぐらい清らかなのよ……。『小恋』で言うと第14～15集にかけてと同じぐらい……。あれホント、何度読んでも泣いちゃうわ……。

でよ。俺ぁ、思ったね。あれだけ清らかで日持ちする紅ショウガだから、なにか食べる以外に有効利用が出来るんじゃないかって。例えば……女●器のにおい消し等！　あれだけ適当に放置しといても菌がわかない、腐らないということはつまり……腐ってもないのにいつもなんか生臭い女●器の中に入れておけば、相殺されて無臭になるってことも考えられるんじゃないかな⁉ 目には、目を！ オイニーには、オイニーを‼ よし 早速試してみよう！ （嫁に向かって）おーい、かーちゃん！ 膣貸して！ 中に紅ショウガ数日入れてオイニーがどうなるか実験すっから！ えっ、ダメ⁉ チッ！ ちょっとぐらいいいじゃん、ケチ！

では、ＴＶブロスを読んでる女性読者諸君！ 紅ショウガを膣に入れて数日生活してくれるモニター求む！ そんでｐＨとか毎日測っといて、オギノ式みたいに！ 俺、知りたいから！ おい、そこの貴女！ 紅ショウガの清らかさについて死ぬ気で研究してみませんか⁉ 日本の未来は、貴女の膣にかかっている‼

（２０１１年）

『トイレの神様』 原作・水嶋ヒロ

先日、突然嫁が上目遣いでしおらしく、俺に「あの……お願いがあるんだけど」と言ってきた。なんだろう、この親しき仲にも平身低頭な感じ。嫌な予感。俺は自分の脇の下にでかい汗染みが出来るのを冷たく感じていた。予感は的中する。

「健康診断の検便を病院に持って行って欲しいんだけど」

そ、それは通称「う●こ」という物体を、私に運べということですね……。仕事で忙しく、どうしても大便の提出日に朝一病院に行けないのだという……。俺も困ったときは嫁に助けてもらってる以上、嫁の頼みを断るわけにはいかない。しかし、う●こ、っ●こか。俺は明日にも、嫁のぅ●こを大事そうに運ぶことになるのか……。

翌朝、嫁のぅ●こを病院に提出してきた。「嫁のぅ●こ持ってきました」と告げると、看護師さんは「ハーイ、おあずかりしまーす」と、ほぼ目も合わせず、こともなげに事務的に、ぅ●こと生理食塩水の入った入れ物を処理した。任務完了。これで、俺もいっぱしの運び屋（う●こ限定。しかも嫁の）だ……。もう巷では話題になっていることだろう。

「ああ、あれが嫁のう●こ運びでおなじみのポルシェさん」

「嫁のぅ●こを運ばせたらその安定感たるや右に出る者はいないという」

みんなが、俺をそう呼んでいるようにみえた。嫁のう●こを運ぶ前の俺と、嫁のう●こを運んでからの俺……。これらは八月の景色の中で、姿かたちは同じようで、その実、まったく変わっているようだった。みんな、俺もう昔の俺じゃないんだ……。

そのときふと、肩をすくめアスファルトにヘタり込む俺に、見えないご老人が話しかけてきたようにみえた。……あ、あなたは誰ですか？

「ワシじゃよ。トイレの神様じゃよ」

あ！　あなたが植村花菜さんが歌ったことで有名なトイレの神様！　初めて見ました！

「嫁のう●こを提出してきた姿、ワシは見とった。いい仕事をしておる」

あ、ありがとうございます（一応恐縮）。そんなによかったですか、俺のう●こ運びっぷり。

「お前はまだ気づいてないかも知らんから言うとく。汝には嫁のう●こを運ぶ才能がある」

ええええっ！　俺、この作業、向いてるんですか？

「うむ。こぼさず運べただろ？　向いているんだよ。ハッキリ言うとく。お前は、嫁のう●こを運ぶために生まれたのだ」

そ、そうだったんですか!!　知らなかった!!

「そうだ（真顔で断言）。嫁のう●こを運んでいるときの汝の表情、実に憂いを帯びていい顔をしておる。『禁じられた色彩』のジャケのデヴィッド・シルビアンと同程度」

デビシルと同程度……。

「これを見世物として昇華・完成させれば、わが国固有のエンタテイメントとなり、ニューヨークのアポロシアターとか出れるなこれ。うん。ま、う●こを運ぶことをやめずにこのままやっていきなさい。成功を祈る」

トイレの神様はそういって、雲の上に消えていった。神様、ありがとう。俺、嫁のう●こをこれからも運び続けるよ……。

ただ、問題がひとつだけある。健康診断は年一回でいいんで、明日から嫁のう●こをどこに提出したらいいかわからないということだ。明日は、あなたの家のポストに、うちの嫁のう●こが入っているかもしれませんよ！

（２０１１年）

2013年（橋本元年20周年）

ギャオー！　遂に２０１３年ですね（目をシバシバさせ口から大量のフルーチェを吐き出して感動を表現）！　２０１３……この、気になる数字の並びにソワソワしている年号フリークの方も多いんじゃない？　そう！　これってちょっと並びを変えるとアラ不思議！「０１２３」！　アート引越センターの電話番号と一緒！　奇っ遇ぅ～!!　「なんか知らないけど、無性に引っ越したいんだよなぁ」というサブリミナル引っ越し作用が、2013年になった途端、万人に等しく強迫転居観念を与えることになるの！　わぁああああ、なんでもいいから早く引っ越さないと死ぬかも～！　とはいえ、具体的には次どこ住んでいいかわからない……じゃあ、とりあえず堀之内で！　そこなら生活に必要なもの（競輪＋競馬＋ソープ）は一通り揃ってる！　あの辺野草もジャンジャン生えてるから食うものには困らないしね！　うっほ～、血糖値下っがるぅ～！

じゃ、善は急げ！　アート引越センターに電話っと（スマホに見立てたかまぼこ板を耳に当てようとしていたところ、突然迫り来る猛烈な便意）……ぐはッ！　さ、さし込むぅ～！　俺の直腸の中で茶色い妖精たちが新年早々ポゴダンスを！　こ、これは引っ越しどころじゃねぇ、まずはどこでもいいから近所の手頃な便所に入って用を足さないと！　あっ、そこに羽田空港が！　すんませ～ん、一瞬大便器貸して下さ～い！　（空港内のトイレに入り便器にしゃがんだその時、どこからともなく聞こえてくるジャージャー水を流す音）……んっ、まだ俺ウ●コもしてないし、水も流してないいんですが……何この音は？　ハッ！　この便所の壁に設置された音姫とかいうマシンから出てるのか!?　余計なことしてんじゃねぇぇッ！　（音姫の両端を鷲掴みにして声を荒らげて）お前！　この野郎！　便所に入った途端無条件かつ強制的にウソの水の音を流して俺の脱糞音をごまかしやがって!!　（音姫にコツコツ細かく頭突きしながらあえて声を押し殺して凄んで）……俺が、自分のウ●コの音……人に聞かれて困ると思うか……？　んんなわけねえええだろおおお！！！　（アゴを全開、音姫に噛み付いて）ギャル扱いかコラ！　いいか！　俺はむしろ、自分のウ●コの音を皆に聞いてもらいたいと心から思っている！　便所内にいるオッサン数名に聴かせるだけでは勿体無い、マイクで拾ってマーシャルアンプで増幅して空港内に響き渡るよう全館放送したい！　もうそれだけじゃ物足りない、飛行機の機内放送で、俺のウ●コの音をずっと流し続けるチャンネルがあっていいとすら考えている！　どうですか、各航空会社の皆さん!?　興味、ありますか!?　どうだ、ＡＮＡとか！　ＡＮＡとＡＮＡＬ、ほぼ同義語だけにいいんじゃないか!?　違うか!?

デリカシーなど所詮女子供向けのアミューズメントお遊び。余計な気遣いは男には不要。音姫を販売するＴＯＴＯさんよ……俺から一言申し上げたい。女性用トイレには大小便の音をかき消す音姫を、そして男性用トイレには大小便の音を逆にブーストして盛り上げるドデカホーンを完備して欲しい。２０１３年、脱糞音元年。今年は全国各地で男たちの景気いいブボッとかブババババッとかいう、球体の奏でるメロディが大音量で聞かれることだろう。えー、今年も基本ウ●コとチ●チ●の話しかしない予定ですが、なんとかよろしく！

（２０１３年）

正月恒例！　最悪に下品な原稿

やった～！　2015年！　来ちゃった！　やっぱさ、来ちゃうのっていいよね！「遅れてた生理、来ちゃった！」とかね！　めでたい感じ、すっごいするー。いいわー。

そうだな！　無事2015年になった記念に、じゃあ俺も来ちゃうようにするわ！　生理！　一度でいいから股の間から血を流してみたかったぁ～ッ！　去年までの自分にサヨナラ！　読者の皆さぁ～ん！　2015年は女性ホルモンが大流行ですわよ～！　でも、どうやったら来んのかね、男で生理。……おち●ち●を股に挟んで後ろの方でセロテープ止めしてすっごい内股で二足歩行するとか？　それしかねえな！　他に思いつかねえからとりま、やっとこう！　えーい！　（セロテープをバルルルルル！　と勢い良く引っぱり出し過ぎて1．5m分ビローンとなって）あっ！　こんなにいらねえよ～、セロテープ出しすぎ。あまったテープどうすっかな……え？「おち●ち●仮止めする分だけ切って、あとは捨てちゃえばいい」だと？　バッカモン！　セロテープを無駄にすると、セロハンの原材料であるおがくずや使用済みの割り箸を煮込んでメンマにして主食にしているどこかの国の貧村の子供たちに申し訳が立たねえじゃねえかよ！　ということで路線変更！

おち●ち●をこの1.5mのセロテープでぐるぐる巻きにして神に捧げ、見た目の殺気をアップして呪術の力で女性に変身する！　そんなんでなんとかなったらカルーセル麻紀も性転換の都・モロッコまで渡航しない気がすごくすんだけど、とりま、やっとこう！　テヤッ!!（グルグルグルグルグルグル！）どや、見てみいこの透過光オブジェ！　輝いとるやろいまの俺！　これにはウ〜ムと唸るんじゃないでしょうか神も。（ファンカデリックの2ndのジャケみたいな感じで天に向かって両手を伸ばし）では、生理、お願いします！

……あれ？　来ないんですけど!?　周期の問題かな（真理に辿り着いた顔で）。そうだよね、考えてみたら「よし、来い！」っつって来るもんじゃないよね、アレって。……いや待てよ!?　これってもしかして生理だけでなく、生理不順も一緒に来ちゃったってことなんじゃないの!?　男なのに生理がある！　そして更にその生理が不順！　なに俺、ワンランク上の生理ある派男性!?　……でも、あれだな。なんか、「生理ある派」って言い方だと、「生理ない派」と半々ぐらいの割合で存在するんですよ〜、みたいな感じで俺がまるで生理詐欺みたいで心証よろしくない気が。見知らぬ老人宅に電話して「かあさん助けて！　俺生理来ちゃった！」と言って老婆をモヤモヤさせる新手のテレフォンドジネスに手を染めたと思われるかも！　それはいかん！　よし、紛らわしい言い方を避けるため、生理のある男性のことを「セイラー」と名付けよう！　どーもッツ！　セイラーの掟ポルシェです！　今はまだ生理不順で来ないんですけど（照）、いずれ股の間から血を松旭斎すみえの水芸みたいにスピュッ！　と噴出予定！　お赤飯業者への発注メールも書きました！　２０１５年はセイラーとしてがんばっていきた、
……え？　「男が股間から血を流していたら、それは肛門からだから、生理ではなくキレ痔」だと⁉（仁王立ちしたまま死）

（２０１５年）

ヘルシーでいいよね！

セイッ！　セイッ！　セイッ！（「カリビアンコム」と書かれたブナの木に泣さながら手刀を打ち込んで）……えっ、何やってんのかって？　見りゃわかんだろ！　エネルギー開発だよ！　無尽蔵に溢れ出る性欲パワーを精霊が宿る自然木に打ち込み、大地を伝ってムラムラしたものが根っこ付近に堆積＆それがいずれ土中で熟して天然ガスになるという仕組み、です！　性欲なら掃いて捨てるほどあるからよ！　有効利用しねえとな！　俺みたいな人前でチ●ポを出すことをメイン・コンテンツにしてる業種の場合、老後がとても

心配。もう後はア●ルか臓器売るぐらいしかやることがないの（正論を述べているかのような毅然とした表情で）！　というわけで、こんな時代を生き抜くために、己の性欲を東京ガスに買ってもらうべく日夜血の滲む努力をしているわけです。為せば成る！　圧倒的に気のせいかもですが！

……んっ？　「お前がやるべきことはそれじゃねぇだろ」って？　そう、その通り（あっさり認めて）！　皆さんが言いたいことを要約しますと、「平日昼間遊んでないで、まじめな正業に就け」ってことですよね？　いやいやいや皆まで言うな！　というわけで、掟ポルシェ47歳！　厄年経過5周年記念として一念発起就職活動を開始する！　じゃ、これから三菱東京ＵＦＪ銀行の正社員になってくっから、頭取の家教えてくれる？　家の前で正座して帰りを待ち、「銀行員にならせてください！」と直訴すりゃあなんとかなる、はず！　「僕、お金とか結構好きなんです！」と素直な気持ちを10日間ぐらいぶっ続けでメガホン使って寝ないで訴え続ければ、頭取さんも「好きこそものの上手なれ、だな……。よし、君を、三菱東京ＵＦＪ銀行お台場支店長に任命する!!」とか言うと思うんだよね、意識朦朧として。よし！　なるぞ！　銀行マンに！　先回りして先祖の墓にも報告に行っとく！

では、晴れて今春銀行員になり（※予定は予告なく変わる場合があります）、見事社会人一年生（仮）にステータスアップした俺から、堂々と今回のマンコラムのテーマを発表する！

【女性は何故ヘルシーであることを食事に求めるの？】

店でメシを食う場合、おいしいかどうかを基準に店選びをするのが我々チ●ポある派（平たく言うと男）の大方の意見であるが、チ●ポなし派の方々（女）は何故か、「ねぇ、ヨーグルト料理専門店だって！　ヘルシーだよね！　行ってみたくない？」とか、味最優先ではない奇妙な基準で店を選ぶことが多く、毎度理解に苦しむわけである。これは一体どういうことか？　そう！　この〝ヘルシー〟という言葉……要約すると「これ食べると、ウ●コブリブリ出そうだよね！」ということに他ならない！　お前らそんなにすっきりウ●コ出すことばかり考えて生きてんのか！　女性にとって食事とは排泄のためのものだということか！　「こうやって生きると死ぬ時楽にポックリ死に出来ていいよね！」と言っているのと同じじゃねえのかそれ!?　ヨーグルトってね、知ってます？　あれ、牛の乳腐らせたやつなんですよ!?　そんなコーラックが食品になったみたいなもん好き好んで食わなくても！　と、我々チ●ポある族は「ヘルシーな食事っていいよね！」と言われる度、ひそかに思っているわけです。ご清聴ありがとうございました。

（２０１５年）

あの世に地獄はない　この世こそが地獄なのだ

アリとキリギリスでいえば完全キリギリス派の人生を過ごしてきた自覚がありまして！　このまま行けば、死んだら確実に地獄行き！　地獄、こわい！　嫌！　地獄で鬼（青木りんに角が生えた感じ）に金玉袋の上っ皮にじわじわ待ち針刺された上でそれ以上何もしてもらえず、すいません、出来れば手コキもオプションでお願いします！　と言ったら鬼（青木りんに角が生えた感じ）に、「あ？　お前ここが地獄だって自覚あんの？」と叱責された上で軽蔑の眼差しで見られてタバコの煙を乳首にそっと吐きかけられたりするのではないかという不安が！　い、いや、そんなの全然不安じゃない！　むしろ猛烈に楽しそう！　俺に対してやさしかったら地獄の意味がない！　反省する要素を盛り込んでいこう！　地獄で鬼（塚田詩織に赤く色塗った感じ）に顔面騎乗されて呼吸ができなくなり、苦しい！　ハプハプ！　なんでもするから助けて！　と懇願し続けて70分経過（基本料金分）したところで鬼（塚田詩織に赤く色塗った感じ）から「お前なんでもします、つったよな？　じゃあこういうのはどうだ！」とコーナーポストに飛び乗るや開脚からのダイビングボディプレス！　101センチJカップバストアタックで俺の顔面を圧殺！　折れる鼻骨！　飛び散る鼻血！　だが恍惚！　俺もう死んでもいい（※実際には既に死んでいます）！　重量感のあるおっぱいの谷間から一瞬プハッ！　と息をしたのを鬼（塚田詩織が素っ裸になった感じ）に見つかって、「お前いま息しようとしただろ！　死んでるのに生きようとするんじゃねえ！」と激昂され、ビビビビビビビ！　と怒涛の乳ビンタ炸裂！！！　脳が揺れて意識が遠のくたびに聖水をぶっかけられ、気絶することすら許されないなんて！！！　ハァッ、ハァッ……い、いや、こんな死ぬのが待ち遠しくなるような地獄はイカン！　もっと地獄って厳しいところのはずだ！

　では、どういうのが俺にとって地獄なのでしょうか？　それはやはり、「細々と生き続けること」。ホームレスになって90歳近くまで地味に延命する方が、死んで全部チャラになるより余程地獄感あると思います。いや、だってこのまま行ったらホームレスになる以外考えられない！　大体いまやってる仕事（適当に性器の呼称とか書いとけばいいんでしょと思っている雑コラム業、曲のピッチを一切合わせず全力で客いじりするだけのＤＪ、ちっちゃい子が出てきたときだけ生き生き&大人が出てきたら死んだ目&台本棒読みのアイドルイベント司会業等）が、60過ぎたら出来るわけのないものばかりで、10年後くらいまでに死ねない場合は間違いなくキツイことになるのが見え見え！　うわっ、いまリアルにゾゾ毛立った！　マジ怖！　こっちの方が全然地獄じゃねえかよ！　野垂れ死ぬ覚悟？　そんなもんあるかボケ！　頼みの綱の石原軍団の炊き出しも毎日はないらしいですし!?

よし、これから真面目になるわ俺！　カタギの仕事にチェーンジ！　どうせなら安定していてバカみたいに儲かる職種を希望！　というわけで、医者になることに決めたんで、医師免許ただでくれる人急募！　いや、ただとは言わねえ、俺の持ってるウルトラセブン12話のダビングビデオと交換で頼む！　当方割と困ってます！　あっ、出来れば産婦人科でお願い！　残りの人生、女性器のつぶさな観察にかけたいんで！

（2016年）

自分でも自分が何を言ってるかわからない時がある。そして、それはいま。

（『あんどろトリオ』と書かれたTシャツをビリビリに引き破いて）ぐちぃぃぃっ！　流行に猛烈に疎いことにかけては定評のある男・掟ポルシェです！　なんか最近、『けものフレンズ』ってのが流行ってるらしいですね！　ちょっと！　そんなもの流行っちゃって大丈夫!?　だって、あれでしょ？「けものフレンズ」って、つまり「獣姦」って意味でしょ（※編集部注：TVブロスはなんでも書いていい媒体じゃないということが掟ポルシェにはわかっていません）⁉　皆まで言うな皆まで言うな〜、俺ぐらいになったらもうわかるっちゅうの。「セックスフレンド」という言葉の例を見てもわかるように、フレンズってのは「ヤるだけの関係」ってことですから、大概の場合！　獣姦をちょっとおしゃれにアレンジしたものがトレンドになっとるとは文化先進国にも程があるッ！　やっぱ日本ってゴイスーだね！　もうすぐプーチンにもこの話が伝わって「獣姦ヲ礼賛スルソノ姿勢ニ感動シタノデ、北方領土返シマース」とか夢みたいな展開になっちゃうかも！　ウホッ、クールすぎＪＡＰＡＮ！

　で、その、けものフレンズa.k.a.獣姦ってのはどこでやってんの？　お台場とか有明とかあっちの埋立地の方？　え？　……テレビで放送してんの⁉　一体どこの局が放送してんだ？　テレ東か？　やっぱりテレビ東京なのか⁉　気骨ぅ〜！　そんなのコンテンツにする度胸のあるテレビ局はエロ・グロ・人肉食映画等なんでもござれのテレ東しかねえよな！　うっひょ〜、クレイジ〜！　『マックス、モン・アムール』が連ドラになったような感じだな多分！　妻がチンパンジーとほんにゃらゴッコ！　となると気になるのはやっぱりキャスト。チンパンジー役は当然衣●（赤ヘル軍団）がやるとして、妻役は誰だろう？　昔テナガザルを飼ってた浅●光代とか？　「（国定忠治の衣装を着た浅●光代がサル役の衣●に向かって）赤城の山も今宵が限り……おい、そこのフレンズ！　今夜こそアタシを抱かないと、あたしゃ許さないよ〜！」とか？　……これは流行るね！　視聴率軽く70％とかいっちゃうんじゃない？　俺は絶対観る！

……えっ、『けものフレンズ』ってアニメなんですか⁉　そうですよね！　チンパンジーと人間とのまぐわいをまんま実写でやっちゃったら、なんかねえ⁉　夢がないっていうかねえ⁉　なんぼなんでも衣●と浅●光代の老いらくセック●がテレビ画面にドバーン！ってそんなのが大流行するほどそこまで日本も開けてないっちゅうかね！　ＢＰＯの審議員も鼻血出ちゃうよね！　いやはや、勇み足！

その点アニメだったら大丈夫。人間のもっともドロドロした部分である性交の生々しさを除去するキャラデザインがあってこそ、獣姦もポップカルチャーに昇華するわけです。多分キャラデザは……そう、可愛らしいキャラクターを作らせたら日本一！　いしいひさいち先生！　クールＪＡＰＡＮの隠れた金字塔として未だその名を海外に轟かせるスタジオジブリの超問題作『ホーホケキョ　となりの山田くん』をハードコア化させた獣姦アニメがお茶の間に！　ある日目を覚ますとグレゴール・ザムザのように顔から下ウグイスと化した山田くんが、数名の全裸人間女性を次から次へとウグイスの谷渡り！　う〜ん、実に雅であることよ！　こんなのが流行るって、ホント日本はいい国だな〜(涙)！

（２０１７年）

♪おっとの　ちんぽが　はいらないっ

ハイッ、あるある探検隊ッ！（西川くんが横で気絶）

というわけで！　日本はいま、空前の夫のちんぽが入らないブーム到来中！　国民的大ヒット私小説『夫のちんぽが入らない』は、多摩川にアザラシのタマちゃんが現れた以来の新鮮な感動を我々に与え、『夫のちんぽが入らない』を読みながら背中に焚き木を背負って山道を歩く勤勉な者が続出。全国津々浦々の道の駅では『夫のちんぽが入らない饅頭』取り扱い開始&発売と同時に連続SOLD OUT記録を樹立し、小学生たちの間では入らない夫のちんぽをかたどった肌色の消しゴム『ちんけし』が一大ムーブメントに（『まんけし』もツクダオリジナルから同時発売されたがそちらは何故か回収処分）。パンチパーマに豹柄の服を着た大柄な男性が片手にりんご、片手にペンを持ち、TR808のカウベルの軽快なリズムに合わせてりんごを突き刺そうとしながら「♪おっとの〜、ちんぽが〜、ア〜ン！　入らない」と宣言し微笑む動画をUP&それをたまたま見たジャスチン・ビーバーが自身のBlogに「『オットノチンポガハイラナイ』ッテ、ナンカイイヨネ」と書いたことからその名声は世界に飛び火。関連動画含む再生回数1億回をマーク

&日本武道館で【夫のちんぽが入らないファミリーコンサート】を開催、見事成功させました（スペシャルゲストは陳建一&萬田久子）。

ＯＣＧＨ（おっとの・ちんぽ・が・はいらない）はいまや世界共通語。となれば、当然二匹目のちんぽ、もといドジョウを求めて輩ががんばっちゃうことに。日本が誇る世界の玄関口・成田空港には著作権許諾のあやしい土産物『夫のちんぽが入らないクッキー』が置かれ&中国人観光客が爆買い。クッキーの箱には『夫のちんぽが入る？or入らない？おみくじ』が同梱されており、何本くじを開いても「ヤッパリハイラナイッテ〜！」という当然の結果に中国人観光客腹を抱えて爆笑い。日中友好に一役買っています。世界平和のためにＯＣＧＨ！　ア〜ン！

しかし、気にかかるのはこれが実話であるということ。夫のちんぽが入らないブートＴシャツが土産物屋で飛ぶように売れている一方、夫のちんぽが入らない妻が実存し、真剣に悩んでいるのです。なんとかしてやりたい！　そう思うのが人情というもの！　というわけで、夫のちんぽを入れるためにはどうしたらいいか色々考えてみました！

【①ちんぽに添え木】　夫のちんぽが入らないのは屹立時のサイズが大きいから。だったら勃ってない状態で入れちゃえばＯＫ！　ちんぽサイドに添え木したふにゃちんセックスがこの夏大流行の兆し!?

【②自分より不幸な人がこの世にはいると思って納得する】　カラオケパブを経営しようと

多額の総工費で豪華な建物を作った後、カラオケマシーンが玄関サイズより大きくて入らず開店にすら至らなかった荒井注のことを思えば自分なんかまだマシだ、と思い込む。

【③夫のちんぽを入れる場所を変えてみる】無理してサイズの合わないま●こに入れることを諦め、代償行為に尽力する方向へ。「夫のちんぽの油絵を描いて二科展に入れる」「夫を市会議員に立候補させ、投票用紙に『（夫となる候補者名の）ちんぽ』と書いて一票入れる」など。代償行為花盛り！

夫のちんぽが入らない貴女、ためしてガッテン！

（2017年）

時代が俺に追いついた⁉

俺、掟ポルシェといえば日常的にサンバイザーを着用している稀有な大人（普通はバカにしか見えないのでやらない）。そしてステージでは銀ラメのアイメイクを施している（普通はバカにしか見えないのでやらない）。このスタイルになってかれこれ12年ほど経過しているため、もうベテランの銀ラメニスト＆サンバイザニストである。「銀ラメ＋サンバイザーといえば掟ポルシェ」は、「ハコフグ帽子＋しまおまほ似の顔といえばさかなクン」と同様、アイコン化するまでになっている。

他の追随を許さな……と思ったら、んあっ、最近サンバイザー流行ってんの!? 女性向けファッションブランドで普通にサンバイザー売ってるだと!? しかも来年はグリッターアイメイクが流行の兆し!? っちゅうことは、来年の今頃になるとまぶたに銀ラメ塗ってサンバイザーかぶった〝掟ポルシェ女子（澤穂希とは別な意味合いでの）〟が巷にゴロゴロ状態ってこと!? なにそれ!?

おい！ ファッション界！ 勝手に俺に追いついてくるな！ お前らの真の目的は一体何だ!? 俺を新時代ファッションリーダーにまつり上げようというのか!? いいのか、俺たまにチ●ポ出したまま歌ったり踊ったりして金とってんだぞ!? このままでけサンバイザー＋銀ラメアイメイクにくわえ、下半身はチ●ポ丸出しファッションが来年以降ファッション界の主流&生き方（大内順子風に言えば）になってしまう！ ファッション界の未来が、そんなファンシーとどおくまんが合体したヤツでいいのか!?

……ハッ！ さては、『VOGUE』の表紙に俺のチ●ポをドーン！ と出そうという企みだな!? あの、サンタフェの広告で宮沢りえのヘアヌードが朝日新聞全面広告に出たのを俺で再現しようということ、だな!? ……そういうことなら、いいだろう。心の準備は出来ている。いつ何時、どのファッション誌が「新時代ファッションリーダーである貴殿のチ●ポフォトを表紙に起用させてくださいませんか？」と言ってきてもいいように、チ●ポをヨモギ蒸しエステしている！　自分磨きなんぞ一切せんが、局部のパーツ磨きは怠らん男、それが俺！　もういまでは何もせんでもマリモ羊羹のようにテッカテカ！　亀頭部が鏡面の様相を呈するまでになり、メイク直しが出来てしまうほど！　う～ん、便利！

ただし、掟ポルシェ女子（銀ラメ＋サンバイザー＋チ●ポ）実現には問題がひとつある。それは、女性にはチ●ポがないということ（真理）。これは流行するにあたってかなり大きな障害である。ファッション界の次世代トレンドを裏で操る黒幕の方々は、恐らくいまごろ女性のファッションとして本来そこにないチ●ポを導入するという大胆な試みのため、チ●ポの代用品をなんにすべきか夜な夜な会議をくりかえしていることだろう。ファッション界のフィクサーの方、もしこれを読んでおられましたら、進言したい。

「魚肉ソーセージはいかがでしょうか？」

……来年の今頃、銀ラメ＆サンバイザー＋丸出しの下半身に魚肉ソーセージ一本をあしらった掟ポルシェ女子が快活に巷を闊歩する様子が目に浮かぶ。そして、魚肉ソーセージの総本山・ニッスイや丸大の株価が上がるのは想像に難くない。株の購入をお考えの諸兄、ギョニソメーカーが買いだ（以上、インサイダー情報）！

（２０１７年）

白髪ネギって言い出した奴を探してます。

いや〜〜〜、いっぺん死んでやり直ししたいんですけど、なんとかなんないですかね（年齢不相応な何も考えてないつぶらな瞳で）!? なんせ日々体の細胞がコンスタントに死んでいく&ハゲる・太る・チ●ポの固さは袋茸程度という、人の一生に等しく与えられた老化という罰ゲームに辟易してましてね。これを脱出するにはですね、やっぱこれ、いっぺん死ぬしかないんじゃないですかね〜（陰嚢にドライヤーで冷風を強で当てて体の一部にだけ自分に厳しくしながら）。

老化の何がすごいってね、進行する一方で決して若返ったりしないということで。昨日の自分に比べ今日の自分は着実に乳首が下を向いている！　縒《よ》れてくるんだよれ、特に外性器！　乳首が縒れてくるのは俺がオナタイムの際指の腹で激しくローリングしているからという特別な事情もあるにはあるんですが。もうすぐ取れるんじゃないかね右左どっちかの乳首。まぁ、取れたら取れたで読者プレゼントしますので。全プレで。今から定額小為替240円分と返信用封筒に92円切手貼ったの用意して待ってて！　もう取れかけてますんで。希望者多数の場合は東京ニュース通信社の編集者の乳首をランダムにカットして発送（※東京ニュースで足りない場合は無関係ですが文藝春秋の社員ので代用しますことを予めご了承下さい）！　なお、編集者の指定は基本受け付けておりませんが、担当編集の土館さんの乳首は2個とも切除の上乳首銀行に預けてありますんでご安心を。冷凍保存上等！

老化に対して我々人類はその昔から抵抗してきました。やずやで売ってる何かを全製品ごっちゃにしてポンプで直接静脈に入れたりとか。「にんにく黒酢卵黄」ってプリントしたTシャツ着てジャズダンスやってみたりとか。そうすることで気持ちが若返るっていうんですか？　まぁある種のプラシーボ効果はあるでしょう。問題は、普段目に見えない部分のケア。頭髪を白髪染めするとかは皆さんやってますけども、では、「陰毛が白髪になった場合どうするのか？」という問題に直面します。これは深刻です。我々興が乗ってきたらすぐ全裸になる職業の人々（通称・全ラー）にとって、脱いだ時の裸体コンディションは重要。酒が入りさぁここでいつものようにチ●ポ出しちゃおっかな！　と仲間と入った個室居酒屋で便所から帰ってきたら素っ裸で颯爽と再登場&槍を持ち巨大杯を抱えた黒田節スタイルで、歌う曲はいつもの「トイレの神様」。さてここで！　老化によりチン毛に半分ぐらい地味に白髪が混じっていたとしたら……？　全裸は人々を和ませる材料から「おじいちゃんの精一杯のがんばりが痛々しく感じられるブルースなアイテム」に突如早変わり！　ああ、こんな時一体どうすれば!?

【①いっそ金髪に】「股間に裕也さんがいる！」と話題に！　シェケナ！

【②予め全剃り】「ツルンとしててマリモ羊羹みたいでカワユイ！」と話題に！　写真時代方式！

【③②＋植田まさし先生の４コマ漫画を刺青】笑える上に社会風刺まで⁉　う〜ん社会派！

人間には知恵という最高の武器がある。だから陰毛に白いものが混じってても慌てず対処。総白髪になったらそのときはそのときでリーゼントにし陰茎を茶色に塗り、股間にサブリミナル梅宮辰夫を現出させることすら可能なのである。エンタテイメントの可能性は無限。

（２０１８年）

（※注意：このコラムには個人情報が書いてあります）

（服の胸元に何かを入れて膨らませて）ウッフ〜ン！　（服の胸元に入れた何かを高速で擦り合わせて扇情的に舌なめずりしながら）アッハ〜ン！　どうも！　朝刊太郎（a.k.a.掟ぽるみょん）です！　この簡易女装で朝刊を配ると盛り上がっちゃってしょうがねえのな

んの！　新聞配達ってタスキかけてやるんですけど、この爆乳にタスキがけでしょ？　パイスラっていうんですか？　爆乳ＹＩＮＧ・ＹＡＮＧ２つ分け状態で胸元にてんこ盛りＳＥＸＹ火鍋を描きながら新宿タイガーマスク並の無駄な猛スピードで朝刊配ると、兜町の証券マンたちの視線が痛い！　円高〜（右乳を持ち上げて）！　ドル高〜（左乳を持ち上げて）！　ハァッ、ハァッ、兜町の証券マンのへそ下三寸兜がカッキーン！　ってカクバリズムして午後の業務に支障来しちゃうわね！　でもぉっ残念でしたぁ、おっぱいに見えるこれ、実はボウリングの玉でした〜！　新聞配達をしながら胸元のマイボールをコシティ風にグルングルン回せば大剛さんのところへ行って帰ってきた若手プロレスラー並に一回り体がおっきくなっちゃう！　（ボウリング場の手を乾かすエア吹出口に口をあてがって）ヒィヒィフゥ！

あ、申し遅れましたが、配るのは自分で作った自分の新聞です。一面トップで無闇に携帯電話番号＆現住所と本籍を記し、ど真ん中見開き全面使って性感帯マップを詳細（乳首は取れるぐらい強く吸引されないとダメ等）に報じ、社会面では老成してデブ＆ブスのＡＶでしか勃起できなくなったことを涙ながらに訴える、エトセトラ、エトセトラ……自分からガンガン個人情報を流出させていくと本当にゾクゾクします。そしてなんとなく感じの良さそうなお宅を見かけるとランダムに配布。こちらも誰だか知らない、向こうもこちらが誰かまるでわかっていない。なのに、ＭＹ性感帯の共有だけはしっかり出来ている。

こういうのなんて言うんでしょう、ＷＩＮＷＩＮっていうの？　各家庭で盛大に「知らんがな」と言ってもらえる。これが平和ってことだと思います。新聞を読んで政治や社会問題に翻弄される時代は終わりました。

新聞を受け取った皆さんだけでなく、読者の皆さんにも出来るだけ俺のことを知ってて欲しい。というわけで、さぁここからはクイズ形式です。俺に関するクイズに見事正解するとばかうけ2枚もらえます。不正解の場合指を詰めます（どの指かはおまかせで）。いいですね、それでは行ってみましょう、第一問！

（問題）「みんな大好き、俺のア●ルに関する事柄からの出題です。俺のア●ルの皺、現在何本？」

はい、ではお手元のフリップにお書きください！　フリップがない人は二の腕か額に焼印でも可！　さて、何本でしょうか？　24本？　多すぎ！　新庄剛志の日ハム時代の年間最多本塁打数じゃないんだから。そんなにあったらビックリするでしょ。いや誰がって話ですが。はい、じゃあ指詰めといてね！　足の指でも大丈夫なんでね！　というわけで正解は、「その日の天気によって変わる」でした！　晴れてる日だと平均13本、雨の日で湿気があると潤いがあって3本くらいになってることも？　最近毎日ニベア塗ってるんで皺ゼロの日もあるよね、調子いい時は。難しかったかな？　正解した人はうちの新居にばかうけ取りに来て！　じゃあ今月はこんなところでバイビ～！

（2021年）

尿意の刃　無限列車編

ダメだ〜！　漏れちゃう漏れちゃう！　小便がホンット近くてですね、電車とかバスとか便所付いてない乗り物に長時間乗れる気がしないの！　たらふくビール飲んで終電とかもう地獄！　もう眼球が白黒白黒ファービー人形みたいに乱雑に繰り返されているし、本当にもうダメかも！　掟ポルシェ、正直にここで書くと十分引かれる程度にはご高齢！年の数の数倍は公共交通機関内での尿意と戦ってきた男だ！　大好きな鬼滅の刃的に言えばだ、尿意、それは鬼！　突然現れては幾度となく無残にも俺の膀胱をいたぶりかどわかし弄ぶ、人の心の通用しない奴！　そう、俺だって剣士だ、尿意と戦う専門の！　云わば俺が尿柱！　股間から生えているヘソ下三寸赤茶色のＤＸ日輪刀（スイッチを押すと怖いくらいに膨張）を揮い、敢然と尿意に立ち向かうのだ！　行くぞ！　全集中！　尿の呼吸！　壱ノ型、ねじりん棒!!　（ズボンの上から己の日輪刀を物理的にギュッと捻って）ッッ苦！　ダメだ〜〜〜！　壱ノ型、全然効かねえ！　鬼（尿意）を抑えられても2分＝一駅区間がいいところ！　でも、諦めたら最後だ！　電車内が大パニックになるのは火を見るより明らか！　戦時中には黄金電車と謳われたこの路線だが、このままでは俺の放尿により聖水電車に成り下がってしまう！　クッ、集中するんだ〜〜〜！　行くぞ——！　全集中、弐ノ型！　ダンス・オブ・デス（片足ずつリズミカルに足をトントンする）！　これは、周囲にもここに鬼がいることを伝えてしまう恐れがあるため若干奇異な目で見られるが、そんな時は拳を握って目を細め五木ひろしのモノマネを装うことでなんとかなりませんでしょうか！　ならないですかそうですか。では尿意を〜！　足から逃がす！　洗濯機のアースを応用して〜、尿意滅殺！　……やはり電気と違って尿意って足から出ていってはくれんのな！　ハッハ〜、気が遠くなってきてあぁ！　畜生、こんな時煉獄さんなら、尿意を己の体内で屁に変換しスカしてやり過ごす（屁の呼吸、拾壱ノ型：ニューロマンサー）ことが出来るというのに！　今日の尿意、もしや十二し尿月じゃない!?　いつもの鬼より格段に膀胱内部での圧が強いですし！　こうしている今も暴れ回り俺を苦しめている！　でも、俺は、長男だから我慢できる！　次男だったらきっと全漏れ！　いや、よく考えたら次男だ俺！　マズイ！　出る！　俺よ、もっともっと技を出し続けるんだ〜！　全集中！　尿の呼吸、参ノ型！　デビルプロポーズ！　これは、いやらしいことを必死で思い浮かべて巧みに己の尿意を撹乱するという高等テク！　すべての欲求を性欲に変換！　なんと空腹時にも使えちゃう！　がんばれ、俺の脳内の藤沢麗央！　春川ナミルの絵がまんま3Dになったやつみたいなちょっと冷静ではいられないド肉感を全集中で思い出せ！　……はうあ！　ダメだ、全然通じねぇ漏れる！　このままでは電車内が尿の海になり俺が社会的に死ぬ！　社会的地位はないっちゃないが、ロケットニュースぐらいには取り上げられて数時間後にはバズり死する！　もっと真剣に、いやらしいことだけ考えるんだ俺〜ッ！　壱ノ型ももう1回出しちゃう！　ギュッ！　んんあああ！！！

そうこうするうち、電車が最寄り駅到着〜ッ！　朝になって太陽が出ると鬼は死ぬように、尿意も最寄り駅の便所では生きていられない存在！　電車のドアが開いたら全集中の全速力で便所に走るぞ〜〜〜！　尿の呼吸、肆ノ型 小走り！

……尿の呼吸、伍ノ型　垂れ流し（トイレの目の前まで行ったものの間に合わず）。この後、陸ノ型　ズボンずぶ濡れ↓漆ノ型　声を上げて人前で号泣、と続きます。すべての電車の中にトイレがある平和な世の中を私は望む。

（2021年）

真フェミニストとは

（「おっぱいバレー猥褻裁判」と書いたTシャツを着て）どーも！　フェミニストの掟ポルシェです！　レディーファーストを貫くライフスタイルをことごとく実践中！　この間

も人生初のヅラを購入しましたけども、「お願いします！　男用のじゃなくレディスアデランスにしてください！」とアデランスの人に土下座して頼み込み、若尾文子風の和装アップにしてもらったほど。男が男用のヅラをかぶらないといけないって決めつけが、既に時代遅れなのだと思います。下着ももちろんブラジャーは必須。フェミニストをナメてもらっちゃあ困ります。フェミニストである以上ナプキンは当然布一択。自然派ですので。若尾文子へア＋ワコールのちょっといいブラ&布ナプという完全無欠のレディーファーストスタイルで身を固め、手近な女子大に覆面学生として潜り込むと本当にゾクゾクします。「見て、あの人！　女性上位ファッションを実践しすぎてすごいことに！」と全生徒&教授陣からガン見されているのがわかって脇汗ビッチョリ。しかもまだ誰もお尻の穴に突っ込んだボールペンが時限装置のようにゾクゾク感をパワーアップさせていることに気付かない様子。ア●ル内部にペンを隠しておき、自由自在に出したり引っ込めたりする……これがデキるセルフ・レディーファースト主義者の証なの。ア●ル遊びのサッと血の気が引く感じを楽しむことに男女は関係ないわ。ハウゥッ！（ボールペンをかなり肛門外に出していたのを忘れていて先端に大きな鳥がとまり荷重にビックリして）

おい誰だいま変質者つったの！　確かに、変質者であることに異論はない！　それは認める！　こうしているいまも両乳首にヴェポラップを鬼盛りで塗布しているのだし！　だが変質者である前に一人の人間であり、それ以前に確固たるフェミニストであることを無視しないでいただきたい！　もう、あれだ、真フェミニストだ！　ターザン後藤一派がある日突然真FMWを名乗りだしたのにちなんで今後は真フェミニストを自称して活動していく！　これまでのフェミニストの概念の数十歩先を行く、先進的すぎてよくわからない俺流レディーファーストで時代の寵児となる予定！　いや待てよ、この時代の寵児の「寵児」って表現も真レディーファーストの概念からすると激しい違和感が!?　だってこれ、正司敏江・玲児で言ったら時代を代表する傑物は玲児の方って表現でしょ!?　男しか時代を代表しない前提なのが解せないわ！　見てよ、「正司敏江・玲児」というコンビ名！〝敏江先〟でしょ？　これってとてもレディーファーストじゃない？　松竹芸能、侮れないわね。確かに芸風はハードコアドツキ漫才。敏江が玲児からガチめの飛び蹴りされたりとか、家庭内の暴力をそのまま舞台に持ち込んだ先人として真フェミの立場的には許せなそうだけど、ドツかれた後の決め台詞「誰のおかげで正司を名乗れると思うとるんや！」ですべてを笑いに持っていく敏江の力量、お笑いとしてのパワーバランスは8：2ぐらいで敏江でもっていることを、コンビ名の段階で指し示しているのが素晴らしいわ！　これからは先進的なレディーファーストに配慮し、「時代の寵児」という言い方は「時代の敏江」と言い換えて欲しいわね！　まずは広辞苑の表記を変えさせるべく、消火器とビニール傘を武器に持って岩波書店殴り込んできます！　真フェミニストの暴力はペンより強し！

（2021年）

掟ポルシェと
TVブロスの
いつものやつ

2回に1回

俺の連載がかつてのページから移動になって半年以上が経過。「えっ、ＴＶブロスの連載ってもう終わったんじゃないんですか？」とよく言われる、特に関西圏で。これはどういうことなのか……もしかしてＴＶブロス関西版では、俺のかわりに誰か他の人間の連載が載っていたりすんのか？　……ハッ！　タージンか!?　タージンなのか!?　ＴＶブロス関西版限定で、毎週桃山学院大学の偏差値の推移や、力也さんに楽屋で馴れ馴れしく話しかけた結果縦笛で頭をシバかれた話などを、山岡荘八『徳川家康』ばりの壮大なスケールで、その場しのぎの脚色とともに書き綴ったりしているのでは!?　雑誌連載内ではテレビには映らない博識な側面を見せて、あえて違ったタージンをアピールしようという魂胆なのか……そうか、そういうことか！　タージンの飽くなき野望に、俺のＴＶブロスでのポジションが追いやられてしまった格好だ。いや、まったくない話ではない。今度大阪でタージンに会ったら「アンタ、一体何が望みだ!?」と言っておこうと思う。こちらも死活問題なのだ、言いがかりだと思われても仕方がない。あっ、そういえば名古屋でも、連載やってましたっけ？　とか、似たようなことを言われたような……。ＴＶブロスには俺の連載など東海地方版には１回も載っておらず、兵頭ゆきや河合その子等名古屋ゆかりのタレントが持ち回りでエビフライへの思い入れを語るコーナーがあったりするのでは!? いや、それどころか俺の連載だけスガキヤの広告にすりかえられている可能性も大! 畜生アッタマ来た! でもスガキヤのラーメンはうまいからなぁ……許す! あとの奴らは許さねぇ! お前らの頭、縦笛でシバく!

しかしこの、2回に1回という不可解な連載ペース……謎、いやまったくもって謎だ。第一、俺は忙しくない。週のうち6日半は家で寝っ転がりながら、甘いパンやしょっぱいパンをなめたりかじったりして優雅に暮らし、抜群にヒマを持て余している。締め切りはビックリするほど守ってないが(すみません、ホントすみません!!)、2週に一度思い付きのいい加減な原稿を書き飛ばすことぐらい全然可能だ。なのに何故……。まぁ、漫画ゴラクでもなんか犬がしゃべったりするファンシーな漫画は毎週載っかってるが、村生ミオの無闇やたらにエロい漫画は載っていたり載ってなかったりするので、なにか大人の事情のようなものがあるのだろう、TVブロスにも。そう思わなければやりきれず、ヤケ酒(マサイのばあちゃんが丹精込めて涎で作った酒等)のひとつもあおりたくなるというもの。まだ昼間だが、よし、今から飲もう。

俺と交互に連載になっている町山さんはどんな気持ちなのだろう……。以前俺がロマンポルシェ。のロマン優光と交互に連載していたことから、もしかして時々ロマンと間違われて「バイト頑張ってください!」とか励まされていないか心配だ。この場を借りてTV

ブロス読者の皆さんに一言いっておきたい。町山さんはバイトなどしていない！ 断じて！ ま、こんなこといくら書いたところで、ＴＶブロス北海道版では種馬マンの連載などがこの場所に載っているのではないかと思うと心配で夜も眠れません。

（２００８年）

生活感丸出しですがまぁそれはそれこれはこれってことで

生協が遅い！ あいつらマジ家来るの遅い！ いま、生協の届き待ち中にこのコラムを書いている！ しかし、来ねえ！ 来たらドツく！ 絶対ドツく！ あ、なんのことやら説明しないとですよね。うち、生協の宅配で米とか水とか食料とか生活用品を買ってました。生協というのは事前に「来週はカタログに載ってたこの商品とこの商品を持ってきて」つうと、それを週に一度持ってきてくれる便利な業者のことでして。で、うちは毎週月曜日の大体昼12時前に生協がくることになってるわけです、それがいま13時10分！ まーだ来やがらねえ！ 遅せええ！ え？ 生協が一時間遅れた程度でなんで怒ってんのかって？　ペペローションの代わりに使ってるキャノーラ油が届かねえからに決まってんだろうが！　俺は握力が強い！　ペ●スはかなり握りこむ方！　キャノーラ油を使わずオナったが最後、デリケートな俺のペニ皮膚が握力50kg×素早い摩擦のコラボにより傷つき血まみれになってしまう！　さすがにそれは嫌なので、歯を食いしばり下唇を噛み締めておち●ち●をいじくるのを泣きながら我慢する！　結果、気がつけばTVブロスのコラムにまた今週も男性器や女性器の話ばかり書いてしまっている！　俺が以前の連載ページ（前半のシロブロス側）からこのくっさいクロブロス側（あまり人に見せられないページなのでお前ら後ろの方でひっそりやっててください側）に移動させられたのは、生協！　お前らが時間通りにキャノーラ油持ってこないせいだ!!　どうしてくれる!!　え？　その辺のスーパーで買えばいいじゃねぇかって？　いつもスーパーでキャノーラ油ばかり大量に買ってっから、そろそろオナニー用に使ってるってバレてると思うし！　それは恥ずかしくて無理！　しかももう原稿に書いちゃったから絶対無理！

俺だってな、いつもいつもチ●ポだとかおち●ち●だとかペ●スだとか伏字のいる単語ばかり書きたくねーんだよ。え？　生協が来て、一度スピュッ！　と出すもん出して、落ち着いてからコラム書けばいいだろって？　〆切何日過ぎてると思ってんだバカ！　いま俺が原稿書かないと、担当編集者の土館さんが責任を取らされて、東京ニューマ通信社種子島支店に飛ばされて月刊さつまいもとか作らされることになるかもしれない！　土館さんに「さつまいものことも毎日考えてるとそれはそれで結構愛着湧いてくるんですよ」、とか、自分を納得させるための苦しい自己肯定の言葉を言わせたいのか!? 土館さんはな、ブラックメタルが三度の飯より好きな、気立ての良いサタニストだ！ 種子島じゃコープスペイントの悪魔主義者は肩身が狭いだろうが！

ていうかまーだ来ねえわ、生協。もうね、来たら絶対頭の皮剝ぐ。いや、時間通りに来ねえアイツらなんぞに漢字表記してやんのもったいねえわ、この際バカっぽく平仮名で「せーきょー」でいいわ。もっとバカっぽく「せーきょーぱみゅぱみゅ」でいいわ。もうお前ら食料品の配送とかやめて全員読モとかになれ。もういいからそれで。

……おっ、玄関チャイムが鳴った！ ようやく生協来たか！ いま何時だと思ってんだ！ ていうか早くキャノーラ油出せこの野郎！ ……え？ 持ってきてないの!? 俺先週注文し忘れた!? ハア……。大人しくスーパー行って買ってきまーす！

（2011年）

補足 わかってるとは思いますが、東京ニュース通信社には種子島支店など当然無いです。

風雲急！　リニューアルに伴いタイトル変更!!

「コラムのタイトル、今号から『ちゃんこダイニングぽるしぇ』でお願いします』……謎の勢力からのドスの利いた脅迫電話により、突如改題を迫られた。そんなバカな要求が飲めるか！　しかし、電話の向こうのくぐもった声は断ったらどうなるかわからない恐ろしさを湛えている。もしや、言うことを聞かないと、俺が5歳の頃のあの秘密をばらされてしまうのではないか……。自分のエイナス（三条友美先生的表現）に指を入れると血の気がサーッと引いたようななんとも言えない気分になることに気付いた俺・5歳。兄に連れられて行った銭湯で、湯船に浸かりながらいつものように魅惑のエイナスいじりタイム。銭湯の多少熱めの湯加減で心も体も温まり、更に己の肛門に指を入れることで頭にズーンと電流が走る。ポカポカ、ヌポッ、ビリビリッ！　電気風呂に入ったのと同等の効果が得られるであろうこの一大発明。5歳にしてすごいことを発見してしまったと、自分で自分の才能に怖くなったものだ。誰にも見られないよう至福を味わっていたまさにその時、突如俺の背後で大の男が悲鳴にも似た声を上げた。

「ウワァ〜〜〜ッ！！　ふ、風呂にう●こが浮いてるぅ〜〜〜〜ッ！！！」

銭湯中が騒然となり、全員が湯船から避難。その日はいつも以上にエイナス刺激に夢中になり、なにか尻から出てしまったような感覚が確かにあった。いつかやってしまうのではないかと自分自身危惧していたことではあるのだが、やってしまったようだ。すぐに番台のババァがすっ飛んできて犯人探しが始まった。う●この細さから類推して、明らかに子供のひり出したブツであろうことは誰の目にも明らか。その時銭湯で俺以外幼児はいなかったため嫌疑がすぐさま俺にかかる。「のりちゃん（本名由来の愛称）じゃないの？ホントにやってないの？」と問い詰められるも、必死で首を横にブンブン振ってシラを切り通し難を逃れたという、所謂〝泉湯プカう●こ事件〟をバラされてしまうに違いない（なお、その日からしばらく銭湯は営業を停止。う●こ如きで大げさだとは思うが……）。そんなことを大々的に知られては社会的信用がダメになり、アコムの利用限度額が50円とかになってしまう。

せっかくのリニューアルだというのに何故こんな目に遭わなくてはならないんだ？　誰が好き好んでこんな中身の無いバカなタイトルをつけるものか！　大体このちゃんこダイニングというのは、アレだろ？　若の方のだろ？　若貴で言えば俺は明らかに貴派。中野新橋界隈では「お貴さん」の愛称で親しまれ、スナックに入っている貴ノ岩関のボトルをウソのモンゴル語で注文＆無断で飲んでいるほど。貴ノ岩関にはこの場を借りて謝りたい気持ちでいっぱいなのである。まぁそれはさておき、謎の勢力は、何故うちの電話番号を知っていたんだ？

……あ！　そういえばTVブロスの編集・土館さんから、「今度リニューアルするんで、この酷いタイトル（『ダスきん多摩』）、いい加減もう少しまともなのに変えてください」と言われて、面倒臭いから近所の中学生に発注しておいたんだった！　電話の声、聞き覚えあると思った！　ま、俺が新たにタイトル考えてもどうせ下品なのしか思いつかねえしな！　じゃ、これでいいでーす！

（2013年）

大笑い　三十年の　馬鹿騒ぎ

ＴＶブロス30周年おめでとうございます！　いや〜、目出度いですね！　あんまりにも目出度いから、誰かに俺の財産（ジャガー横田のテレホンカード等）みんなあげちゃう！　国籍とかひっくるめてドーンと全プレ！　持ってけ泥棒！　そんで悪用しろ！　パスポートと実印もセットでくれてやるから、適当なシンジケートに6万円ぐらいで買い取ってもらえ！　ＴＶブロス30周年ってことで俺はいま猛烈に機嫌がいいんだ！　気が変わらねえうちにとっとけ！　ってことで！　今日から俺、無国籍！　これからは一日三食ナンプラー臭いものしか食べませんわよ〜！　おかげで汗もほんのり魚醤臭！　生理中の女かっちゅうの！

確か2001年、TVブロスで連載を開始しまして。「2週に一度はダルくて無理」という斬新な理由で月一コラムをロマン優先と交互に書くことになり、俺だけブロスに残留して更に数年が経過&その名残でまだ月イチペースでこのマン・コラムを書き殴っております。そこで、今回はこの『ちゃんこダイニングぽるしぇ』が毎回どういった過程で書かれているのかをご紹介します。

【工程①　〆切が近くなるまでダラダラする】　ツタヤのAVコーナーの暖簾をくぐって3時間吟味&店内フルボッキ↓しなしなと収縮を繰り返した後、何も借りずに帰る等の貴族的な日常を過ごす。

【工程②　原稿催促のメールを華麗に無視】　やさしくて大好きな担当編集の土館さん（逆さだるま顔）のやさしさにつけ込んで、タイトルで原稿催促のメールとわかった場合「開かない」という戦法を取る。心の安寧が保たれる。

【工程③　原稿催促の電話を死んだ目でスルー】　やさしくて大好きな担当編集の土館さん（板垣退助みたいな百円札髭）はやさしいからまだいけるだろうと催促電話を豪快にチャツキョ。万が一間違って電話に出てしまった場合は激しく咳き込んで『生きる』出演時の志村喬みたいなもうすぐ死ぬ声で応対。かわいそうだと思わせればこっちのものだ。

【工程④　そろそろマズいのでコラムのネタを探し始める】主義主張・言いたいことがまるでないタイプなため、常にコラムのネタに困っている。というわけで発売日を逆算し、その頃ありそうな年中行事をヤフーカレンダー等で探す。しかし、いつもこの手法でコラムの題材を決めると、啓蟄の時期に「啓蟄はチツって付いてるぐらいだから膣の仲間とみなして間違い無し！」という同じテーマで何度も書いてしまっていることに気付く。さぁ、どうするか。

【工程⑤　「気にしたら負け」だとして開き直る】「なんか前にも同じこと書いた気がするが、多分脳が疲れてデジャヴを見てるだけだろう」という判断でＧＯサインを出す。「掟ポルシェといえば啓蟄の時期に啓蟄と膣の違いについて語るいなせな人」という印象を押し通し、風物詩にまで高めることに尽力する方が現実的だといえよう。校了目前なので何も考えず原稿制作に着手。

【工程⑥　なんとかデッチ上げた原稿がいまいち笑えない】東京ニュース通信社のえらい人がうちの嫁のお義父さんとマブダチ（実話）なので、連載を切られそうになったら全力で泣きつけばなんとかなると自分に言い聞かせて原稿メール送信。ヤケ酒を飲んで便所で全部吐く↓工程①へ戻る。建設的すぎて目眩がする。

（２０１７年）

テーマって何

告白させていただきます（神妙な表情で。ア●ルを真一文字にキリッと窄めて）。TVブロス月刊化に伴い、ギリ首の皮一枚で連載が存続決定した私・湘南マタンゴ娘改め掟ポルシェですが、編集部サイドから「連載を続けさせてやる。その代わりに」と、とある制約を言い渡されておりました。それは、「テーマを設けること」。これまで無内容の限りを尽くし、心を一切込めず、右手でチ●ポをいじり、左手で乳首を愛撫して気分を盛り上げつつ、あくびをし屁をこきながら左足の小指で適当にパソコンのキーボードを押すことで原稿を作成していたのがついに問題視されたようです。マズイことになりました……。

これは実話になりますが、高校時代、大学受験模試の小論文テストでは常に100点満点で30点をキープ。返ってきた答案には「安易な言葉転がしに終止しており、何が言いたいのかさっぱりわからず不愉快」と赤ペン先生が強い筆圧で怒りの添削をしてよこしました。そうなのです。「テーマに沿って正常な論旨を持って文章を展開するのは俺には無理」。人間、出来ないことがあるのです。そんなことをしたら絶対知恵熱が出る自信があります。「※掟ポルシェ先生のコラムは知恵熱が40℃出たので休載とさせていただきます。ご了承下さい」という編集部からのお知らせとともに、本来俺の連載があるべきところにしじみ習慣の広告とかが出るに違いない。う〜ん、しじみチャンス（声に出して言いたい日本語本年度第1位）！

とはいえ、なんかしらテーマに沿ったコラムにしないと連載打ち切りの上に金玉万力挟みくるくるじわじわ回しの刑に処されるみたいなので、死に物狂いでテーマを考えてみました！　同じ話題でずっとやりゃいいんでしょ（逆ギレ）！

【テーマ①ブスの悪口】　これは無限に書ける。だが、特定のブス個人についてギロクソ書くと、ブスが怒り狂ってアフリカの毒ガエルの体液をサポーターに塗布した状態で俺にヒットマン・ブスラリアットを路上で仕掛けてくるかもしれないので、危険を避けるため「そんなブスいねーよ」というぐらいの突飛な悪口をたけしメモ的に想像で書いていく（例：「ブスの好きな飲み物はトニックシャンプー」等）。

【テーマ②出会い系サイト体験談】　我が国のリアルな性事情をリポート。実際にやると金がかかって原稿料を上回ってしまうため、適当な年代の成田アキラのテレクラ漫画を模写してチャチャッと済ませる。

【テーマ③車についての話】　名前がポルシェだということで俺が車に一家言あると思い、「毎月車についてコラムを書いて下さい」と大手出版社からの連載依頼があったが、車どころか免許も持ってないので泣く泣く断った（実話）。

えー……というわけで、今後も無内容&ノーテーマでがんばります。出来んもんは出来ん。

（2018年）

白黒で十分

インターネットを巡回しエゴサーチとやらをしていますと、こんなことが書いてありました。

「TVブロスリニューアルしたけど、掟ポルシェのページが、カラーである必要あったの?」と……。しかも同様意見が複数……。

ハイハイ、どうせ色を付けるまでもないウ●コラムでございますよ、そうですねハイハイハイ、次号から俺のページだけ便所紙に印刷しときますね！　インク使うのももったいないんでてんとう虫潰した汁とか使って印刷して！　一体何色んなるかはまだてんとう虫実際潰してないんで知りませんけども！

正直言って、連載がカラーページになることで色々なことが変わりました。白黒連載時代はロッテリアに行って絶品チーズバーガーを注文すると、突如やさしそうな店員のお姉さんが鬼の三白眼に変貌、「なんだとテメエ白黒の分際で！　うちの絶品はな、お前みたいな白黒連載風情が易々と注文できるようなものじゃねえんだ！　なぁ？　ロッテリア、マイナーだと思ってナメてんだろお前？　あぁん？　いいか！　うちの絶品チーズバーガーの絶品具合はな！　白黒連載のお前みたいなもんに『絶品チーズバーガーは絶品って謳ってるけど、本当に絶品なのかな？』と気安く品定めされるようなものじゃねえんだクソが！　家でセンズリこいてろ！　目立たないところでひっそり死ね！」と顔面にツバをペッ！　と吐きかけられながらド叱責されたりとかもありましたし、近所の小学生の集団から指をさされて「こいつ白黒ページなのに一丁前に下半身に布まとってんだぜ！　脱ーげ！　脱ーげ！」と脱衣コールからのズボン&パンツむしり取られ、食べ終わったアイスの棒を肛門にメッタクソに出し入れされてキャッキャされたりもままありました。世間の風は白黒ページ連載陣に冷たく、以前はダミー&オスカーさんたちも「テメエ白黒のくせに汁もらえっと思うなよ」とコンビニでおでんを購入時がんもどきを素手で店員にキュッ！　と絞られてパッサパサのをもらうなどの迫害を受けていたようです。さぞ辛かったろうと思います。

連載がカラーページになったことで、その迫害がようやく終焉を迎えたと思ったのですが、まさかの一部読者様からの「分不相応だっつの」の声……。あーもう、やってらんねえ！　クソッ、飲むか！　こういうときは！　飲んでストレス発散！　あれっ、でも……こういうときって……何飲むんだっけ？　ど忘れした～！　というわけで、今回のテーマ！「人はやりきれないときに何を飲むのが正解」？

【①風呂の残り湯】巨乳グラドルが浸かってたお湯ならユニットバスの湯船一杯分ぐらい余裕で完飲！　もりもり飲むぞ～！

【②母乳】やりきれないときに包んでくれるもの、それは母の愛！　母乳さえ飲めばどんな嫌なことも忘れられる！　その際、実の母親でなくても一向に構わない！　なんなら母乳が出ないエア授乳だって問題ないんだこっちは！

【③紀州のドン・ファンが死の直前に飲んでいた液体】致死量にならない範囲で！　多分元気になるはず！

……というわけで、正解は3番！　そう、ビールだよビール！　思い出した～！　死んだら困るから覚せい剤は抜きで！　やりきれないときは、ビールを飲みながら昼間録画しておいたミヤネ屋で紀州のドン・ファン最新情報をチェックすれば、大体のことはどうでもよくなります！　ドン・ファン、気になる～！

（２０１８年）

また白黒に

アレレッッ!?　なんか今号のＴＶブロス、変なんだけど!?　ほらほら、よく見て……「色がない」！　なんか去年のリニューアルで８割のページがカラーになり、全体的なアレのついでに俺の連載までカラー化。「掟ポルシェのコラムなんてカラーにする必要性あるの？」とネットで揶揄する書き込みを発見＆書いた人間を全力で呪おうとカメムシを潰して作ったオリジナル毒汁で自分ちのまわりに魔法陣を描き＆あまりの激臭に近所付き合いが断絶、回覧板が回って来なくなったりしていたのだが、一年半程度でまた元の白黒に逆戻り、か。これでは自宅をゴミ屋敷フレイバーにし損ではないか……。

紙質もよく見れば、かつてリニューアル前の旧ブロスがそうであったように、お尻を拭きやすい柔らかさに戻っている。読み終わった後はトイレットペーパーとして使用可能！なんというエコ意識！　だったらその、文字の白黒インクも尻うつりしてよろしくないんじゃない？　じゃあせめて俺のページだけでも気持ちよくお尻が拭けるように、白い部分多めにしておこう！　こっから数行、余白にしとくんで思う存分ア●ルクリーニングにご使用ください！　では、どうぞ！

（ここでおしりをふいてください）

……手抜こうとしたの、バレました？　そうですよね！　こんな山田一郎時代の天才バカボンみたいな、早く行きつけのスナックに行きたいがための簡略化とアバンギャルドの一体化をコラムで目指しちゃダメ！　う〜ん、志高すぎ！　お尻は普通にトイレットペーパー、もしくはアルコールを含ませた真綿とかで拭きましょう！　雑誌は読むもの！

……で、実際のところ、なんで白黒に戻ったの？　ＴＶブロス再・白黒化のややこしい事情について、以下面白半分で邪推してみました！

【①有名占い師からのお告げによって】 これはよくあるパターン。大仏系パーマ&スーツ姿の老女占い師が怒りの表情とともに「カラーページが多すぎよ！　この後ろの方のどうしようもない殺潰しコラムページなんか白黒でいいに決まってんじゃないの！　さもないと地獄へ落ちるわよ！」と声を荒らげたので、仕方なく。

【②編集長に突如天啓が下った】 突然ピキーーーーッッ!!　というデッカイ耳鳴りが鳴った後、神のような意識が降りてきて「ＴＶブロスを白黒に戻すのだ〜。さもなくば地獄へ落ちるわよ〜」と、脳に直接詔（みことのり）を勅令するのは雑誌編集者あるある。仕事のしすぎは体と脳によくない。ユンケルの高いやつと眠眠打破の飲みすぎでもこうなる。

【③原油価格高騰】 国際石油資本の決定に我々末端の者共は従うよりほかない。印刷のカラーインクの価格も彼等のさじ加減一つ。スーパーメジャーが「ＴＶブロスハ白黒デナイト、地獄へ落チルワヨ！」というならそうするまでだ。

てなわけで、ＴＶブロスはまた白黒に！　やっぱ地獄は嫌だもんね！

（２０１９年）

わかっているかと思いますが、特に言いたいことはありません

紙媒体で出なくなったのを契機にシュ～ッとフェードアウトするかとばかり思っていたお前らコニャニャチワ！　どうも！　生きていた中絶児ことＴＶブロスでっす！　死んだと思ったＴＶブロス生きてた～（ネット媒体で継続するとか言ってたけどまぁどうせフカシだろうと思って俺も油断してました！　ホントに〆切来てビックリ）！　うおおおお大変だ～！　ワッショイ！　ワッショイ！　こうなったらＴＶブロス生存祭りじゃい！赤飯炊け～！　うちの娘（小１）の初潮のお祝いもこの際前倒しで同時開催じゃい！　炊きあがった赤飯、ご近所さんにお裾分けじゃい！　多分みんな「えっ、あそこの家の子随分早くない!?　そしてそれをいちいち知らせるような真似をしなくても……あそこの家のお父さん頭おかしいのかな？」って思われんだろうなぁ……俺には言えねえ、「ホントは

連載誌がネット媒体で継続したってことのお祝いの意味で赤飯炊いたんですけど、そんなことだけで赤飯炊くのは理由として弱いかなと思いまして、赤飯を炊く理由の定番である娘の初潮祝も前借りしてダブル祝いってことにしたんですよ」って詳らかなアレは。俺がそんくらいTVブロスのことを愛してるなんて、やっぱ一般的に見たらかなり変なことだと思うし。余計な勘ぐりされても困るじゃないですか、「連載誌の継続祝で赤飯!? それ、絶対担当編集者とヤッてんでしょ！　そうでないと辻褄が合わない！」と、俺と担当編集の土館さん（板垣退助風の政治家ヒゲ&ガッチリ体型の40代男性やさしそうな笑顔が魅力）が一心不乱に陰茎のしゃぶりっこしてる図とか思い浮かべるわけでしょご近所さんが!?　TVブロスといえばその昔女の漫画家のくっそつまんねえ4コマ漫画突然始まってなにこれ？　と思ったら実は何代目かの編集長のコレだったこととか普通にあるような雑誌ですよ（※これは書いちゃいけないやつ）、そりゃご近所さんは俺がア●ルにオロナイン塗って「準備出来ました！」つってそれ見てツッチーが怖いくらい立ってて「カッチカチやぞ」ってザブングル加藤みたいなこと言ってんの当然想起すんでしょって話で。俺としては、TVブロス本誌ネット継続のお祝いもしたいし、赤飯も白飯に比べて好きだからなんとしても炊きたいし、せっかく赤飯炊いたならご近所さんに配るぐらいの社会常識は持ち合わせていたいわけ。でも、その理由をハッキリ言ったところで「あそこんちのお父さん、枕営業で原稿仕事取ってるらしいよ！　エゲツな！」ってことになっちゃうだけだから、赤飯炊く＝娘の初潮という定番を泣く泣く匂わせる形にしようってことです！　よし、説得力高めるために、近所の薬局で子供用のタンポン買ってこよう（ガマ口を開けたり締めたり忙しなくしながら）。幸い俺には昔からロリコン疑惑が絶えないわけだし、そういう趣味で買ってるパターンもある↓つまりこの赤飯はあそこんちのお父さんの脳内にしか存在しない長女のバーチャル初潮祝ってことなのかも↓だったらいいか、とご近所さん的には納得してもらえるんじゃないかと。うん、それがベストだな。よ〜し！　子供用のタンポン買いに行くぞ！　途中で何買うんだったか忘れちゃ困るからでっかい声で歌いながらいこう！　ワンツースリーフォー、♪こどもぉ〜がいれる〜　はぁ〜じめて〜のたんっぽ〜んっ……え、お巡りさん⁉　職質⁉

（２０２０年）

I HAVE A ドリー夢

ニーハオ、掟ポルシェです！　これから、将来の夢について語らせていただきます（大人としてかなりマズイ疑いのない澄んだ瞳で）。齢53歳、そろそろ自分の将来について真剣に考えたい（下唇にハメたかまぼこ板をいたずらにカパカパさせながら）。

それでは、発表します！　ボクチンの将来の夢第1位！　ドゥルルルルルル〜〜〜〜、デン！　「出来るだけ何もせずお金だけ入ってくる仕事」！　これしかないですよね（少年のような眼差しで）！　ほら、もう結構いい歳じゃないですか。本来なら一旦役の年齢。動くったって若者と同じ運動量の仕事したら、体ごとジュッ！　と音立てて蒸発する自信がある。こう見えて結構初老。豊富に出現したチン毛の白髪をビゲンヘアカラーで染めようか迷うお年頃（色は2013年の菅谷梨沙子みたいなバイオレットパープルで）。んっ？　「その、『出来るだけ何もせずお金だけ入ってくる仕事』って具体的にはなんのことだ」と？　それがわかれば苦労はないっつーの！　冒頭から文章読めばわかったでしょ、「こいつなんも考えてねえな」って。向いてないの、真面目なことを考えるのは。そういう自分の人生に真面目に向き合う才能は多分産まれてくる時どっかに忘れてきたんでしょうね。多分母の産道にあると思うんで取りに行こっかな！　と思いましたが、残念ながら12年前に逝去でフィニッシュです。「真面目な事考える能力はどの辺？」と言いながら年老いた母の産道にフィスト突っ込んで大事件にならずに済んでホッと胸をなでおろしています。母ちゃん、お墓参り今年も行けずゴメン。今食べたアイスの棒、庭にさして代わりに拝んどきますので。線香の代わりにベープマット焚いて。

じゃあ、その、あれだ、公募！　「出来るだけ何もせずお金だけ入ってくる仕事」、みんなで考えよう！　頭の良い方のお知恵を拝借！　俺の人生、お前らが責任持って決めろ！　託すわよ〜！

(数日経過)さてこちら、東京都築地にありますＴＶブロス編集部に来ておりキす。ナイスなお知恵、届いてるでしょうか⁉

「パチンコのゴトの打ち子」、「オレオレ詐欺の出し子」、「紀州のドン・ファンの隠し子として名乗り出る」……ダメだ、誰も真剣に考えてねえ。お前らこの野郎！　俺の人生なんだと思ってんだ！　犯罪じゃねえかよ！　自慢じゃねえが前科と銀行預金はどちらもほぼない！　ちょっとだけだ！

ダメだ！　やっぱ俺難しいこと考えるの向いてねえな！　よし、なんかいやらしいことでも考えよう！　考えすぎて脳が疲れた時はこれに限る！　もうね、今夜は乳首愛撫しながらとことん酒を飲む！　これで風俗店と居酒屋、行ったつもりで数万円得になった勘定！　すんごい節約出来ちゃった！　上機嫌で勢い余り、ついでにつまみのちくわにブッスリ挿入！　……ウッ、なんだこの艶めかしい未知なる感触は⁉　こ、これぞ新感覚のカッパ巻き！　玉袋のセンターラインに沿ってジンジン来ちゃう！　そうだ、挿入する用のちくわがあったら飛ぶように売れるんじゃない⁉　挿入も出来て飽きたら食べることも出来るスグレモノ！　これは特許取るしか！　というわけで、今後は挿入専用ちくわ『キュウリいらず』の開発に尽力する所存！　全国各地のちくわメーカーの皆さん、俺とタッグを組むなら今のうちですよ？

（２０２１年）

補足　当初「全人類のストレス解消のために、俺が芦●愛菜さんからサンダーファイヤーパワーボムを受ける」という内容のコラムを書いていたんですが、あまりに酷いのでこちらになりました（酷さ的には大差なし）。

「単行本化は、ちょっとないですね」

テレビ番組表以外のコラム部分が妙に充実していることで、00年代にはかなりの売上部数を誇った隔週TV情報誌『TV Bros.』に21世紀なりたて時から連載開始、当初ロマンポルシェ。の連載としてロマン優光と交互に形式の異なる不穏な文章を書き飛ばしていた当コラム。他の著名サブカル連載陣のやつがある程度まとまると次々単行本化されていく中、俺が毎回血の滲む努力をして40分程度でチャチャチャッと左足で書いたくだらないやつは、十数年経っても書籍化の話はビタイチなかった。22年にも及ぶ超長期連載期間（今気付いたけど結構とんでもないことだ22年って！　スーパーフリーの和田さんの刑期より7年も多い！）で担当編集者は3人代わり、その都度単行本化の話を切り出すも「……そもそも東京ニュース通信社は単行本の部署がないんですよ」と目線を一切合わせないようにして言い切られるのみ。ムック形式で何冊も出てんじゃん！　知ってるぞこの野郎！　しかも東京ニュースの公式ホームページによれば2016年からは書籍の出版も開始してるし！　うわわわぁあああああんんん、出せったら出せよ俺の本！！！　と東京ニュース通信社社屋前でギャーギャー言って泣き喚きながら地団駄踏んでいたところ、なんと！　出版の運びとなりました〜〜〜！　見たか、初老男性一世一代の発狂アピール！　嗚咽でガクガク上ずった54歳の涙と涎は未就学児童のそれを遥かに上回るタチの悪さがある！　自由自在に泡吹いて倒れたり、絶対死んだと思う疑似死後硬直なんかもお手の物です！　まかせろ！

　で、単行本作ることになったっつうんで昔の原稿遡って読んでみたけど……まぁ酷いね！　独りよがりな表現のオンパレード！　まとめて読むと超疲れる！　脳の皺全部消える！　そして言葉に詰まると以前書いた表現を引っ張り出してきてドーンと貼っつけ使い回し！　アイスの棒何本か束ねて墓石に見立てんのとか、「お前はバカだから汁はやれねえな」つってコンビニでおでんのがんもどきの汁キュッと絞ったやつ手渡しされんのとか、バカを治す薬として大量の味の素アクエリアスに溶かして飲むのとか、もう何回同じ言い回しリサイクルしてんだっつう。そりゃ単行本出ねーのにも理由があるわなと思い知った次第。数ページ前になんかどっかで見た類似表現が頻出している場合、脳がスリップして幻覚見えてんだと思ってください。買って読んでくれた方もお互い様、どうかしてるってことで。ま、そういうこと〜。

掟ポルシェ

掟《おきて》ポルシェのくだらないやつ

第1刷　2023年3月31日

著者　掟ポルシェ

表紙イラスト　我喜屋位瑳務

デザイン　キッドインク（石塚健太郎＋堀内菜月）

編集　塚崎雄也　[illegible]塚信彦　土館弘英

発行者　石川究

発行　株式会社東京ニュース通信社
〒104-8415　東京都中央区銀座7-16-3

電話　03-6367-8015

発売　株式会社講談社
〒112-8001　東京都文京区音羽2-12-21

電話　03-5395-3606

印刷・製本　株式会社シナノ

ISBN 978-4-06-531437-1

JASRAC 出 2301779-301